THE HORUS HERESY®

深渊之战
BATTLE FOR THE ABYSS

[英] 本·康特尔 著　丁旭巍 译

浙江科学技术出版社

English version first published in 2008,this edition published in Great Britain in 2019.

Games Workshop Limited,Willow Road, Nottingham, NG7 2WS, UK.

This edition published in China by Zhejiang Science and Technology Publishing House in 2023.

Copyright © Games Workshop Limited 2008

This translation copyright © Games Workshop Limited 2023.

Translated and used under licence by Zhejiang Science and Technology Publishing House. All rights reserved.

Battle for the Abyss © Copyright Games Workshop Limited 2021. GW, Games Workshop, Black Library, The Horus Heresy, The Horus Heresy Eye logo, Space Marine, 40K, Warhammer, Warhammer 40,000, the 'Aquila' Double-headed Eagle logo, and all associated logos, illustrations, images, names, creatures, races, vehicles, locations, weapons, characters, and the distinctive likenesses thereof, are either ® or TM, and/or © Games Workshop Limited, variably registered around the world. All Rights Reserved.

No part of this publication may be reproduced, stored in a retrieval system, or transmitted in any form or by any means, electronic, mechanical, photocopying, recording or otherwise, without the prior permission of the publishers.

This is a work of fiction. All the characters and events portrayed in this book are fictional, and any resemblance to real people or incidents is purely coincidental.

本书英文版由 Black Library 于 2008 年出版，2019 年再版

Games Workshop Limited，地址：Willow Road, Nottingham, NG7 2WS, UK.

本书中文版由浙江科学技术出版社于 2023 年出版

Copyright © Games Workshop Limited 2008.

This translation copyright © Games Workshop Limited 2023.

浙江科学技术出版社可在授权下翻译与使用。

Battle for the Abyss © Copyright Games Workshop Limited 2021。GW、Games Workshop、Black Library、荷鲁斯之乱、荷鲁斯之眼标识、星际战士、40K、战锤、战锤 40000、"天鹰"双头鹰标识，以及所有相关标识、插图、图像、名称、生物、种族、载具、地点、武器、角色及其中的特色同类物，所有带有 ®、TM，以及 © Games Workshop Limited 的标识均为在全世界注册的商标或为 Games Workshop Limited 版权所有。

未经许可，不得将本书任何部分以任何形式复制、存储在某个检索系统中，也不得以任何形式或手段，包括电子、机械、影印、记录或其他方式，传播本书的任何部分。

本书为虚构作品。书中人物、事件均为虚构，如有雷同，纯属巧合。

故事简介

荷鲁斯叛乱。
这是一段传奇岁月。

众多伟岸英雄为了统御银河之权而奋力拼搏。

地球帝皇的亿万大军纵横星海,以一场伟大远征将银河纳入囊中——在这些精兵强将面前,不计其数的异形种族难挡锋锐,就此在历史长卷上被抹消了踪迹。

人类种族威震寰宇的璀璨年代拉开了序幕。

黄金白玉堆砌而成的闪耀堡垒颂扬着帝皇的诸多胜战。一百万个世界上林立的纪念碑,翔实描述那些悍勇战将的传奇功绩。

帝皇的战士中最强大的便是基因原体,这些英武绝伦的人物率领帝皇麾下的星际战士大军斩获了无数胜果。他们势不可当,高贵超凡,是帝皇基因实验的巅峰成就。星际战士则是银河之中前所未有的强悍士兵,每个人皆有以一敌百之力。

数以万计的星际战士组成庞大军团,追随各自原体踏入星海,以帝皇之名征服银河。

所有基因原体中最出众的是荷鲁斯,亦唤荣耀者、光明星辰,他乃帝皇宠儿、挚爱之子。他受封战帅,是帝皇麾下各路大军的总指挥官,是万千世界与整个银河的征服者。他是无出其右的战士,也是手腕卓绝的外交家。

随着战火蔓延帝国,人类的冠军勇士们都将受到终极考验。

出场人物

极限战士军团

塞斯图斯 ………………………… 连长兄弟和舰队指挥官，第七连
安蒂吉斯 ………………………… 荣誉卫队，战斗兄弟
萨夫拉克斯 ……………………… 荣誉卫队，掌旗手
莱拉迪斯 ………………………… 荣誉卫队，药剂师

怀言者军团

扎德基尔 ………………………… 舰队舰长，狂怒深渊号
贝拉诺斯 ………………………… 突击连长，狂怒深渊号
伊克萨隆 ………………………… 牧师兄弟，狂怒深渊号
雷斯基尔 ………………………… 指挥士官，狂怒深渊号
马尔福里安 ……………………… 武器长，狂怒深渊号
奥蒂斯 …………………………… 战斗兄弟

火星机械神教

凯尔博－哈 ……………………… 铸造统领
古雷奥德 ………………………… 贤者，狂怒深渊号

太空野狼军团

布林加 ·· 连长
鲁奇韦德 ··· 战斗兄弟

千子军团

莫特普 ····················· 士官兄弟和舰队舰长，残月号

吞世者军团

斯克拉尔 ·· 连长兄弟

土星舰队

卡明丝卡 ··································· 海军少将，愤怒号
文克麦尔 ····································· 舵手长，愤怒号
奥卡杜斯 ································· 首席导航者，愤怒号

目录

1	第一章　怀言者　显露头角　克鲁恩亚之死
	第二章　赫克托尔的命运　奥特拉玛的兄弟们
8	深入狼穴
19	第三章　狂怒深渊号的神　灵能尖叫　家园的幻象
30	第四章　神灵的启示　一场集会　接触
48	第五章　划定界线　白银三号已坠毁　打开的书
62	第六章　虚空　中队撤离　言辞之道
	第七章　亚空间中的幽灵　缚于地狱
80	马格努斯的遗产
99	第八章　尼凯亚　优势　巴卡三星
114	第九章　渗透　伏击　安格隆之子
123	第十章　步入野兽之腹　牺牲　未来已注定
135	第十一章　幸存者　余波　我会击垮他
147	第十二章　海妖　尖叫与寂静　怪物来了
155	第十三章　洛加的遗产　提议　荣誉决斗
164	第十四章　猎捕　一击　我们皆孑然一身
175	第十五章　亵渎　交心　死亡幻象
182	第十六章　舰队　科尔·法伦　风暴爆发

目录

第十七章　策略　离开亚空间　福马斯卡在望 ……… 191

第十八章　夹击　渗透　黑暗的梦境 ……… 199

第十九章　狼群精神　伏索里克　重逢 ……… 215

第二十章　争执　为我复仇　玉石俱焚 ……… 231

第二十一章　大战前夕　面对面　战斗到底 ……… 243

第一章

怀言者

显露头角

克鲁恩亚之死

  奥林匹斯山熊熊燃烧着，一道火焰直蹿天际。在这座岩石大厦下就是火星的主要大都会。身着红袍的侍僧们奔走于轨道和工厂，他们的身后跟随着忠实的无脑机仆、双足机械体、蜂拥的仆工和专横的护教军。泡状生活舱、光秃秃的冷却塔和庞大的铸造殿在红色沙尘中争夺着空位。高耸的烟囱历经千年风雨，表面已经坑坑洼洼，它们朝着燃烧的天空喷吐着带有刺激性气味的浓烟。

  巨大的压缩机房在这工业浪潮中排出滚滚蒸汽，仿佛世界心脏的神秘鼓风炉中的神之吐息。这座迷宫般的大都市是如此广阔，如此深不可测，就像其中热忱的人民一样复杂又专注。

  无数蜿蜒小径如同山脉铸造厂鼓风炉中的煤块一样微不足道，这一天的任务十分重大，鲜有人意识到其重要性，也几乎没有人注意到从水手谷隐藏的破火山口中发射的无人穿梭机。它冲入平流层，穿透了云层一般的绯红烟雾。紫黑色污染物和地热喷泉组成的翻腾风暴在天空中烙下了深深伤痕。无人穿梭机突破了冰冷的中间层，外壳燃着白光。等离子引擎呼啸着，它冲入了热层，太阳的光线令飞机的表层炽热无比。这架无人穿梭机最终突破了散逸层，引擎在减速。这是一次单程旅行，预设的追踪信标迅速找到了目的地。那里远离火星的红尘天际，远离窥探的眼睛和质询。这架无人穿梭机正前往木星。

  图勒星已环绕木星的造船厂运行了六千年。它高悬于其母星的气态表面上空，位于伽利略大卫星——木卫四、木卫三、木卫二和木卫一之外。它是一块丑陋的岩石，重力微弱，奇形怪状。

  机械神教并不在意那些。在机器的心中哪有什么外表和美学可言？精度、准度、功能,这些才重要。

尽管图勒星并不显眼,但它不仅仅是一块荒芜的岩石。它已经被巨大的钻机挖空,内部填满了管道、巨大的隧道和房间。数百万仆工、无人机和侍僧们在地下迷宫中劳作着,他们在负责实施一项十分庞大的工程。实际上,图勒星的死寂核心已经变成了一个由铸造殿和压缩机组成的庞大工厂,一台巨大的重力引擎则是其跳动的心脏。这个建筑通过支撑泡状穹顶的金属卷须从地面延伸而出,如同帽贝一般攀附在岩石和气动升降机阵列上。图勒星不只是一块丑陋的小行星,还是木星的一个轨道造船厂,而且有客造访。

"我们正身处新纪元的伊始。"通过植入颈甲的扩音器,扎德基尔的声音响亮地回荡在大厅中。在他身后,图勒星造船厂的外骨骼结构在寒冷的太空中阴森耸立,令人生畏。在这里,在基地的一个泡状穹顶内,他和手下能够免受小行星地表的灾害。太阳风冲刷着岩石,将其洗白,无情的侵蚀形成了一股夹杂着浓厚氮气的翻滚尘埃。

"红色黎明冉冉而升,敌人将血流成河。听从真言的力量,洞悉我们的命运。"扎德基尔在高声布道,站在黑曜石讲台上的他生气勃勃,满怀热忱。刻在那副显贵面容和秃头上的经文让扎德基尔的演讲显得格外庄重。他那凶猛的灰色眼眸透着热情和信心。

扎德基尔戴着巴洛克式的拳套,他紧抓着讲台边缘,姿态坚决。他身着全套战甲,这是首批尚未经历战火洗礼的绯红色新型陶钢盔甲。战甲上满是寇其斯的号角,这是在表达对原体家园世界的敬意,也是自豪与高贵传承的象征,它代表着扎德基尔谈及的新纪元。

怀言者军团已经否认天性太久了。如今,他们已经抛下了忠顺和屈从的假象,摒弃了妥协和拒绝接受的外表。他们的新型动力盔甲来自火星的铸造厂,蚀刻着洛加的书信,这便是那份契约的证明。佯装无知的灰岩色盔甲已被销毁于奥林匹斯山的心脏中,身着启蒙圣服的军团即将重生。

扎德基尔伫立于他的石头讲坛后,面前是一片绯红色的海洋。一千位阿斯塔特恭敬地注视着他,一整个战团划分为十支连队,每一支都有一百人,他们的连长站在前方。所有人都听从真言。

军团战士们的动力盔甲光彩照人,盔甲拳套举着爆矢枪致敬,如同在膜拜神圣的偶像。扎德基尔的盔甲同战士们的一样，但上面附着一沓沓祈祷羊皮纸，烧焦的牛皮纸上写着战斗连祷，还有从报应布道书上扯下的血腥书页。当他开口时，言语坚定，充满激情。

"听从真言的力量，洞悉我们的命运。"

会众们齐声呼号，以表赞许。

"我们已经拥有了复仇之矛，让它直刺基里曼及其羸弱军团的心脏。"扎德基尔咆哮道，因自己的愤懑宣言而振奋，"长久以来，我们都在等着报应。长久以来，我们都身处阴影之中。"

扎德基尔走向前，他那坚定冷酷的目光让战士们愈加热忱。"现在是时候了，"他说道，握紧的拳头打在讲台上，以示强调，"我们将抛弃虚伪，抛下佯装忠顺的枷锁，"他发出怒吼，仿佛这话语令他口齿苦涩，"让我们显露头角，展现真正的荣光！"

"兄弟们，我们乃是怀言者，洛加之子。让我们黑暗使徒满怀激情的话语成为伪帝走狗心中的毒刃。见证我们的升格吧。"他说道，转身面对身后的大拱门。

透过泡状穹顶的强化树脂玻璃，一艘庞大的舰船占据了视野。它的周围都是硕大而功能远超所需的机器，支撑仆工和引擎先知们的脚手架仿佛是建造在这艘船周围的，用于抬升这艘巨舰的强化管则排放着浓厚的高气压烟雾。

这艘船的华丽舰体上耸立着大教堂，其尖塔如同弯曲的手指，直指星辰。它的装甲十分厚重，甚至能够承受防御激光炮的一轮集中打击。实际上，这艘船正是为此目的而打造的。

它那平端舰艏，以及囊括巨大艟部的张开侧翼，都彰显着其力量和精确度。它伸出的三个巨大的雉堞甲板如同冥河三叉戟的锐利尖叉。暗淡的炮铜色舷侧闪着两排激光炮组，一轮齐射便足以毁灭装载舱中的所有人。诸多炮架静立于方角金属板上，上面布满了观察窗，显示里面有许多房间。贪婪的防御炮塔遍布舰背和舰腹脊，凹陷的鱼雷管闪烁着暴烈的意图。

诸多次级甲板伸出尖尖的天线塔，其间点缀着武器阵列和鱼雷舱。这艘船的棱纹舰腹闪着油光，分布着数十个战斗机机库。

在舰艉，排气管的巨大整流罩大张着，下方是加热引擎的暗淡光芒，引擎正准备释放出足够的推力，助力这艘战舰离开图勒星。六边形的引擎排气口由铬合金打造，如此巨大而又骇人，以至直盯那蛰伏的心脏就如同将所有感官和理智都裹入深不可测的黑暗虚空中。

最终，一排排挡板从舰艏脱落，露出了一个巨大的艏饰像——一本由金银打造、被火焰所笼罩的书。洛加的真言语录被雕刻在数米高的书页上。这是有史以来铸造的最为庞大的舰船，在各个方面都独一无二、强大无比。

这艘船如此伟岸，就像是生于古老大洋深处的某种生物，就连扎德基尔也为之沉默。

"我们的矛已经准备就绪，"扎德基尔最终说道，他的声音因敬畏而哽咽，"狂怒深渊号。"

这艘船，这艘威猛的舰船，是为他们打造的，木星造船厂中进行许久的建造终于完成。这将会是针对帝皇的一道重击，为荷鲁斯打出的一道重击。在建成之前，无人知晓这艘船的存在。他们采取了许多手段来确保这艘船的隐秘。这次发射仪式鲜有人知，几乎无人注意，图勒星是这场欺骗中的一部分，但也仅仅是一部分。

扎德基尔转过身，面对他的战士们。

"让我们挥戈而起！"他高声赞颂，满怀激情，"伪帝去死！"

"伪帝去死！"会众们回应道，如同一道猛烈的冲击波。

"荷鲁斯必胜！"

纪律已然瓦解，众人怒吼咆哮，仿佛着了魔，拳头猛击盔甲。战士们狂热地喊着虔诚与仇恨的誓言，声音汇作可怕的喧嚣。

扎德基尔在这虔诚的旋涡中闭上了双眼，品味着、汲取着这份狂热。当他再次睁开双眼时，正面对着拱道和狂怒深渊号。他露出阴冷的微笑，想象着这艘舰船所代表的事物，想象着这艘船惊人的毁灭潜能。这艘船在整个帝国独一无二：没有舰船具有这般火力、这般韧性。它只为一个特别的任务所打造，它需要用所有的力量和韧性来完成这项任务——毁灭一支军团。

庞大的装载舱现在已成了一个临时大教堂，在那黑暗的角落，有人在观察、倾听。在阴影中，漠然的双眼注视着这群卓越的战士，这些战士是帝皇才智乃至傲慢的产物。

"奇怪，主人，这位阿斯塔特竟会对我们的劳动成果产生如此情绪反应。"

"他们也是有血有肉的，埃普索伦贤者，也会被琐事影响。"凯尔博－哈对身旁弯腰驼背的侍僧讲道。

铸造统领特意搭乘他的私人专用艇从火星长途跋涉至图勒星。他假装前往木星造船厂巡视，监督木星表面的大气采矿作业，检查木卫一上的活动，视察木卫二巢都内的载具和装甲生产工作。这一切都能解释他在图勒星上的出现。而事实是，铸造统领想要见证这一重大时刻。驱使他的并非自尊心——一位与奥姆尼赛亚几近完全交融的人已不再有这样的情感——而是纪念这一刻的愿望。

对于铸造统领而言，每一份努力都是一样的，对形式和功能的要求胜过对仪式和庄严感的需要。然而，他伫立于此，身披黑色的长袍，这象征着他对战帅及其事业的效忠与奉献。不正是他批准了技师长乌特兹·马勒沃鲁斯打造荷鲁斯盔甲的吗？不正是他受托制造了大量材料、弹药和战争机器吗？没错，这些都是他做的。他之所以这么做，是因为这有利于他的目的，与其说满足了他逐渐增长的欲望，倒不如说符合他的固有程序，伟大机械神的仆人会逐渐与他们沉睡的神融为一体。荷鲁斯去除了火星的枷锁，让其追求神圣的机器，并撤销了帝皇的惩罚。对于凯尔博－哈而言，他对机械神教的效忠是一个逻辑问题，只需几纳秒便能完成计算。

"他看到了美，而我们看到了功能和形式。"铸造统领继续说道，"力量，埃普索伦贤者，通过火与钢所炼成的力量，这才是我们所打造的。"

埃普索伦贤者同样身着黑袍，他点头赞同，感激统领的启迪。

"他们也只不过是人类，"铸造统领解释道，"而我们则已不再拥有那样的弱点，就像是那艘船上的沉思机一样。"

他十分高大，参差的长袍边缘露出了他的胸腔，棱纹管子和卷须状的伺服装置取代了器官、血管和肉体，凯尔博－哈绝非人类。他不再拥有脸庞，冰冷的钢面植入了一双奇特凹陷的绿球状二极管，取代了双眼。他的背后伸出了一组机械义爪和义肢，如同一只蜘蛛，上面满是刀锯和其他神秘机械。他的声音毫无感情可言，植入的通信合成音嗡嗡作响，充斥着人造的冷漠。

凯尔博－哈看着一队队阿斯塔特穿过连接舰船装载坡道和泡状穹顶的蜿蜒的脐带状管道，登上了船，他们那位浮夸的领袖满怀沉着与自豪，记忆印迹中的内置时钟提醒他时间不多了。

狂怒深渊号的推进器缓缓启动，这艘巨舰在升降夹具中上下推压。被唤醒的等离子引擎随之积聚能量，产生出连续低沉的轰鸣声，即便是透过泡状穹顶的树脂玻璃也清晰可闻。随着阿斯塔特及其舰员们登上船，狂怒深渊号已准备好发射。

铸造统领那扭动的机械义肢伸出了一根数据探针，咔嗒一声插入了一个从机库地板中升起的圆柱形控制台。凯尔博－哈接入这台设备，输入了发射舰船所需的代码序列。控制台上亮起了一连串图标，发射室中回荡着缓缓积聚的能量轰鸣声。

领导贤者洛瓦克斯·阿特曼是聚集观看发射仪式的侍僧和仆从团体中的一员，他被授权激活爆炸的第一道序列，释放狂怒深渊号。连续的爆炸放出串串火焰，荡漾在码头一侧。升降机、装配组件和脚手架网纷纷落入黑暗，磁力拖船等候着收集这些残骸。一块块辐射防护板从舰体上升起。加油驳船中的残渣燃起了明亮的火焰。

等离子引擎发出怒号，低沉轰隆，热火在图勒星的表面上烧出了一块蓝色的条痕。黑暗的天空中升起了一颗新星，如此可怕，如此惊人，无以言表。它是雷霆金属之神的具现，它的愤怒将点燃银河。

最终，狂怒深渊号开动了。凯尔博－哈看着这艘船庄严地升入苍穹，引擎发出低沉的轰鸣，他的内心涌现出了一丝细微的残余情感。那一刻转瞬即逝，几乎难以量化。铸造统领进入内置沉思机，接入自己的个人记忆印迹，找到了那种情感。

那是敬畏。

穿过一系列隐秘隧道和鲜为人知的空间，那架无人穿梭机等候在图勒星的核心深处。在它进场时，仍在劳作的仆工和机仆并未注意到它，程序晶片确保了他们专注于工作。因此，当那架无人穿梭机缓缓经过时，它既未受到挑战，也没被看见。穿过繁杂的隧道后，它停靠在了一个小前厅中，静候了几个小时。那里连接着小行星核心中的庞大重力引擎。

一小时前，铸造统领凯尔博－哈的私人专用艇已经离开了这座基地，机械神教的首脑留下了他的下属埃普索伦贤者去组织狂怒深渊号发射后的清理工作。这艘船将会是离开图勒星的最后一艘船。

附属于无人穿梭机的机仆驾驶员的预设激活协议突然启动了。机仆驾驶员体内分离的化学混合物输入到了同一个器官腔室中，融合到了一起。原本无害的化学物结合之后便成了能够产生极大破坏力的挥发性溶液。在这种溶液完全融合后的一秒钟，一块小型燃烧炸药点燃了。火焰风暴立刻吞没了整架无人机，并向外扩散，肆虐的大火涌入隧道，进入管道，烧死了劳作的仆工们。当火焰接触到重力引擎时，随之产生的爆炸引发了灾难性的连锁反应。仅仅几分钟，这颗小行星便爆裂成了一块块火焰碎片。没有时间可以让人逃离到安全地带，也没有幸存者。技师、机仆和仆工都烧成了灰。

　　残骸将会扩散到周围的大片区域，但这颗小行星位置偏远，处于其马蹄形轨道的最远端，并不会影响到木星。这不会逃过他人的眼睛，但这也无关紧要，任何调查行动都需要耗费数个月的时间才能被批准生效。没有人会发现这颗小行星表面的造物，等到被发现也早就晚了。

　　图勒星的毁灭导致许多技术丧失了，这是为绝对保密而付出的沉重代价。铸造统领的意愿终会实现，而正是他赐予了图勒星死亡。

第二章

赫克托尔的命运
奥特拉玛的兄弟们
深入狼穴

隐修所中一片黑暗。赫克托尔连长兄弟保持着沉稳的呼吸，同时刺出他的短剑。紧接着他用战斗盾牌猛地一撞，随后扭转身躯，改变进攻姿态，做出佯攻姿势。他俯下身，在这小教堂一般的前厅中，周遭尽是黑暗。他猛地转过身，向相反的方向重复动作：挥击、刺戳、格挡、刺戳、撞击、佯攻、转身、重复，一遍又一遍，身体宛若中了咒语。每过一轮他都会增加一道动作：这里一道回刺，那里一道跃刺。步调与强度循环增加，黑暗包裹着他，令他更加专注，动作的速度和复杂度渐渐达到顶峰，此时赫克托尔逐渐放慢速度，直到再次恢复平静。

赫克托尔静静地站着，继续调整呼吸，他的训练程序结束了。

"灯光。"他下令道，两侧的墙上分别亮起了一盏华丽的灯，照亮了这个简朴的房间。

赫克托尔只穿着凉鞋，缠着腰布，他的汗水在人造灯光中闪闪发光，强化肌肉的曲线在灯光下更加明显。赫克托尔自省片刻，凝视着手掌。他的这双手又大又壮，没有任何伤痕。他的右手紧握成拳。

"我乃帝皇之剑，"他低语道，随后握紧了左手，"他的意志由我施行。"

两位身着长袍的侍从在阴影中耐心地等候着，兜帽掩盖住了他们的强化体和其他明显的畸形。即便不与阿斯塔特那肌肉发达的高大身材相比，他们也显得弓腰驼背，身材矮小。

赫克托尔并未理会他们的奉承，他解开将战斗盾牌捆在手臂上的带子，并连同短剑一起递给侍从。他的侍从沉默地退入房间边缘的阴影中。他则盯着地面。房间中央，一个银色的"U"字被刻在一个蓝色的圆形内，赫克托尔站在正中，那正好是他开始训练时的位置。

他露出微笑，叫侍从们呈上他的盔甲。

美好的日子即将到来。

自从他上次见到自己的极限战士同袍以来，已经过去了很长时间。他和他的五百位战斗兄弟已经远离奥特拉玛家乡三年了，他们在协助进行帝皇的伟大远征，为银河系带来启蒙，重夺人类失去的殖民地，与阿克纳斯的维克塔特族作战。维克塔特的文化走上了歧路，一个异形主宰奴役了阿克纳斯的人类。赫克托尔和他的战士兄弟们打破了束缚那些不幸人类同胞的枷锁，并就此毁灭了维克塔特族。当地人类从暴政中解放后欣然效忠帝国。那是一场残酷的战争，马库拉格之拳号参与了针对敌军的一场残酷的舰对舰行动，并最终取胜。他们在阿克纳斯进行了维修，同时也征收了一小笔人头税，他们希望补充舰船的舰员，再踏足星辰。战争一结束，赫克托尔和他的战斗兄弟们便被召唤前往被称为"奥特拉玛"的空域，前往考斯星系。终于，他们将与自己的兄弟和原体再度相聚。

想到能再次见到自己的基因之父、极限战士军团的高贵领袖罗保特·基里曼，赫克托尔便满怀自豪。来自马库拉格之拳号星语者的解密信息很清楚。战帅本人，伟大的荷鲁斯，命令军团前往韦瑞迪安星系。基里曼认可了战帅的敕令，指示极限战士的各个部队集结于考斯。他们将会在考斯取得补给，并与兄弟们会合，准备对围困韦瑞迪安邻近世界的兽人侵略军发动一场打击。他们将会短暂绕行至范吉利斯太空港，载上更多驻扎在那里的战斗兄弟，然后便前去开展解放韦瑞迪安的战役。

赫克托尔全副武装地迈入一个入口隧道，前往舰桥。他的舰船马库拉格之拳号是一艘月级战列舰，其命名是为了纪念极限战士的家园世界。在船上拥挤的主大道上，舱面水手、通信军官和其他军团奴仆匆匆走过这位阿斯塔特的身旁。

赫克托尔抵达了舰桥，气压溢出，发出微弱的嘶嘶声，自动大门为他打开，随后又在他身后关上。

"舰长抵达舰桥。"舰船的舵手长伊凡·塞万提斯喊道。塞万提斯是普通人类，尽管与伟岸的阿斯塔特相比很矮小，但在舰长那高贵的面容前他仍抬头挺胸，满怀自豪。塞万提斯用他的强化手利落地敬了个礼。在阿克纳斯的一场针对维克塔特族的跳帮（编者注："跳帮"指强行登舰，并可能夺取敌方战舰的一种战术）行动中，他丧失了自己的手，还有左眼。在舰桥暗淡的光线中，替换的义体闪着暗红色的光芒。

诸多控制台的屏幕光在昏暗之中投射出明亮的光线，激活图标闪着绿光，模糊不清。舰员们光头上的接口通过硬线直连入舰船的控制系统，他们在沉默中勤勉工作着。有的人站立着，查阅数据板，观察传感器读数，让马库拉格之拳号穿越现实空间的航行维持运行平稳。无脑机仆以精确又富有节奏的韵律执行指令并监控舰船的日常运行情况。

"你好，舵手长。"赫克托尔回应道，爬上通往舰桥前方升起平台的一小段阶梯，并坐在了位于正中的大型指挥王座上。

"我们离范吉利斯太空港还有多远？"赫克托尔问道。

"预计抵达时间为——"

指挥王座前方的观察窗闪起了大大的警告图标，持续不断，打断了舵手长的话。

"那是什么？"赫克托尔质问道，语气平静。

塞万提斯匆忙查阅了下身旁的控制台。"接近警告。"他迅速解释道，仍在阅读从控制台中涌出的数据。

赫克托尔在指挥王座上倾身向前，语气急切。

"接近警告？来自哪里？我们正独自身处现实空间。"

"我知道，大人。它就是……出现了。"塞万提斯慌乱地查阅着更多数据，舰桥上有序的例行程序即刻进入了紧急状态。

"是另一艘船。"舵手长说道，"很大，我从没见过这样的船！"

"不可能，"赫克托尔吼道，"传感器如何？星语者呢？它怎么会离我们这么近，还这么快？"他质问道。

"我不知道，大人，根本没有预警。"塞万提斯说道。

"打开图像屏幕。"赫克托尔下令道。

前方图像屏幕的防爆屏障缓缓收起，外面的现实空间展露出来。那是赫克托尔见过的最大的舰船，如夜一般黑。它像是一把长长的剑刃，舰体伸出了三个巨大的甲板，仿佛三叉戟的尖叉。

那艘船正在转向，朝着马库拉格之拳号露出了它的舷侧，激烈的红光同时闪起。光芒照亮了这艘船的更多部位，它占据了整个图像屏幕。这艘船甚至比赫克托尔最初以为的更加庞大。即便它离马库拉格之拳号有好几公里的距离，在激光炮组的光芒下它仍然显得硕大无比。

"泰拉在上。"赫克托尔意识到发生了什么，倒抽了一口凉气。

那艘可怕的舰船不知怎么干扰了他们的所有传感器，甚至连星语警告系统都未能幸免，它正在开火。

"升起前方护盾！"赫克托尔喊道，与此同时第一拨打击击中了舰桥。左侧的一排控制台突然爆炸，碎片切碎了一个机仆，并差点烧死一个甲板舰员。舰桥猛烈震颤着。舰员们紧抓着各自的控制台，稳住身子。机仆迅速将泡沫浇在零星的火焰上。赫克托尔紧抓着指挥王座的扶手，危机警笛响彻狭窄的空间，应急电力迅速启动，绯红色的闪电像鲜血一般闪耀着。

"前方护盾！"赫克托尔再次喊道，与此同时第二拨打击将这位阿斯塔特甩出了指挥王座。

"舵手长塞万提斯，快！"赫克托尔敦促道，站起身。

没有回应。伊凡·塞万提斯已经死了，他的身体左侧已被舰桥某处蹿出的火焰烧毁，十分可怕。

剩下的舰员狂乱地工作着，恢复动力，关闭受损的部位，找寻射击方案，以便反击。

"给我动力，光矛，任何东西都行！"赫克托尔怒吼道。

舰桥一片狼藉，在出乎意料的突然袭击面前，精心操练的作战程序已成了笑话。

"我们遭受了严重损害，大人。"塞万提斯的一个手下解释道，大量鲜血正从他的脸颊流下，在他身后，赫克托尔看到另一个舰员正在痛苦挣扎着，有些人趴在舰桥地板上，一动也不动，"我们死定了。"

在舰桥的血光中，赫克托尔面色阴沉，一个短路的控制台爆出火花，照得他的面容格外醒目。

"把星语者找来。"

"发送遇险信号，大人？"那个舰员在混乱的喧嚣声中高声问道。他的同事们的身影匆匆来回，希望能遏制损害，拼命地想要恢复秩序，尽管现实毫无希望。

"我们已经没救了。"赫克托尔断然说道,马库拉格之拳号的系统开始失灵,"发送一条警告。"

塞斯图斯跪在范吉利斯太空港欧米伽区的一间私室中,他正在沉默中深思。这个巨大的轨道站建在一颗大卫星中,周围是数个六边形生活舱,容纳着码头、通信殿和集合大厅。错综复杂的电车轨道连通了范吉利斯的各个地方,整个地区被划分为一系列庭院和区域,以便基本导航。

繁忙的太空港挤满了商人、海军舰员和技工。一大块区域被划分给了阿斯塔特。范吉利斯是一个银河路标,一小股实施保密任务的阿斯塔特将其作为集结点。

待他们完成目标后,他们会在其军团指定的集合大厅集结,等候战舰接应。虽然各个军团一次中转的人员不会超过一个连,但从卡帕区到西塔区都完全由军团处置。那里鲜有非阿斯塔特人员出现,除了无处不在的军团奴仆和随从,不过偶尔会有记述者被允许短暂进入,以便同凡人维持良好的关系。

塞斯图斯沉浸于私室的黑暗中,借着黑暗来厘清思绪。他全副武装,低着头,左拳套按在动力盔甲胸甲上刻着的弯曲银色"U"字上,那是伟大的极限战士军团的标志。

快了,他想。

他和他的九位战斗兄弟在范吉利斯上待了一个多月了。他们在附近的伊西尔里姆为一位帝国要人充当荣誉卫队,并因此与军团的其他人分开了。对于塞斯图斯而言,他们的假期过得很慢。起初,他觉得混在太空港中的凡人中很有趣,也令人有所启发,但即便是脱去动力盔甲,穿着军团战士的袍服,人们也对他感到敬畏和恐惧。不像他的某些兄弟,他并不喜欢这种反应。此后,塞斯图斯便一直待在阿斯塔特的区域。

事实上,他和他的兄弟们即将离开范吉利斯,并被转运到奥特拉玛,回到他们的原体和军团身边,塞斯图斯对此感到欣慰。他渴望再次加入伟大远征,到狂野银河的战场上,给当地带去秩序与稳定。

他们听说,战帅荷鲁斯已经前往伊斯特凡III行星,镇压一场针对帝国的叛乱。塞斯图斯羡慕其他军团的兄弟们,吞世者、死亡守卫和帝皇之子正前去与战帅会合。

尽管塞斯图斯渴望深奥的知识，并痴迷于文化和学问，但他仍是个战士。这是他的天性，否认这一点便是在否认他的基因构造。他不会忤逆帝皇的意志，也不会抗拒帝皇的长者智慧，这样的事情不可容忍。因此，塞斯图斯试图在冥想室中与世隔绝。

"你不需要为我跪拜，兄弟。"塞斯图斯身后传来一个深沉的声音，他站了起来，迅速转过身面对这位不速之客。

"安蒂吉斯。"塞斯图斯说道，将他的短剑插回髋部的鞘中。通常，塞斯图斯会斥责他的战斗兄弟说出如此不敬的话，但他已经与安蒂吉斯建立了极强的情感纽带，这超越了军阶，即便他们都是极限战士。

这份纽带对于战斗兄弟们大有裨益，战士集体胜过个人的集合，正如他们的整个军团一样。塞斯图斯易受情绪影响，但行事谨慎，而安蒂吉斯易怒且固执，但并没有他的连长兄弟那样情感强烈。在一块时，他们能够相互平衡彼此。

战斗兄弟安蒂吉斯的衣着与他的阿斯塔特同袍相仿。他那硕大弯曲的蓝色动力盔甲映射出塞斯图斯的盔甲，还有极限战士的制式标志。他的肩甲、臂甲和颈甲都镶着金边，镀金织锦从安蒂吉斯的左肩垫垂下，连到右胸甲上。两位阿斯塔特都没有戴头盔，安蒂吉斯的头盔挂在腰间的扣钩上，塞斯图斯的金发上戴着银色的桂冠，战斗头盔则托在他的臂弯里。

"有点烦躁，连长兄弟？"安蒂吉斯的蓝灰色眼眸闪烁着，与他的寸头颜色一样，"你想要步入群星，再次指挥舰队？"

塞斯图斯既是一位连长，同时也拥有舰队指挥官的军阶。在他逗留伊西尔里姆期间，他的指挥官职责暂时中止了。安蒂吉斯是对的，他的确渴望回到舰队，与帝皇的敌人作战。

"并期待你潜伏于阴影中，等候着显露自身。"塞斯图斯严厉地回答道，并走上前。

他的斥责表情仅仅维持了片刻，随后便咧嘴笑了，并拍了拍安蒂吉斯的肩膀。

"幸会，兄弟。"塞斯图斯说道，紧握住安蒂吉斯的前臂。

"幸会，"安蒂吉斯回礼，"我来带你离开这儿，连长兄弟，"他补充道，"我们正在集合，等马库拉格之拳号来接我们。"

从欧米伽交心殿的私室到码头的距离很短，塞斯图斯和安蒂吉斯的其他战斗兄弟正在码头上等候着他们。一条狭窄的步道两侧排布着蕨类植物和精致的雕像，他们很快便来到了一个有着多个出口的宽阔广场。正在温情交谈的极限战士们占据了最终通向码头的西侧岔口。

两位领头的阿斯塔特转过一个拐角，一个人直直撞在了塞斯图斯的胸口上。这一撞尽管令人惊讶，但这位阿斯塔特仍岿然不动。他低下头看是谁撞了他。

一个看着很有学究气的人在颤抖，他穿着一件凌乱的长袍，双手紧紧地抓着一个平板。

"这是什么意思？"安蒂吉斯立刻质问道。

这位面色苍白的学者在高大的阿斯塔特面前感到畏惧，安蒂吉斯明显展现的力量令他缩起了身子。他大汗淋漓，用长袍袖子擦了擦头，随后不顾面前站着的高大战士，朝来的方向瞥了一眼。

"快讲！"安蒂吉斯敦促道。

"温和些，兄弟。"塞斯图斯平静地说道，手轻放在安蒂吉斯的肩垫上。这个姿势平息了那位极限战士的怒火，他向后退了些。

"告诉我们，"塞斯图斯温柔地鼓励那位学者，"你是谁？你为何如此躁动？"

"坦霍特，"那位学者说道，上气不接下气，"记述者坦霍特。我只是想为他的事迹创作一篇传奇，他却发疯了，"他喋喋不休，"他就是个蛮子，我跟你说，是个蛮子！"

塞斯图斯与安蒂吉斯交换了一个怀疑的眼神，随后安蒂吉斯转过头，再次用他那盛气凌人的目光盯着那个记述者。

"你在说什么？"

坦霍特用一根颤抖的手指指向了一个集合大厅的拱门入口。

一个艺术化的狼头刻在了旁边的石板上。

塞斯图斯看到那个图案时皱起了眉，很清楚这时还有谁和他们待在太空港上。

"鲁斯之子。"

安蒂吉斯的内心抱怨连连。

"基里曼给予我力量。"他说道，两位极限战士迈步走向那个集合大厅，身后留下胆怯的记述者坦霍特。

布林加·斯特姆德伦放倒了又一个血爪，他那轰鸣的笑声响彻集合大厅。

"来啊，小崽子们！"他吼道，喝了一大口手中的啤酒，大部分冒着泡的棕色酒水溢洒到了他的大胡子上，他的胡子打了一连串复杂的结，扫过他军团的灰色动力盔甲，"我的牙都还没磨尖。"

为了表明这一点，布林加做出一副狂野的笑容，露出了一对长长的门牙。

那个刚刚被布林加打趴下、处于半清醒状态的血爪无力地爬着，徒劳地试图远离这位精力充沛的野狼守卫。

"我们还没结束呢，崽子。"布林加说道，用巨大的铁拳抓住了那个血爪的脚踝，仅用一只手便把他扔过房间，摔在剩下的家具上。

在这片破碎的桌椅狼藉中，还剩下三个血爪，酒水和食物洒得到处都是，他们警惕地盯着野狼守卫，开始包围他。

面向布林加的那两个血爪扑了过去，发起进攻，露出了短短的狼牙。

布林加宛如喝醉了一般，躲过了第一个人的挥击，并将手肘猛击入那个血爪的腹部。他那岩石般坚硬的下巴承受住了第二个人的打击，随后凭借硕大的形体将那人撞倒在地。

第三个血爪从后方袭来，但布林加已经做好了准备，他仅仅只是侧步跨开，让那个年轻的战士扑了个空，随后一击沉重的上勾拳打在了对方的脸上。

"永远不要顺风攻击，"布林加奸笑着，告诉滚在地上的那个血爪，"我永远都能闻到你的进攻。"他补充道，轻点他大张的鼻孔，以示强调。

"至于你，"布林加说道，转向那个打中他的人，"你这拳打得好像你是马库拉格来的！"

这位野狼守卫放声大笑，随后用一只陶钢靴子踩在最后一个血爪身上，嘲弄般地庆祝他的胜利，而那个血爪尚未从昏迷中醒来。

"是吗？"入口处传来一道严厉的声音。

布林加的目光转向那个讲话者的方向，他那只仍然完好的眼睛立马亮了起来。

"新的挑战，"他喊道，大口畅饮啤酒，并打了一个刺耳的响嗝，"来吧。"布林加说道，向那人示意。

"我以为你已经差不多了。"

"那我们来看看吧。"他露出狂野的笑容，从那个一动不动的血爪身边退开，"告诉我，"他说道，阔步向前，"你能接住吗？"

塞斯图斯在那把宽背椅子飞来砸到自己前的最后一刻猛闪开来，它撞碎了集合大厅的墙壁。再次抬起头时，他看到那个高大结实的野狼守卫正朝他而来。那位阿斯塔特简直是头野兽，他的灰色动力盔甲上覆着皮毛，银色的链条上挂着许多尖牙和野蛮的木雕。他没有戴头盔，一缕缕又长又粗糙的头发上满是汗水，胡子则浸着狼蜜酒，随意地甩在宽厚的肩膀上。

"退后。"塞斯图斯告诉安蒂吉斯，同时爬起身。

"悉听尊便。"那位极限战士回答道，他正保持俯卧姿势。

依照罗保特·基里曼规定的战斗程序，塞斯图斯采用了蹲伏姿态，并冲向那个太空野狼。

布林加扑向极限战士，对方差点没能躲开这突然的袭击。塞斯图斯利用自己低矮的姿态掠过那道打击，并用前臂迅速击向布林加的肘部，将剩下的啤酒打翻在他脸上。

布林加发出怒吼，又充满活力朝着极限战士袭来。

塞斯图斯躲开了一个笨拙的熊抱，并就势将这位太空野狼狠狠绊倒。

这动作差点就奏效了，但布林加并没有倒下，他扔掉空酒杯，并用手支撑起了身子。他转身，利用这势头向前冲，并一拳猛击入塞斯图斯的上腹，他的速度极快，让那个极限战士难以抵挡。紧接着他抬手向下一击，布林加试图连续攻击，但塞斯图斯避开了打击范围，并打出一记凶猛的上勾拳，将布林加打飞。

伴随着更多家具被压碎的声音，这位太空野狼站起了身，但塞斯图斯已经冲了过来，继续进攻。他朝着布林加的鼻子、耳朵和心口接连打出三道快速的平掌击。布林加遭到连续猛击，踉跄不已，无法做出反击。塞斯图斯则扑向前，两只手臂钩住了布林加的躯干。塞斯图斯利用进攻的压力作为驱动，发出怒吼，布林加被甩过集合大厅，撞在了一堆高大的桶上。塞斯图斯在向后退的同时，看着桶架松散开来，砸到了布林加的身上。

"够了？"塞斯图斯问道，带着沉重的喘息。

布林加头晕目眩，垂头丧气，浑身都是冒着泡的狼蜜酒——这是芬里斯的本土佳酿，酒劲很大，喝得够多的话甚至连阿斯塔特也会不省人事——布林加抬头看向获胜的极限战士，露出微笑和他的尖牙。

"这场败仗不算糟糕。"他说道，拧着胡子，啜着其中挤出的狼蜜酒。

安蒂吉斯与他的战斗兄弟站在一起，面露怪相。

"起来。"塞斯图斯说道，将布林加拉起身。

"你好啊，塞斯图斯。"他说道，站起来给了塞斯图斯一个大大的熊抱。"你也好，安蒂吉斯。"他补充道。

另一位极限战士向后退了一步，点点头。

布林加放下手臂，点头回应，咧嘴而笑。

"好久不见，伙计们。"

在远征早期，卡尔西斯上的科洛比特帝国起义期间，这三位阿斯塔特第一次并肩作战。那天，布林加救了塞斯图斯的命，并因此瞎了一只眼睛。这位令人尊敬的野狼只身一人与科洛比特的蜂王战斗。那把强大的符文斧"暴牙"，布林加用至今日，其部分斧刃是由芬里斯的符文牧师和工匠利用蜂王的颚爪铸造而成，以表彰他的功绩。

"的确，我高贵的朋友。"塞斯图斯说道。

"喝酒斗殴？这个太空港的酒馆还不够尽兴吗，布林加？我猜你建这个集合大厅就为了这个？"安蒂吉斯说道，语气中略带一丝责备。

墙壁上镶着上漆的木板，大厅中则间隔摆放着许多木桶，里面装满了狼蜜酒。又大又长的桌子和结实的木凳占据了空位，而整个大厅就只有布林加和呻吟着的血爪们。芬里斯的功绩挂毯铺在墙上。极限战士的集合大厅简朴严肃；而这里，由黎曼·鲁斯的军团工匠们打造的大厅看起来更像是乡下的长屋。

"可惜你们没能早点来。"布林加说道，"也许明天？"

"遗憾的是，我们不得不谢绝。"塞斯图斯回答道，暗自感到宽慰：他可不想跟这个魁梧的太空野狼再打一个回合，"我们今天就要动身前往奥特拉玛。韦瑞迪安星系正酝酿着战争，我们将会与我们的兄弟重聚，共赴战场。我们现在正前往太空码头。"

布林加咧嘴而笑，拍了拍两位阿斯塔特的肩膀。两人透过盔甲都能感受到其力度。

"那么，就还有一件事。"

安蒂吉斯面露怀疑。

"什么事？"

"我要为你们送行。"

接着，布林加便带着两位极限战士转过身，他那硕大的手臂搭在极限战士们的肩上，和他们一起走出了集合大厅。

"他们怎么办？"塞斯图斯在离开时问道，示意被打倒的血爪们。

布林加迅速回头瞥了一眼，做了个轻蔑的动作。

"啊，他们已经够兴奋了。"

第三章

狂怒深渊号的神
灵能尖叫
家园的幻象

科拉利斯码头是范吉利斯上的诸多码头之一，这是一块宽阔平坦的金属甲板，从诸多站台和监听塔中向外伸出，其末端是三个尖牙状的对接爪具，可以让各种类型的到访飞船靠港，并装载或卸下货物。

三位阿斯塔特来到了科拉利斯码头的主控制中心，这是一个可以俯瞰码头的狭窄房间。相互交织的粗大电缆缠绕在天花板上，暗淡闪烁的卤素灯照亮了弓腰驼背的仆工和在中心工作的沉思机机仆。无数图像屏幕和数据显示器投射出的病态黄光在黑暗中微微闪烁。

房间中央是一个蔚蓝色的全息球，在一个炮铜色的平台上方旋转着。图像中显示着范吉利斯太空港及从地面投射出几千米的广域测量网，图像分辨率低，画面很模糊，断断续续。

三位阿斯塔特面前的墙上是一个巨大的凸面观察窗，透过那扇窗他们能够看到浩瀚的现实空间。在远方，星云翻滚。斑斓的色彩和渐弱的太阳点缀在无垠的黑暗中，星场和其他银河现象如同无尽黑曜海中的动植物群。这幅景象令人叹为观止，让人忘却了控制中心内的循环空气依然令人作呕又窒息。位于范吉利斯地下的太空港主反应堆发出机器嗡嗡声，让人透过强化的塑钢地板都能感到潜在能量的持续轰鸣。这里也很热，赤裸裸的工业内饰几乎无法隔绝码头发电机的热量。

待其他阿斯塔特抵达时，萨夫拉克斯已经在控制中心的指挥甲板上了，他正与中心站长进行商谈。萨夫拉克斯是这支荣誉卫队小队的掌旗手，极限战士的荣誉旗帜已经卷起来，装到了挂在他背上的盒子中。萨夫拉克斯的其他战斗兄弟在下方的中心大门处，正为启程做准备。

"你好，萨夫拉克斯。你认识的，这是太空野狼的布林加。"塞斯图斯说道，

朝着那个面向粗野、龇牙低吼的狼卫示意。

"有什么消息？"那位士官兄弟向他的掌旗手问道。

"连长，安蒂吉斯，"掌旗手对他的战斗兄弟说道，"鲁斯之子。"他接着对布林加说道。萨夫拉克斯光着头，一道长长的伤疤从左鬓角延伸到下巴底部——又是一个来自科洛比特的纪念。塞斯图斯常常觉得军团中没有人像萨夫拉克斯那样腰背挺直，他看起来仿佛永远都处于立正状态。萨夫拉克斯很可靠，他几乎不会流露出强烈的情绪，脸上总是有一副严肃的表情，就像是石头凿出来的面具。他很务实，甚至有些忧郁，他是存在于塞斯图斯和安蒂吉斯之间的第三个平衡元素。即便如此，这位掌旗手的心境也尤为阴郁。

"我们收到了一条星语信息。"萨夫拉克斯告诉他们。

控制中心里住着三位星语者，整个太空港则有更多。他们就位于楼层下方一个阴暗深邃的圆形前厅中。设在前厅边缘的暗灯在他们微微蠕动的躯体上洒下微光。一层灵能调节的半透明布料搭在三位星语者的身上，如同贴身的纱幕。不知为何，在这层纱幕下，他们看起来像是连在一起的，仿佛能感受到彼此的情感。这里还有其他不那么显眼的结界，全都是为了在他们履行职责期间帮助他们，抵御危险的精神能量。

这些可怜人身形枯槁，双眼已盲，两个男性，一个女性。和他们的所有同僚一样，他们都经历了灵魂绑定仪式——通过这种方式，帝皇能塑造并强化他们的精神，如此他们便能够直视亚空间而不被逼疯。星语者对于帝国的运作至关重要，没有他们，人们便无法跨越极远距离传递信息，军队也无法进行准备和协调。即便如此，这也是一门不精确的科学，由星语庭发送和接收的信息通常只是一串图像和模糊的感觉印象。前厅中蜿蜒的电线和粗大的电缆，将星语者附属于控制中心，并将他们的"信息"记录、翻译出来。

"十五分钟前收到的。"站长说道，他是帝国军的一位年长老兵，剃光的头皮接着电缆，插入了星语室上方控制台的一个指令端口，"目前，我们只接收到了部分内容。我们唯一确定的就是这信息来源很遥远，因此，只有部分信息到达了这里。与此同时，我们的星语者正竭力获取剩下的信息。"

塞斯图斯转过头注视着站长，然后又看向语无伦次的星语者们。在灵能保护层下，他能够看到他们瘦弱的身体包裹在破旧的长袍中。他听到了嘶嘶作响、毫无意义的话语。星语者在讲话的同时流着口水，它们积聚在覆盖其身的布料内部，瘦骨嶙峋的手指抽动着，他们的精神正试图渗入天界。

"福克曼，大人。"这位站长介绍了下自己，并略微低头。他的右腿是强化体，而塞斯图斯根据对方笨拙的动作判断，他的身体右侧大部分是强化体，这也许就是他被贬到范吉利斯并且岁暮年衰的原因，他已经不再适合享受帝国战场上的荣光了。塞斯图斯对他及所有非阿斯塔特之人的脆弱感到同情。

"那会是来自一艘船的遇险信标吗？"安蒂吉斯果断提出疑问，打断了塞斯图斯的思绪。

"我们目前尚无法识别，大人，但不太可能。"福克曼说道，他转向萨夫拉克斯，面色阴沉。

"这条信息……很破碎，更像是极力发出的灵能呐喊。由于亚空间的混乱，发出它的能量难以预测。"萨夫拉克斯说道，"而且这不是信标。只有一条信息——其模式并未重复。我们认为，这也许是一道星语死亡尖叫。而且还有件事。"

塞斯图斯的目光充满疑惑。

萨夫拉克斯面色阴沉。

"我们还没有收到马库拉格之拳号的消息。"这位荣誉卫队掌旗手让这句话悬在那里，并不愿道出其中含义。

"我不会下任何消极结论，"塞斯图斯低声回答道，也不愿坦露心中忧惧，"我们必须相信——"

随着那道灵能尖叫的全部力量传达至此，附属于控制中心的三位星语者开始抽搐。鲜血喷洒在灵能保护层上，看起来模糊又鲜艳。星语者瘦弱的肢臂紧紧压着那布料，他们在痛苦中扭动着，肌肉痉挛。在他们上方，控制中心的沉思机涌出了大量数据，星语者们正竭力控制着涌入其脑海的幻象。

他们那衰败的身体升起了烟雾，已然模糊的灵能保护层内青烟缭绕。随着激烈的电流喷涌而出，控制台闪着火花，爆炸了。顺着电线，电流涌入了星语者干瘪的躯体，他们已经成了电能的人导体。三位星语者一齐仰起头，纯粹灵能力的反流在一道可怕的死亡尖叫中释放，回荡在整个房间。星语者们已经变成了其导管，那道灵能释放的力量通过不稳定的亚空间放大了数倍。

墙壁在这爆发中震颤着，范吉利斯太空港的灯熄灭了。

狂怒深渊号的舰桥就像是一个杂乱无章的微型城市，一排排沉思机就像是巢都群，街道则是暴露无遗的工业铁制甲板，下沉的指挥岗就像是舞台或是深港，其中坐着各个舰桥舰员。舰桥一端是三块图像屏幕，舰桥中心升起的卫城则是舰长的位置。一张战略桌延伸而出，舰长能从中调出星象仪，它会在旋转的铜环中显示出舰船及其敌人。

在杂乱无章的舰桥上方是一层天窗阁楼，这艘强大战舰的星语团在此辛勤劳作。这块拱顶区域同样还有导航者的私室隐藏在一个前厅中，这样在穿越危险的亚空间之时便能够与外界隔绝。

指挥王座高踞于一个五角平台上，那是神的座席。

扎德基尔便是那位神，看着下方他为之尽心竭力的"城市"。

"听啊。"扎德基尔吩咐跪在他面前的祈求者。即便是因包裹舰体内部的厚厚精金板而有所减弱，狂怒深渊号等离子引擎的悦耳轰鸣也像是一声战吼。

"倾听未来的声音……"扎德基尔站起身，开始布道，"命运的声音！"

三位战士，真言的虔诚信徒伫立于此，聆听着扎德基尔的雄辞。

"我们宣誓效忠于您，扎德基尔大人。"三人中最高的那位说道。他的声音就像是压碎的砾石，一只眼睛是血红色的，周围是一团伤疤。即便没有这道伤，他那副坚毅的脸庞在怀言者中也令人生畏。这是贝拉诺斯，突击连长，扎德基尔的私人恐怖武器。作为一个强大的战士，贝拉诺斯缺乏想象力，这让他在扎德基尔眼中是个完美的追随者。他十分顺从，致命又极其忠诚，是一个拥有完美品质的走卒。

"我们皆然。"伊克萨隆漠然插嘴道，又是一位阿斯塔特。伊克萨隆是一位连队牧师，煽动者兼酷刑专家。不像贝拉诺斯，他在指挥官面前仍戴着头盔，那副骷髅面甲的两鬓伸出了两个不起眼的角。即便戴着头盔，伊克萨隆暗中的轻蔑也显而易见。"也许我们应该处理一下眼下的事务，兄弟。"他建议道，话音挖苦地停留于最后一个词上。

扎德基尔坐回指挥王座。王座的雕凿符合他的装甲形体，仿佛他生来便是为了执掌这个舰桥，成为这艘战舰的神。

"那么我们就别拖沓了。"他说道，阴险的目光停留在伊克萨隆身上。

"传感器报告，马库拉格之拳号已被摧毁，所有武器系统测试成功，大人。"雷斯基尔开口道。与指挥平台上的另外两位阿斯塔特相比，他很年轻，憔悴的面容上有着一双黑色的眼眸，眼中流露出强烈的渴望，这般怪相始自他出生时。雷斯基尔是一位身经百战的老兵，尽管如此，他仍自豪地穿着军团新近打造的饰钉盔甲，渴望让这身甲胄接受战火的洗礼。他被广泛认为是扎德基尔的副手，尽管这并非正式职务——那项荣誉属于贝拉诺斯——但他仍将知晓狂怒深渊号上发生的一切并把将其报告给主子视为自己的事。贝拉诺斯是个恭顺的走狗，而雷斯基尔则是个热切的奉承者。

"预料之中。"扎德基尔的回答很简洁。

"的确，"伊克萨隆说道，"但我们的星语者也同样声明，受袭的那艘舰船，尽管遭受了我们正义之怒的沉重打击，仍试着发出了一条遇险信号。我未曾想到，我们委托木星造船厂建造这艘船，谨慎做出的保密努力竟这么快就白费了。"

听到这个消息，扎德基尔的面容流露出了一丝情绪。他想要拔出动力锤，砸破伊克萨隆的脑袋，因其总是犯上，但事实上，他重视这位牧师的谏言和真言。尽管伊克萨隆是扎德基尔身边的一根刺，从伟大远征初期起便是如此，但他并不像雷斯基尔那样喜欢说些奉承的无用的话，也不像贝拉诺斯那样一根筋，不懂得言语的微妙之处。扎德基尔并不相信伊克萨隆，但他相信其真言，因此对其能够容忍。

"那条信息可能会传到一个中转站，或是星域边缘的某个孤立的监听塔，但我们已经上路，没有什么能阻止我们的命运。如真言所述。"扎德基尔最终说道。

"如真言所述。"众指挥官吟咏道。

"雷斯基尔，你要继续紧密关注传感器。如果测量仪范围内出现了任何异样，我要立刻知道。"扎德基尔下令道。

"遵命，大人。"雷斯基尔恭顺地鞠了个躬，退下平台。

"贝拉诺斯、伊克萨隆，履行你们各自的职责。"扎德基尔补充道，不屑一顾，他并未注视着众人离开，而是径直转过头看向面前的图像屏幕。

"引擎。"扎德基尔说道，中央图像屏幕立刻亮了起来，舰桥灯光暗淡下来，屏幕图像的阴冷月光照亮了这座微型城市。图像显示出了狂怒深渊号偌大的引擎室，俯卧的等离子反应堆圆缸令周围忙于日常工作的舰员们显得矮小无比。舰员们穿着怀言者的深红色制服，他们和怀言者一样，都是洛加的仆人，献身于原体的真言,并为在宇宙中有此地位而心怀感激。

　　当然,他们并不了解真言的细节。他们对洛加在其原体兄弟间打造的效忠与宣誓网络,以及这个决定怀言者必然胜利的任务一无所知。他们不需要知道。对于他们而言,依照原体的意愿劳作就够了。

　　在这些可怜的仆人中,一位高大的人物十分突出。他耸立在黑暗中,身着黑色长袍,脖子上戴着的螺栓链条上画着机械神教的齿轮符号。

　　"古雷奥德贤者,保持稳定速度,但准备好将等离子引擎增至最大功率。"

　　"遵命。"这位贤者回答道,他的人造音通过一系列合成器传出。古雷奥德的面部隐藏在头上戴着的巨大兜帽下,一双闪烁的红色二极管在他眼睛的位置模糊可见。长袍下摆的奇怪突出表明他还有更多强化肢体,他那干枯的双手交叠在腹前,这是显示出古雷奥德贤者是人类的唯一迹象。收到命令后,他再度退回阴影中,无疑正前往私室与机魂进行深度交流。

　　扎德基尔转向另一个屏幕,开口道:"军械。"

　　屏幕上显示出拥挤的军火甲板。武器长马尔福里安常驻于此,他正朝着一帮大汗淋漓的勤务兵和水兵吼着刺耳的命令,舰员们正在这充满蒸汽、昏暗又杂乱的甲板上忙碌着。满架子的鱼雷从火星的铸造厂新鲜出炉,闪闪发光。军械甲板的宽度跨越了狂怒深渊号的整个舰艏,就像是舰船的其他部位一样,这里赤裸裸的工业风格也自有其典雅之处。

　　马尔福里安意识到自己收到了传召,他立刻向舰长做出回应。

　　"让舷炮处于待命状态,武器长马尔福里安,"扎德基尔下达指示,"针对马库拉格之拳号的测试,你满意吗?"

　　"满意,大人。如您所令。"武器长脸庞的下半部分已经被金属格栅替代,因此说话声音显得尖细单调。在伟大远征早年,他的大部分下巴在加尔萨拉莫号上与远东边疆的兽人作战时被毁掉了。那艘船是一艘古老的报应级战列巡洋舰,在那场冲突中几乎被毁。

　　扎德基尔打发走了武器长,关闭了图像屏幕。他朝着指挥王座输入了一串序列,扎德基尔感受到平台的液压活塞开始运作,他缓慢庄严地升至舰桥上方,与可以俯瞰舰艏的巨大观察窗齐平。窗外是浩瀚无垠的现实空间。在那星幕中的某处便是马库拉格,基里曼军团的家园世界。那便是他命运的舞台。

　　"导航者埃斯西姆娅。"扎德基尔说道,注视着无垠的宇宙。

"大人。"指挥王座的通信器中响起一个女声。

"带我们前往马库拉格。"

"航线已锁定，舰长。"埃斯西姆娅报告道，她身处天窗阁楼的隔绝茧房中，那是一个带有棱角的泡状舱，周围是一个个数据媒体塔，就像是大教堂的尖塔。

扎德基尔点点头，转头面向面前的图像屏幕，与此同时，导航者开始履行她的职责。

无垠的宇宙在他面前敞开豁口，扎德基尔深知现实空间帷幕之外的大能，以及他为利用其无限的力量而缔结的契约。在他的敌人面前，在这艘强大的舰船上，他就像是一个神。没有任何舰船能够做到狂怒深渊号所要做的事，唯有它才有能力完成科尔·法伦所交付的任务。唯有狂怒深渊号才能逼近，才能承受住马库拉格的强大防御系统所释放的致命武器。

指挥王座上的图标亮了起来，他们已经有了新方向，扎德基尔沐浴在他个人天堂的光辉之中。

"就像是一位神。"他低语道。

范吉利斯太空港科拉利斯码头控制中心的所有应急警笛同时响了起来。塞斯图斯对此毫无头绪。每个指令界面上的警告读出器都断断续续闪着光，将阴暗的控制中心笼罩在某种单色光中。星语团在集体挣扎抽搐，鲜血喷洒在灵能保护层上。

"站长，报告。"塞斯图斯吼道。

福克曼踉跄着后退，试着将电缆扯出他的脑袋，尖啸的信息流正涌入他的脑海。

布林加立刻走到了福克曼身旁，阻止他扯出更多电缆，决意要站长履行他的职责。

"中心反应堆正在超载，"站长吼道，他紧咬着牙关在拼命坚持，"那道灵能震荡定是在我们的电子系统中引发了连锁反应。必须关闭反应堆，不然会崩溃的。"

塞斯图斯的脸庞被断断续续的读出器闪光和警告灯照亮，他面露疑问。

"由此产生的爆炸会毁灭这座太空站，这个码头和我们所有人都会完蛋。"

这位极限战士连长转身面向集结在控制中心的阿斯塔特。

"萨夫拉克斯，待在这里，控制局面，"他一边下令，一边意味深长地瞥向福克曼，"尽力从星语团身上挽回一些信息。"

"但连长——"

"照办！"塞斯图斯不接受辩驳，即便是面对像萨夫拉克斯这样很少质疑命令的战斗兄弟，"不论那条信息里面有什么，都很重要——我能从骨子里感受到。必须恢复那条信息。"

"那我们其他人呢？"安蒂吉斯问道，毫不理会房间里飞溅的火花。

"我们去拯救码头。"

"你不是技术军士，你准备怎么关闭反应堆？"布林加在喧嚣中喊道，上方沉思机电缆溢出的火花洒到了他身上。

尽管这位太空野狼的脸几乎已经凑到塞斯图斯的耳旁，但塞斯图斯只能勉强听到。反应堆的嗡嗡声在地下隧道入口中宛若雷鸣。福克曼口头引导阿斯塔特进入控制中心下方的一个前厅，来到了一个通向反应堆的强化入口大门前，他并未给他们提供关闭反应堆的必要说明，事实上，他已因休克而昏迷了过去。

通常，这片码头区域会挤满仆工和工程师，但迅速外泄的反应堆辐射触发了疏散警报。阿斯塔特在前往反应堆的路上与许多逃离的技师擦肩而过，剩下的人要么已经死了，要么受了重伤。阿斯塔特无视了他们，在整个码头面临危机之时，他们并未理会这些人的求救。

"我希望到时候会有解决方案。"塞斯图斯在他们穿过狭窄的隧道时回答道。阿斯塔特身处的这个走廊环绕着主反应堆的外壳，直通太空站底部的能量源。

"想想基里曼的军团居然被视为战略大师。"布林加说道，放声大笑。

"单刀直入也是一种有效的战略，太空野狼。"安蒂吉斯在金属变形的可怕噪声中高声喊道，管道内仿佛激起了一场内生风暴，"我以为鲁斯之子精于此道。"

布林加的笑声震耳欲聋。

他们经过了最后一批逃离的幸存舰员和慌张的技师身旁，塞斯图斯带领阿斯塔特抵达了反应堆室。唯有身着动力盔甲的帝皇天使才有望在离反应堆强烈辐射如此近的距离存活。塞斯图斯和他的战斗兄弟们在进入隧道前便戴上了头盔，极度辐射警告图标在目镜显示器上持续闪烁。时间不多了。

　　大气管道破裂开来，冰冷的气体喷射在一扇巨大防爆门上，这扇门将反应堆外壳的内部和太空站的其他地方隔绝开来。在灵能涌动击中星语者时，这扇大门无疑便已经激活，然而大门上的伺服系统发生了短路，并且还有一团电线和机器缠绕其中。

　　"做好准备。"塞斯图斯喊道，无视了那团零摄氏度以下空气的寒冷。他抓住了防爆门的边缘，努力将其撬开。

　　"退后！"布林加吼道，利用他硕大的形体挡开了那位极限战士。他熟能生巧，从容地举起暴牙斧，漫不经心地挥舞着。

　　"静止的敌人毫无乐趣可言。"他发出吼叫，猛地将那扇防爆门劈成了两半，斧刃火星四溅。

　　布林加收起武器，用双手掰开破裂的金属，打开了一个足以让阿斯塔特进入的空间。

　　反应堆是一团快速旋转的蓝绿色闪光能量，周围的等离子导管就像是围绕恒星的怪异轨道，反应堆一边波动，一边从等离子导管中吸收着能量。那团能量在震荡，其上布着黑紫色的条纹，一块块烧焦的机器坠入其中。一阵散发着辐射的热气浪反冲过阿斯塔特，更多警告符文通过塞斯图斯盔甲上灵敏的传感器传输到了头盔目镜上。

　　"现在怎么办？"安蒂吉斯在反应堆的呼号声中喊道。

　　塞斯图斯看着那团扭动的能量，并扫视容纳反应堆的小房间和控制台，所有东西都被反应堆的怒火所摧毁。

　　"你们带了多少炸药？"

　　"一串破片手榴弹，三枚穿甲手榴弹，但我不明白，连长。"安蒂吉斯回答道，头盔隐藏了他的困惑。

　　"一整带穿甲手雷。"布林加吼道，"不论你在计划什么，伙计，我们最好赶快。"被失灵的反应堆炸得粉身碎骨可不是他想要的传奇墓志铭。

　　"我们在这个房间安放炸药，身上有的都用上，"塞斯图斯说道，愈发坚定，"然后埋了它。"

　　"这会对太空站造成灾难性的破坏。"安蒂吉斯反驳道，转头注视着他的连长。

"是的，但不会摧毁太空站，"塞斯图斯说道，"没有别的选择了。"

塞斯图斯正准备从他的夹带中拿出手榴弹，反应堆突然崩溃了，如同一颗将死的恒星内爆为黑洞。一个闪光的深紫色球绽放开来，如同失灵屏幕上闪烁的图像。紫色的闪电划过塞斯图斯的盔甲，舔舐着表面。他退后了一步。

一阵呼啸的静电噪声猛然爆发，阿斯塔特都被那股音波打倒在地。一道耀目的闪光照亮了整个房间，令众人的头盔系统瞬间超载。在那道强烈的光芒中，塞斯图斯看到了一幅图像，转瞬即逝，模糊不清，很可能是头盔视觉系统过载产生的假象。他眨了下眼，只看到了白色的雾霭，他摇了摇头，试着再次捕捉那幅图像。那道光芒消失了，待到塞斯图斯的视觉恢复时，那道光芒的余光仍萦绕于他的视网膜边缘，但那幅图像消失了，反应堆也熄灭了。堆芯化作黑暗，静电爆裂的光芒闪过其表面，堆芯收缩，骤然陷入惰性状态。反应堆外壳内的警告灯光逐渐暗淡并最终熄灭。

在太空站的其他地方，二级反应堆和三级反应堆检测到了主反应堆的失效，于是将能量转移到了码头，让技术先知们有时间进行必要的维修。风暴已经呼啸而过。

"以泰拉之名，刚刚发生了什么？"安蒂吉斯问道，手里仍攥着一串破片手榴弹。

"芬里斯母亲啊。"面对刚刚目睹的事，布林加发出低语。

"你们看到了吗？"塞斯图斯问道，"你们看到那道光耀里的东西了吗？"

"看到了什么？"安蒂吉斯回答道，对他们最终无须炸毁反应堆室感到欣慰。

尽管塞斯图斯的盔甲掩盖住了他的面部表情，但他的姿势显露出了震惊和怀疑。

"马库拉格。"

灵能接收器上闪过一个个破碎的图像，那是灵能尖叫中的星语移情残余。

福克曼因此前遭受的创伤而显得枯槁憔悴，但他仍安然无恙。他正钻研着那些图像，用中心仅剩的还能运作的机器运行分析协议和清晰程序。萨夫拉克斯忧郁地站在他身边，等候着连长的归来。

"连长兄弟！"他说道,感到了几分欣慰。塞斯图斯和其他人从隧道中走出，他们的盔甲多处烧焦。

塞斯图斯摘下了头盔，他面容苍白，额头上流下冷汗。

萨夫拉克斯感到吃惊：他从未见过一位阿斯塔特，特别是他的连长如此痛苦。

"那条星语信息，"在萨夫拉克斯表达他的忧虑前，塞斯图斯冷冷地说道，同时走向灵能接收器，"还剩下什么？"

"一切安好，兄弟。"安蒂吉斯说道，跟在连长身后，并把一只手搭在了掌旗手的肩上，然而他的语气却并不能令人心安。

布林加在后面等候着，刻意让自己远离众人，他冷漠无言，仿佛仍在思考反应堆中发生的事情。他摸了摸附在他胸甲上的尖牙图腾，不露神色。

"剩下的很少。"福克曼坦白，尽管他试着恢复了照明以及中心的一些基本功能，但仍然没能获取完整的星语信息，"如果我要解密这条信息，还要可信，那就需要让一个逻辑引擎运作起来，但我们只有这些。"

塞斯图斯瞪着灵能接收器的图像平板，破碎的图像正在缓慢循环：一只包裹于钢铁桂冠中的拳套、一本金色的书、一堆疑似舰体的物质，以及一团模糊的星辰。塞斯图斯认得第五幅图像。尽管理智告诉他这不可能，但在这位极限战士的内心，他知道自己看到了什么——山脉、翠绿与蔚蓝的景色——这确定无疑。他同样知道自己的感受：一种归属感，仿佛回到了家。

"马库拉格。"他低语道，骤然感到一阵寒意。

第四章

神灵的启示

一场集会

接触

莫特普盯着那摊水，水面清澈如镜，平静无比。水中盯着他的那副面容轮廓鲜明，坚毅无情，尽管天鹅绒兜帽遮盖了部分面容，但他的骨骼线条依然显出了他的英俊。兜帽下的双眼透露着智慧，他那棕褐色的皮肤十分光滑，完美无缺，显露出他的军团——千子的特征。

莫特普的长袍色彩斑斓，如同深红色的液体积聚在他周围。他跪在地上，低着头。他的衣服上缝着符文，看起来很神秘。莫特普正身处私室的中心。

这个椭圆形房间天花板很低，大量神秘物件更是加深了这种幽闭恐惧感。一堆堆卷轴盒和无数架子上放满了翻旧的古书，与装满了神秘物件的水晶玻璃柜相互争夺着空间。玻璃柜中放着一个多色目镜、一个镶嵌着宝石的拳套、一个淡银色的人造骷髅面具。在一个升起的平台上有一个黄金打造的微型天象仪，一个个天体则是一块块宝石。在镀金墙壁上，锃亮的金属画框中装着古老的占星图，在怪异的灯下散发着蓝色的光芒。

整个房间都铺着红色的大理石地板，其上刻着各式各样相互联结的同心圆。石头上刻着红玛瑙和煤玉的符文，其间点缀着毫无规律的弧线。莫特普便身处这图案的中心，所有相互交织的圆圈都汇聚于此。

私室门禁系统中的通信发射器发出了一声鸣响，有客来访。

"进来，卡拉马。"莫特普说道。

私室的门打开了，伴随着一阵气压泄漏的嘶嘶声，那位助手拖着脚步走进了房间。

"您怎么知道是我，莫特普大人？"卡拉马问道，他的声音显得十分老迈。

"还能是谁呢，老朋友？我不需要马格努斯的预见能力也能预测到你的到来。"

莫特普在水盆前弯腰，双手伸进水中，将水轻泼在脸上。随后他直起身，拉下兜帽，灯光映射在他那光秃秃的头皮上。

"我也不需要智能占卜仪就知道你带来了重要消息。"莫特普补充道，用衣袖擦了擦脸。

"当然了，大人。我无意冒犯。"卡拉马说道，深深鞠了个躬。这位奴仆是个盲人，装着眼部植入体。植入他眼窝的强化生物扫描仪无法看见，但能够探测到热量，并提供有限的空间感知。卡拉马用一根银拐杖来辅助他患有罕见眼病的双眼。

"大人，我们已在范吉利斯靠港。"他最终说道，确认了他的舰长已经知晓的事实。

莫特普点点头，仿佛对事情骤然明了。

"让军团奴仆准备好我的盔甲，我们立刻下船。"

"如您所愿。"卡拉马说道，再次鞠躬，但他退出私室时，踌躇了，"大人，我无意僭越，但我们的目的地是普罗斯佩罗，为何要在范吉利斯停靠呢？"

"命运之路奇怪无常，卡拉马。"莫特普回答道，低头看着水盆。

"是，大人。"即便已经服侍了主人五十年，卡拉马也无法完全理解他的晦涩话语。

等到这位军团奴仆离去，莫特普才站起身，收紧他那宽大的长袍。他从袖口中拿出一个木杖似的物件，这东西还没有他的前臂长，其上覆着神秘的符号。

莫特普走出圆圈，圆圈中心露出了一只眼睛。他沿着房间内复杂奇异的图案行走着，那代表着马格努斯的智慧。马格努斯是千子军团的原体，莫特普的基因之父。莫特普沿着这秘术路线，来到了一个华丽的菱形器皿前，并将那根木杖恭敬地放入其中。那个器皿很像是镀金的石棺，与古代普罗斯佩罗统治者曾经的墓冢相仿。放好木杖后，莫特普关上了器皿，其内部发出了气压溢出的嘶嘶声，他在石棺外部装饰中输入了一串符文序列。

"没错。"莫特普说道，输完序列后，他心不在焉地轻抚着圣甲虫状的耳环，"非常奇怪。"

"出席人数很少。"安蒂吉斯低语道。

在极限战士这个简朴的灰色混凝铁集合大厅中，三位阿斯塔特等候着塞斯图斯和他的战斗兄弟。这三人坐在一个刻着弧形"U"字的会议桌周围，一个巨大的挂毯装饰着大厅，其上描绘着帝皇来到马库拉格寻找他儿子的那个良辰吉日所发生的事情。帝皇身着闪耀的金色盔甲，高贵的面容周围闪着光环，朝着跪下的罗保特·基里曼伸出了一只手，基里曼则伸手去握住帝皇。那天，他们的原体真正诞生，军团正式确立。

即便是现在，即便那只是艺术创作，塞斯图斯的内心也情不自禁地感到振奋。

"在这么短的时间内，我不期待太多。"塞斯图斯坦承，并与安蒂吉斯一同走向众人。塞斯图斯的战斗兄弟已经向他介绍过出席者的情况。布林加他当然认识，但另外两个人——一个千子和一个吞世者，他并不认识。

出于维持门面的需要，塞斯图斯和安蒂吉斯带上了四个兄弟——列克西纳尔、皮塔伦、伊克塞利诺和莫拉尔。其他人——阿姆里克斯、莱拉迪斯、瑟斯托尔则和萨夫拉克斯在一起执行着各自的勤务。极限战士召集了这场集会，唯有通过出席人数来体现他们的重视。

"欢迎，兄弟们，"塞斯图斯开口道，与他的极限战士同袍一同就座，"基里曼和第十三军团感谢诸位今日出席。"

"也感谢你。"一位皮肤棕褐色的光头阿斯塔特说道，"但我们恳请你向我们解释一下你们的困境。"他的声音深沉又强大。他身着千子军团的甲胄，那是一身上着深红色和金色漆的动力盔甲，棱角分明，光彩亮丽，如同普罗斯佩罗的纪念碑；他的体形令人生畏。安蒂吉斯已经告知了塞斯图斯，这位千子是舰队舰长莫特普。

他阴沉又英俊，脸上并没有常年征战的战斗伤痕和功能性面部义体。莫特普身上有种古怪又漠然的气质，他的双眼闪着光，仿佛直刺入塞斯图斯的灵魂。

并非在场的所有人都对他那显而易见的能力怀有敬意。

"头狼视沉默胜过无聊的空话，他愿听从明智的谏言，而非无谓的讯问。"布林加咆哮道，他对马格努斯之子所怀有的敌意十分明显。

这位野狼守卫已经宣誓效力于塞斯图斯的目标，正是他和安蒂吉斯召集了范吉利斯上的诸军团进行这场会议。他们仅提出了热情又简要的请求，并未透露塞斯图斯需要他们做什么。这位太空野狼起初怒斥让千子参加这场行动的做法。这两支军团相互矛盾的品性让他们无法和睦相处，而最近关于十五军团公然藐视尼凯亚敕令的传闻更加剧了他们之间的矛盾。但塞斯图斯意识到，他们需要每一位战士，并且莫特普响应了号召。更重要的是，莫特普有属于自己的舰船，这有助于强化塞斯图斯正试图组建的小舰队。

千子的这位舰长无视了太空野狼的暗中侮辱，向后倾身，示意塞斯图斯继续。

塞斯图斯连长向与会众人讲述了其小队搭载马库拉格之拳号离开范吉利斯的计划，以及那条差点摧毁科拉利斯码头控制中心的星语信息。他甚至吐露，自己担心某个未知的敌人已经摧毁了马库拉格之拳号，但他并未提及自己在反应堆堆芯中的经历。塞斯图斯仍在试着理解他所目睹的事物。幻象是属于巫术领域的事物，而透露他——一位极限战士——目睹了幻象，会削弱他话语的可信度，并引起其他人对他动机的怀疑。

"也许这是一艘异形舰船干的，我的军团在太阳星域已经干碎了不少兽人飞船。"说话者的声音如同钢铁。斯克拉尔是一位吞世者，第十二军团的阿斯塔特。算上布林加，他是第三位受邀的战士。

他穿着破损的第五型动力盔甲，其军团的蓝白配色有所磨损，显然，他拒绝使用其战斗兄弟们都穿戴的乌鸦型盔甲。他的这身盔甲有几处留着深深的凹痕，还带着许多替换部件，战场维修的成果显而易见。这盔甲由基本材料制成，通过钉子组装在一起，左肩甲、胫甲和颈甲上的饰钉十分明显。他的头盔放在身旁的桌上，其装饰和盔甲很相像，带着令人生畏的刀剑和子弹伤痕，并且露出了下面赤裸裸的灰色金属。

斯克拉尔的面容和他的盔甲一样，上面平行交叉的伤疤如同苦难组成的地图。在他说话时，前额上一根粗厚的血管随之抽动。他的举止很有攻击性，右眼下方的肌肉不安地抽搐着，让他看起来就像是个精神错乱之人。

吞世者是一支令人生畏的军团。如同其原体安格隆一样，他们拥有一股以狂怒作为武器的原始之力。每一位战士都是难以克制的愤怒的化身，与其原体的战欲怀有血腥的共鸣。

"有可能。"塞斯图斯说道，尽管斯克拉尔的好战显而易见，但他仍刻意迎上了这位可怕战士的目光，"我们所确定的是，一艘帝皇阿斯塔特的舰船遭到了未知敌人的恶意攻击，"他继续说道，愤怒渐生，站起身来，"这样的行为坚决不能放任不管！"

"那么你要我们怎么做，基里曼的高贵子嗣？"莫特普问道，他总是那么冷静。

塞斯图斯摊开双手，平放在桌上，恢复了镇静："星语解密揭示了一片太空地区，并且已被太空站的天文制图师识别了出来。我相信这里就是马库拉格之拳号遇难的地方。我还相信，由于马库拉格之拳号本该前往考斯星系与基里曼大人会合，这个攻击者很可能也在前往那里。"

"这个逻辑跨度可是相当大啊，极限战士。"莫特普反驳道，并未被塞斯图斯的热情论述说服。

"我不相信，一艘载着五个连的战斗兄弟前往考斯的舰船，在抵达范吉利斯前会在一场随意的异形袭击中被毁。"塞斯图斯理论道，急切盼望让他倍感挫败。

"那么，我们要如何找到这艘杀手舰？"斯克拉尔问道，他的拇指摩擦着链锯斧斧柄，对杀戮的渴望显而易见，"如果你说的是真的，你们收到的那艘船的遇险信号已经是很久之前的了，猎物肯定已经远离了那个位置。"

塞斯图斯在激动中叹了口气。他非常希望自己能让兄弟们知道他内心的想法。然而眼下，他并不敢这么做，至少要等到他能理解自己所目睹的事物。现在没时间拖延了。

"我们在范吉利斯的位置正位于马库拉格之拳号的航线与其所前往考斯的航线的中点。简言之，我们正位于其毁灭之地的前方。我们如果立刻做好准备，也许能够追上敌人。"

众人沉默地注视着他，连布林加看起来都不太相信这位极限战士的推论。塞斯图斯意识到，引导他的并非逻辑，而是直觉和内心的信念。在反应堆中闪现的马库拉格的图像在他的脑海中留下了烙印。

他开口道："我不需要你们协助这场行动。我已经派我的一位战斗兄弟从这个太空站征用了一艘船，我会带它前往马库拉格之拳号最后传输信息的地点。幸运的话，我们能获得踪迹，并找到对此事负责的人。不，我不需要你们的协助，但我谦卑地请求你们。"他补充道，推开座椅，恭敬地在他的阿斯塔特兄弟面前跪身，低下了头。

安蒂吉斯起初很吃惊，但随后他也离开了桌前，跪了下来。其他极限战士效仿着他的举动，很快，全部六位基里曼之子屈膝于会议众人面前。

"鲁斯之子不会拒绝荣誉情义，"布林加说道，站起身，将暴牙斧放到桌上，"我会加入你们的这场行动。"

斯克拉尔跟着站了起来，将他的链锯斧放在了太空野狼的符文斧旁。

"吞世者的狂怒与你同在。"

"你怎么说，马格努斯之子？"布林加吼道，他那凶残的目光落到了莫特普身上。

那位千子平静地沉思了片刻，考虑着他的回答。随后他将自己那把华丽的弯刀和其他武器放在了一起，镀金刀刃的能量在出鞘时嗡嗡作响。

"我和我的船供你差遣，极限战士。"

"呸！你是这场会议最主要的反对者，我要知道为什么。"布林加说道。

莫特普对这位太空野狼的敌意露出了得意的笑容，但他并未上钩。

"你们都知道在尼凯亚发生的关系到我的原体和军团的事，以及那天施加于我们的制裁。"这位千子坦率地说道，"我渴望改善与同袍军团的关系，而还有什么是比协助罗保特·基里曼的子嗣更好的开始呢？"莫特普就最后一句话尊敬地点了点头，并未刻意掩饰其中的轻蔑。

塞斯图斯对这两位阿斯塔特间的纷争并不太在意。他站起身，安蒂吉斯随之也站了起来。

"今日你们给予了我极大的助力。"塞斯图斯真诚地说道，"我们一小时内在科拉利斯码头会面。"

土星舰队早在伟大远征之前便已存在，那是开辟于土星环中的一个微型帝国。土星舰队的力量和持久性基于其航行技术传统，这对于穿越极度复杂的星环迷宫极其重要。其荣誉榜上记录着第一次遭遇新生帝国的战舰的情形。土星舰队的海军将领们看到了一个建立于威权而非空洞话语或是狂热盲信之上的兄弟帝国，并与帝皇签订了条约，这份条约在土卫二的海军部尖塔上仍占据着显著地位。土星舰队的舰船在伟大远征中曾前往银河的各个角落，但他们的精神家园永远都在星环，在无尽翻腾的土星之下。

塞斯图斯伴着安蒂吉斯一同站在舰桥上，他承认，愤怒号是一艘优质舰船。

它古老又奢华，装饰着许多比帝国军及其舰队还要古老的海军贵族遗产。这个舰桥看起来仿佛是从土卫二的海军学院运来的，暗黑色的木制地图桌、玻璃面的书柜，只有少量的图像屏幕和指令控制台打破了这种假象。天花板上装着一圈共九个图像屏幕，它们能够降下并提供舰船外的全视角图景。指挥舰员们身着土星舰队的暗蓝色织锦制服，全都行事严谨且有良好教养。

这艘船已被征用，萨夫拉克斯和他的战斗兄弟把任务完成得很好。

"少将。"塞斯图斯一边说，一边接近舰长席，那是一个王座，周围是一堆星图。

王座转了过来，露出了卡明丝卡海军少将的面容。塞斯图斯几乎能看出她脸上令人骄傲的遗传特征：坚毅的下巴、优美的脖子、高高的颧骨，她的嘴唇轻微下撇，显露出强烈的傲慢神色。

"塞斯图斯连长，能为帝皇的阿斯塔特效劳是我的荣幸。"她冷漠地回应道。萨夫拉克斯描述了在他和极限战士荣誉卫队的其他成员登上舰时，这位少将对征用她舰船的反应：义愤填膺。

她的点头难以察觉，那动作几乎隐藏在了她制服的高领中，她的肩上则披着厚厚的毛皮斗篷。卡明丝卡少将是一位面色严峻的女族长，左眼的单片眼镜遮挡住了脸侧的部分惨烈伤疤。那个单片眼镜的弧形链条上镶着微小的骷髅，并固定在夹克衫的右胸上。她腰间的皮带上别着一根指挥棒，一把海军手枪紧紧插在髋部的枪套中。她的手套上有一个金属打造的闪电徽章，两只手紧紧地抓着指挥王座的扶手。

"愤怒号是一艘雄伟的舰船，"塞斯图斯说道，试图消除这紧张的气氛，"我很高兴你能响应我们的召唤。"

"的确，阿斯塔特大人，"卡明丝卡语调短促，"让它牺牲于无谓的复仇祭坛上实属巨大遗憾。至于您的召唤，"她补充道，脸部因愤怒而紧绷，"那几乎算不上是召唤。"

塞斯图斯止住了嘴。作为一位阿斯塔特舰队指挥官，他有权执掌一艘舰船。眼下，他决定给这位少将留一些余地。他正在脑海中组织一句合适的斥责，卡明丝卡却继续说道："无垠号的沃尔洛夫舰长也请求与我们同行，而你会发现他的举止更加温和。"

塞斯图斯听说过那艘船，也听说过沃尔洛夫舰长。那艘舰船有年头了，其上的战斗伤痕数不胜数。它已不复往日荣光，更优良更强大的舰船正在这个广袤的银河中占据主导。塞斯图斯怀疑无垠号已经在范吉利斯停靠了一段时间，它在伟大远征中的角色已不重要，而沃尔洛夫舰长尚不想屈服于这种衰败。

"很好。"塞斯图斯说道，决定不再斥责少将。毕竟，他是为了一项理由可疑的任务而征用了她的舰船。塞斯图斯告诉自己，少将的态度是预料之中的。

"你已经取得方位了，少将。没时间浪费了。"

"愤怒号是太阳星域中最快的舰船。如果你的敌人在虚空中，那么我们会追上他的。"卡明丝卡向塞斯图斯保证，并将她的指挥王座转回了仪表板前。

待到阿斯塔特离开舰桥后，卡明丝卡少将怒发冲冠。她来范吉利斯是为了进行维修、获得补给和替换舰员。她本期待着一周左右的休养时间。然而，这帮帝皇的天使仿佛是银河的摄政官，在他们的命令下，她和她的舰船没过多久便又要服役。"以人类帝皇之权"，那是卡明丝卡无法拒绝的明确命令。她并非对服役心有怨恨——她是帝国的忠实士兵，在无数荣光时刻表现杰出——不，她感到不快的是，这项特别的任务是源于直觉判断，而在她看来，这太奇怪了。卡明丝卡对此并不满意，完全不满意。

"少将大人，护航舰中队已就位。"舵手长阿西娜·文克麦尔说道。她的长发束得很紧，制服的织锦令她双肩挺直。

"好，"卡明丝卡回答道，"降下屏幕！"

那一圈图像屏幕降下并缓缓亮起。闪耀的范吉利斯在集结点清晰可见，周围伴随着一团模糊的微光：卫星监听塔、锚泊的舰队，以及轨道残骸。一颗遥远的太阳十分耀眼，图像屏幕的限幅器将其自动调暗。

图标闪现在屏幕上，显示出这支临时舰队中其他舰船的位置。四艘护航舰——无畏号、凶猛号、凶恶号和火刃号——在愤怒号的周围组成了倾斜的菱形编队。莫特普舰长的千子舰船残月号则位于不远处。即便从这个距离上看，那艘阿斯塔特舰船也令人叹为观止，仿佛是由红金构成的光滑飞镖。无垠号和愤怒号一样是巡洋舰，但装备着用于停放攻击机的甲板，它的位置更远，仍在接近中。

卡明丝卡对于他们的启程准备很满意。她轻敲王座扶手上的一个控制饰钉，舰桥的通信广播打开了："护航编队散开，让残月号处于我们的背风面。前往主路径点，等离子引擎四分之三速度。"

"四分之三速度！"引擎舵的舵手洛丹·康特喊道。

"奥卡杜斯先生，请前往通向泰拉的第三核心航道。"卡明丝卡对连接首席导航者的通信线路说道。

"遵命，少将大人。"来自导航者私室的回应很阴沉。

第三核心航道是从太阳星域前往银河东南的最稳定的亚空间航线。它能够便捷地带他们前往目的地，并有望让愤怒号追上虚空中的敌人，不论那是真实之敌还是想象的产物。这条航线同样也是任何前往考斯星系的虚空旅行者会选择的路，如果他不想绕四五年的路的话。阿斯塔特明确要选择这条航线。卡明丝卡少将本会提出疑问，但如此琐事没必要劳烦帝皇的天使。她会服从那位阿斯塔特的命令，毕竟是他掌权。违抗命令并不明智，卡明丝卡决定之后再去探求真相。

愤怒号的引擎启动了，少将心无旁骛。透过舰桥的地板，她感到了振动。在图像屏幕上护航舰中队组成了编队，之后是残月号和无垠号。

不论那里有什么，他们很快都会弄清。

"这里有能量痕迹，已经衰弱但仍可识别。"首席导航者奥卡杜斯的声音从他所在的愤怒号的私室中传来。

帝国舰队迅速抵达了塞斯图斯连长提供的坐标所在的这片现实空间，这里可能便是马库拉格之拳号的毁灭地点。他们并未发现那艘极限战士舰船的踪迹，这里只有微弱的能量痕迹能与马库拉格之拳号的信号相匹配。不像陆地战的战斗的迹象那么明显，太空中的冲突很难识别。飘浮的残骸与舰船可能会被黑洞吸入，太空垃圾会被经过的卫星或是小行星的重力井吸入，甚至连太阳风都可能会将曾经发生过的战斗的最终证据吹散。因此，卡明丝卡要求她的导航者搜寻遗留的任何能量痕迹，在其余证据都消散于残酷太空的同时，找寻等离子引擎排放物的最后残余。

"土星在上，这输出量定是十分巨大，"奥卡杜斯继续说道，鲜见地流露出情绪，"不论这航迹是什么船留下的，它必是艘庞然大物，少将。"

"那么有可能追踪它吗？"卡明丝卡问道，同时旋转她的指挥王座，盯着沉默地站在她身旁的塞斯图斯连长。

奥卡杜斯的回答很简洁。

"能，少将。"

"照办。"塞斯图斯严肃地告诉卡明丝卡，他的表情有些出神。

卡明丝卡面露怒容，觉得他很傲慢，她转回了最初的位置。

"这就照办。将雷达阵列设为全功率，奥卡杜斯先生。前进。"

"兄弟情谊，"扎德基尔说道，"是种力量。"

在阴森昏暗的大教堂中，他立在一个高高升起的黑钢讲坛上，周围是一群见习修士。

"这种力量乃是已知银河的权力核心，人类统治力量的源泉。这便是洛加的真言，如其所述。"

"如其所述。"见习修士们重复道。

这次布道有五十多位怀言者出席，他们的绯红盔甲外穿着灰色的新教徒长袍，他们正跪在扎德基尔面前祈祷。石柱支撑着大教堂的天花板，增强了扎德基尔演讲的音效，这里的空气如同地窖一样寒冷静滞。地上铺着石板，上面刻着真言的文字，更加彰显了此地的宗教性崇拜的意味。这正是帝皇在他的军团中所禁止的事情。人类之主的启蒙新时代里并没有偶像崇拜和狂热信仰的位置，但在这个地方，在每个洛加子嗣的心中，信仰将会被炼成一把武器。

会众中站起了一位新教徒，他想要发言。

"讲吧。"扎德基尔说道，平息了内心对这突然的打断而产生的恼怒。

"同室亦可操戈，"这位见习修士说道，"并由此遭到削弱。那么，这何以是种力量？"

在昏暗的光线中，扎德基尔认出了那是奥蒂斯兄弟，一个野心勃勃的狂热年轻人。

"这才是真正力量的来源，见习修士，因为没有任何竞争能超越兄弟姐妹之间的对立。人唯有满怀强烈的情感，用尽他的一切来取得胜利，才能毁灭对方的成果。"扎德基尔傲慢地说道，享受着居高临下的感觉。

"为了主宰他的兄弟，他必须打造一支大军，以将其兄弟打倒。他会直击兄弟的内心深处，释放他的仇恨，因为没有别的方法可以取得胜利。"

"所以您谈的是仇恨，"奥蒂斯说道，"而非兄弟情谊。"

扎德基尔露出浅笑，隐藏住他的不耐烦。

"一只鹰有两个翅膀，正如同一来源中的两种均等要素，"扎德基尔解释道，"别忘了，我们正在与我们的兄弟交战。目光短浅的帝皇将我们带向了这不可阻挡的命运之路。借助我们的仇恨，以及我们对原体——全能的洛加——教义的信奉，我们将会取胜。"

"但帝皇占据着泰拉，那里无疑充满力量。"奥蒂斯反驳道，有点忘乎所以。

"帝皇不是任何人的兄弟！"扎德基尔喊道，走上前，用他的言语轻易碾碎了奥蒂斯的挑战。

众人沉默了片刻，面对主子的呵斥，奥蒂斯缩了回去。大教堂中无人敢开口讲话，所有人都被扎德基尔那显而易见的力量吓住了。

"他藏在泰拉的地宫中，"扎德基尔以更大的热情继续说道，他面向所有会众，"泰拉摄政的马卡多的党羽，那些征税官僚，他们摒弃了兄弟情谊的纽带。他们高高在上，不受指摘，高于他们的兄弟，甚至高于我们高贵的战帅！"

众人高声怒吼，奥蒂斯也在其中，跪着身子。

"那是兄弟情谊吗？"

见习修士们再次怒吼，用铁拳击打胸甲以突出他们的热忱。

"这些摄政人员创造了一个陈腐又毫无意义的世界，一切激情都已死亡，一切信奉都被视为异端！"扎德基尔啐道，突然意识到身后的阴影中有一个人。

那是狂怒深渊号的一位舰员，舵手萨尔科罗夫，他的手指被替换成了精致的数据探针，他正耐心地等待扎德基尔注意到他。

"抱歉，大人。"他说道，走近扎德基尔，"导航者埃斯西姆娅发现我们身后有一支舰队正在追击我们。"

"什么舰队？"

"两艘巡洋舰、一支护航舰中队和一艘阿斯塔特打击舰。"

"我明白了。"扎德基尔转向会众，"见习修士们，解散。"

怀言者会众在沉默中退入大教堂边缘的阴影中，回到各自的房间思考真言。

"它们正在逼近，大人。"待到众人离开后，萨尔科罗夫说道，"我们很强大，但这些船更小，速度比我们快。"

"那么它们会在我们抵达第三核心航道前追上我们。"这是陈述，而非疑问。

"没错，大人。要我指示贤者将引擎调至最大功率吗？我们仍有可能在遭到拦截前进入亚空间。"

"不，"扎德基尔思忖片刻后说道，"保持航向，并随时向我汇报那支舰队的情况。"

"是，大人。"萨尔科罗夫回答道，敬了个礼，随后迅速转身返回舰桥。

"扎德基尔大人。"昏暗中传来一个声音。那是隐藏在阴影中的奥蒂斯，现在则步入了大教堂中心的灯光下。

"见习修士，"扎德基尔说道，"你为何没有返回你的房间？"

"我想与您交谈，大人，关于您传授的课程。"

"那么向我阐明吧，见习修士。"扎德基尔的语气中透露出一丝愉悦。

"您谈及的兄弟，指的是原体。"奥蒂斯试探道。

"继续说。"

"我们当前的道路会让我们与帝皇发生冲突。对于愚昧无知的旁人而言，帝皇似乎统治着银河系，泰拉王座无法篡夺。"

"那启迪者是如何看待的呢，见习修士？"

"帝皇的权力通过他的原体行使，"奥蒂斯愈发坚定，"分化他们，您谈及的目标便能得以实现。"

扎德基尔以沉默驱使奥蒂斯继续。

"如此方能击败泰拉，当洛加的兄弟们加入他的行列，当我们与那些必然支持帝皇的人作战。我们会勒住我们的仇恨，并将之用作武器，无人能挡！"

扎德基尔睿智地点点头，压住内心对这位表现突出又富有洞察力的年轻人的一丝恼怒。奥蒂斯有些过头了。扎德基尔看到了他双眼中赤裸裸的野心，那火焰行将吞噬扎德基尔。

"我仅仅是想要理解真言。"奥蒂斯道出他的热忱。

"你会的，奥蒂斯，"扎德基尔回答道，脑海中形成了一个计划，"你会成为击垮基里曼的重要工具。"

"荣幸之至，大人。"奥蒂斯说，低下头。

"像基里曼那样真正盲目的人很少，"扎德基尔讲道，"他认为宗教信仰是一股腐化的力量，令人憎恶，而非像我们真言追随者一样拥抱信仰。他实用主义的榆木脑袋是他最大的弱点，在他教条主义的愚昧无知中，我们将直击他钟爱军团的心脏。"

扎德基尔朝着整个大教堂张开双臂，似在将高高的拱顶、饰着凹槽纹的柱子、真言的书页、祭坛和讲坛拥入怀中。"奥蒂斯，终有一日，整个银河都会成为这个样子。"他说。

奥蒂斯再次低下了头。

"现在，回到你的房间，进一步思考这些教训。"

"是，大人。"

扎德基尔看着这位见习修士离去。真言之书翻开了伟大的一页，而奥蒂斯将会在其中扮演属于他的角色。扎德基尔转回讲坛，讲坛后面是一个简朴的祭坛。扎德基尔为罗保特·基里曼的灵魂点燃了一根蜡烛。尽管基里曼很盲目，但他仍是一位兄弟，因此他未来的死亡也当纪念。

在愤怒号的一个训练甲板上，两位吞世者正在角斗坑中激烈交锋。它位于一个广阔的体育场内，这里到处都是人体模型、哑铃和训练垫，墙上则排列着武器架。阿斯塔特们带来了各自的训练武器，破刃剑、短剑、棍棒和长矛随处可见。对于安格隆的那帮爱好决斗的子嗣而言，简化训练的概念似乎是种诅咒。在剑刃的风暴与毫无节制的杀戮欲中，吞世者们仿佛在向死而战。

他们拿着链锯斧，赤裸着上半身，穿着绯红色的训练马裤和黑色靴子，他们的肌肉上遍布可怕的红色肿块和长度参差不齐的疤痕。

随着一声怒吼，两位吞世者分开了片刻，开始在下沉的角斗坑中环绕彼此。白色大理石上溅洒着暗色的液体，那是两位角斗士在此前的决斗中受伤留下的。角斗坑中心狭窄的排水管已经因鲜血而堵塞。

"如此愤怒。"安蒂吉斯评论道，他坐在观众席后方，俯瞰着这场角斗。

"他们是安格隆的子嗣，"身旁的塞斯图斯说道，"愤怒是他们的天性。若是运用得当，他们的愤怒也是有用的工具。"

"是啊，但他们的声誉很糟糕，就像他们的主子一样，"安蒂吉斯回答道，神情严肃，"他们在这艘船上让我感到不安。"

"我同意，我的兄弟，塞斯图斯连长。"瑟斯托尔跟着说道，他正和安蒂吉斯一同观看着这场角斗。这位魁梧的阿斯塔特是荣誉卫队中个头最大的。

不出所料，他的体形和他作为重型武器专家的角色很匹配。除了萨夫拉克斯，荣誉卫队中的其他人都在周围，大家观看着这场凶残的展示，或是兴趣盎然，或是鄙弃不已。瑟斯托尔接下来说的话引起了他所有兄弟的共鸣。

"有必要带上他们吗？"他问道，目光从他的连长身上移开，望向那块场地，"这是极限战士的事务，这和其他军团的兄弟有何关系？"

"瑟斯托尔，不要狭隘地以为我们不需要他们的协助。"塞斯图斯斥责这位壮实的阿斯塔特，瑟斯托尔则瞥向他的连长，"我们是一个兄弟会，所有人都是。尽管我们彼此间有所不同，但帝皇认为我们能够以他的名义一同征服银河。我们因自负而抛弃团结，追求个人荣耀的那一刻，便是兄弟情谊破碎之时。"

连长说完后，瑟斯托尔盯着地板，对自己自私的评论感到羞愧。

"你可以离开了，瑟斯托尔。"塞斯图斯说道。这不是请求。

这位大块头阿斯塔特站起身，离开了训练场地。

"我同意你说的，塞斯图斯，这是自然，"待到瑟斯托尔离开后，安蒂吉斯说道，"但他们就像是野蛮人。"

"是吗，安蒂吉斯？"塞斯图斯提出质疑，"布林加和鲁斯的野狼不也很野蛮吗？你对他们也会如此不尊重吗？"

"当然不会，"安蒂吉斯回答道，"我曾与太空野狼并肩作战，了解他们的勇气和荣誉。他们的作风很野蛮，没错。但区别在于，他们拥有高贵的心灵。这帮安格隆之子则是一帮放血者，简单纯粹。他们杀戮，只为乐趣。"

"我们都是战士，"塞斯图斯告诉他，"我们每一个人都以帝皇之名杀戮。"

"但我们不像他们那样。"

"他们是阿斯塔特，"塞斯图斯脱口而出，并转向他的战斗兄弟，"我不要再听到这种话。你忘乎所以了，安蒂吉斯。"

"抱歉，连长，是我多嘴了。"安蒂吉斯惊愕片刻后回答道，"我只是想说，我并不赞同他们的行事方式。"言毕，这位极限战士转过头继续观看那场角斗。

塞斯图斯循着他战斗兄弟的目光看去。这位极限战士连长并不认识角斗坑中的那两位吞世者，对于其领袖斯克拉尔也知之甚少。这是一场仪式性的格斗，既非出于侮辱，也非出于荣誉被玷污，然而这场格斗却是刀光剑影、险象环生。

"我也不赞同。"塞斯图斯承认道,看到一位斗士差点因对方链锯斧的猛一挥而失去胳膊。

这位极限战士曾从他的军团战士同袍那里听说过所谓的"阿里加塔清洗",那是令吞世者臭名昭著的战斗行动之一。这支军团在对那个城堡进行突击之后留下了遍地的尸骨。塞斯图斯很清楚,基里曼仍在试图就那次任务的可怕情景找他的原体兄弟安格隆算账,但现在不是指责的时候。必要性迫使塞斯图斯这么做,而不论他是否喜欢,这已经成了既定事实。

斯克拉尔麾下有二十名吞世者,都在愤怒号上,塞斯图斯决心将其发挥出最大作用。布林加带上了同样数量的血爪,而尽管他们吵闹好斗,特别是在船上无所事事的时候,但他们并不会像安格隆的血腥子嗣那样有杀戮倾向。莫特普是唯一一位不在愤怒号上的阿斯塔特。他有他自己的舰船,残月号,但他麾下并没有千子的小队,只有海军武装兵的队伍。

差不多五十位阿斯塔特,以及一支临时舰队,塞斯图斯希望这足够应付即将发生的事情。

"你在烦恼什么,兄弟?"安蒂吉斯问道,他们之间的短暂争执很快便被遗忘了。塞斯图斯最终不再看向格斗中的吞世者,他觉得自己已经看够了。

"科拉利斯码头的那条信息仍然令我心情沉重。"塞斯图斯坦承道,"那个紧握的拳头,上面是代表着军团的桂冠……是我们的军团。那本金色的书——我不知道那是什么意思,但我看到了别的东西。"

"在反应堆的火光中,"安蒂吉斯意识到了,"我觉得我听到了什么,就在你问我们是否看到了什么东西的时候。"

"是的,而你们没有看到,我看到了,就在反应堆的火光中,转瞬即逝,模糊不清,起初我以为那是我的想象,是我的大脑响应了我内心的渴望。"

"你看到了什么?"

塞斯图斯直盯着安蒂吉斯的双眼说:"我看到了马库拉格。"

安蒂吉斯感到困惑。"我不——"

"我看到了马库拉格,感受到了绝望。安蒂吉斯,仿佛那预示着某种不祥之事。"

"预兆和幻象属于巫术的领域,连长兄弟。"安蒂吉斯谨慎地说道,"我们都知道尼凯亚敕令。"

"兄弟们。"在塞斯图斯能够回答前,一个声音插了进来。那是萨夫拉克斯,他是从舰桥过来的,此前塞斯图斯指示他留在舰桥站岗,关注事态发展。

两位极限战士转过头期待地看着萨夫拉克斯。

"我们已经能看到来自马库拉格之拳号毁灭地点的那艘船了。"

"那是一艘军团舰船,连长。您不会是在暗示一艘帝国的舰船摧毁了自己的战舰吧?"卡明丝卡少将提醒阿斯塔特。

在萨夫拉克斯报告之后,塞斯图斯和安蒂吉斯便立刻赶往了舰桥。待他们抵达舰桥,图像屏幕上的那个东西让两人都目瞪口呆。

他们在虚空中追踪的那艘船是由机械神教设计的,并且显然是为军团所打造,船上饰有怀言者的标志。

这是塞斯图斯见过的最大的舰船。即便相距这么远,它看起来也十分巨大,无疑有愤怒号的三倍大,连帝皇级战列舰也相形见绌。愤怒号的技师表示,它的武器阵列令人叹为观止:其左舷和右舷分布着激光炮组,舰艏和舰艉则有多个鱼雷管。然而,令塞斯图斯最为忧虑的,是舰艏的那个巨型雕塑:一本巨大的金书,正如范吉利斯的那条星语信息中的图像碎片所揭示的。

"我们正处于最远打击范围。"舰长沃尔洛夫中校说道,"您的命令是什么,少将?"

"待命。"塞斯图斯刻意赶在卡明丝卡之前说道,"他们是兄弟军团的人,我相信他们会解释清楚的。他们也许有关于马库拉格之拳号的信息。"

沃尔洛夫大腹便便,双下巴在身体前晃动着。他疙疙瘩瘩的红鼻子仿佛述说着他打发太空寒夜的那一场场宿醉。他披着沉重的毛皮,那是土星遗产的典型象征。他正与愤怒号的舰桥通信,身体占据了整个图像屏幕。"是,大人。"他说道。

"没必要毫无理由地拔剑。"塞斯图斯对安蒂吉斯低语,安蒂吉斯点头赞同,"待在原地,保持它们在射程内,但不要接近。卡明丝卡少将,让愤怒号当领队,残月号和护航舰队跟在我们身后。"

"如您所愿,大人。"她说道,克制着自己的恼怒和自尊心,"正在传达命令。"

舰桥中气氛紧张。布林加刚刚来到舰桥不久,他在低声咆哮。

"你的计划是什么,塞斯图斯?"他问道,双眼盯着图像屏幕,以及外面的那艘巨舰。

"我们接近并呼叫他们，要求知悉他们的情况。"

"在芬里斯，跟踪一只有角虎鲸时，我会游过冰冷的深海，小心保持在那野兽的身后，"布林加说道，感情强烈，"待我足够近的时候，我会拿出我的鲸骨矛，掷向那只虎鲸未受保护的侧面。随后我会迅猛地游过去，赶在那怪兽转过身用它的角刺向我之前，在它激烈扭动的浪涌中抓住它，用我的刀刃削掉它的肉体，挖出它的内脏。虎鲸是种强大的海怪，这是唯一能确保它死亡的方法。"

"我们会呼叫他们，"塞斯图斯断言，不安地注意到布林加面容上闪过的野蛮神色，"我不会盲目地投入战斗。"

"少将。"这位极限战士转向卡明丝卡。

"舵手康特，立刻打开连通那艘船的通信频道。"她说道。

康特遵命照办，并示意他的指挥官准备就绪。

卡明丝卡朝塞斯图斯点点头。

"这里是极限战士第七连的塞斯图斯连长。以人类帝皇之名，我命令你表明自己的代号和在该亚星区的活动目的。"

沉默的静电是唯一的回应。

"我重复——这里是极限战士第七连的塞斯图斯连长。请回答！"他朝着舰桥通信器吼道。

依然是沉默。

"他们为何不回答？"安蒂吉斯问道，拳头紧握，"他们和我们一样都是军团战士。从什么时候起洛加之子不接收极限战士的信息了？"

"我不知道。也许他们的远程通信关闭了。"塞斯图斯找寻着答案，试图否认还在范吉利斯时他内心就已预知的事情。有些事不太对劲，非常非常不对劲。

"命令一艘护卫舰向它靠近，"塞斯图斯沉默片刻后下令道，舰桥上的其他人一样盯着图像屏幕，"我不建议让巡洋舰接近，这可能会被视为威胁。"

卡明丝卡简短地传达了命令，无畏号朝着那艘未知舰船接近。

"我会跟上他们，"莫特普在舰桥的第二个图像屏幕中说道，"我有半个团的普罗斯佩罗尖塔守卫准备登舰。"

"很好，舰长，但保持距离。"塞斯图斯提醒道。

"悉听尊便。"图像屏幕化作空白，莫特普接管了残月号。

战术阵列突然被激活了。在观察窗的视野中，舰船正在驶离。那艘怀言者的舰船在显示器上标记为红色，周围是接近中的护卫舰的传感器读数，显示为绿点。

"这股臭味，"布林加咆哮道，开始不耐烦地在舰桥踱步，"我的鼻子从不撒谎。"

塞斯图斯继续盯着战术阵列。

马库拉格……在反应堆堆芯的星语警告中看到的马库拉格的图像再次映入他的脑海。这艘船和他家园世界的命运会有怎样的关联？

怀言者是他的兄弟，他们与马库拉格之拳号的毁灭应该没有关系吧？这样的事情不合常理。

塞斯图斯很快就会知道答案了。

无畏号抵达了它的目的地。

第五章

划定界线
白银三号已坠毁
打开的书

"您的命令，舰长？"军械甲板发来通信。

扎德基尔靠在他的王座上，权力令人陶醉。他麾下的这艘战列舰如同他身体的延伸，鱼雷管和炮塔仿佛是他的手。他只需张开手掌，敌人就会毁灭。

"待命。"扎德基尔说道。

中央图像屏幕显示出了逼近的舰船：一艘护卫舰，后面是一艘打击巡洋舰。那艘护卫舰并未引起这位怀言者舰长的兴趣，但那艘巡洋舰则完全不然。它船速快，武备强，是被设计用于精确攻击和跳帮行动的，船上涂着千子的徽记。

"马格努斯之子。"扎德基尔漫不经心地说道，他跨坐在指挥王座上，瞥向显示着那艘船战术读数的次级屏幕，狂怒深渊号识别出它是残月号，它享有诸多战斗荣誉，跟随着千子军团穿越了半个银河，进行伟大远征，"我总是钦佩他们的想象力。"

突击连长贝拉诺斯正站在指挥王座后。

"他们已进入射程，大人。"

"别急，连长。"扎德基尔说道，"我们应该享受这一刻。"更多读数闪现在图像屏幕上。残月号的跳帮集结点显示有大约一整个团的部队。

"舵手萨尔科罗夫，打开连接残月号的私密频道。"扎德基尔下令。

"马上，大人。"舰桥黑暗城市的深处传来回答。

片刻后，萨尔科罗夫回答道。

"频道已建立。"

"屏显。"

中央屏幕显示出了残月号镀金舰桥的图像。一位阿斯塔特坐在指挥王座上，那王座装饰华丽，镶嵌着许多宝石，刻着诸多符文。他抬起头，露出些许惊讶。他有着淡棕色的皮肤，戴着兜帽，他的面孔透露出纪律和决心。

"这里是扎德基尔舰长，通过狂怒深渊号与你讲话。你是残月号的舰长吗？"扎德基尔问道。

"没错，我是千子的莫特普舰长。你为何不回应我们的呼叫？"

"不，舰长，我要求知道这武力展示是何意义，"扎德基尔说道，并不愿接受阿斯塔特兄弟的讯问，"你无权在此，立刻撤离。"

"我重复，你为何不回应我们的呼叫？你是否知道马库拉格之拳号的命运？"莫特普继续逼问，并未被吓到。

"我不喜欢你的语气，兄弟。我并不知道你谈及的这艘舰船，"扎德基尔回答道，"现在立刻撤离。"

"我不相信你，兄弟。"莫特普断然说道。

扎德基尔露出苦笑。

"那么我会告诉你真相。千秋大业，始于足下，莫特普舰长。界线将会划定，烈焰与报应即将到来，那些身处错误一方的人将会被焚烧殆尽。"扎德基尔停顿片刻，让对方领会他的话。

莫特普不露声色。千子的确很擅长隐藏他们的真实情感。

"我们在安全的频道上，莫特普舰长，而怀言者军团始终都是马格努斯大人的支持者。尼凯亚事件令人愤慨。"这句话引起了千子战士的反应，尽管几乎难以察觉，但依然暴露了出来。

"你在暗示什么，怀言者？"

一提及尼凯亚事件，莫特普那冰冷的态度便融化了，他开始显露出敌意，尼凯亚之事名为会议，实际上却被军团中的许多人视为对马格努斯的审判。

"洛加和马格努斯是兄弟，你我也一样。你会站在哪一方，莫特普？"

这位千子军团战士铁着脸，他的回答很简短。

"准备接受登舰。"他说道。

"请自便。"怀言者回答道。

残月号的通信链接断了。

"武器长马尔福里安。"扎德基尔平静地说道。

军械甲板闪现在了屏幕上，那是位于舰艏下方的一个深邃的金属峡谷，大汗淋漓的水兵们正拖曳着巨大的鱼雷。

"大人。"

"开火。"

残月号正位于狂怒深渊号的舰艏前方,一拨鱼雷从狂怒深渊号飞向了残月号。与此同时,右舷的一排炮组亮了起来,绯红色的光束直刺虚空,并击中了无畏号,那艘护卫舰在一阵耀眼又寂静的爆炸中解体。

"泰拉王座啊!"塞斯图斯无法相信他通过愤怒号的图像屏幕所看到的场景。他目瞪口呆,无能为力,只能看着火焰风暴在无畏号上肆虐,火焰贪婪地吞噬船上的氧气,将之化作沸腾的熔炉,整艘船化为碎片。短短几秒内,一切便都结束了,大火燃尽后剩下的只有焦黑的残骸。随后鱼雷击中了残月号。

"虚空有鲨!"残月号舰桥传感器处的舵手拉姆凯特喊道。船员们全都进入了战斗状态,仔细监视着那艘怀言者舰船的行动。依照战况协议,椭圆房间的灯光暗淡了下来,舰桥的一个战术显示板上闪烁着满怀恶意的微小光点,代表着狂怒深渊号发射的鱼雷。

"规避机动,炮塔全开!将跳帮队撤到损害管制岗位!"莫特普面露怒容,紧抓着面前指令控制台的边缘。面对鱼雷,护盾是无效的。他只能希望舰体的装甲能够承受狂怒深渊号雷击的冲击。

"遵命,大人。"拉姆凯特回答道。

多个屏幕上同时亮起了警告符文,预示着导弹即将命中。莫特普再次转向他的舵手。

"打开连通愤怒号的频道。"他下令道,与此同时,第一拨鱼雷命中了,舰桥发生了剧烈的震动,损害警笛尖啸着。

"莫特普,发生了什么?"塞斯图斯通过舰对舰通信阵列问道。

"无畏号已经没了。我们正遭受攻击,试图规避。怀言者倒戈了,塞斯图斯。"

瞬息间,通信中只有一阵噼啪作响的静电声,伴随着传达命令和沉思机警告的喧嚣声。

那位极限战士最终开口,声音十分阴沉。

"攻击并摧毁。"

"明白。"

愤怒号的舰桥进入了战斗状态，卡明丝卡训练有素，沉着又快速地精确下达指令。土星舰队军官们的专业素质显而易见，武器瞄准，护盾集中于舰艏方向。

"我们要如何回应，阿斯塔特大人？"准备就绪后，卡明丝卡问道。

塞斯图斯努力克制住内心深处积聚的冷酷怀疑，他正看着战术显示器上的那片光点移到可攻击位置。

怀言者倒戈了。

莫特普的话如同一记重击。

此前塞斯图斯在训练甲板同瑟斯托尔和安蒂吉斯谈及的关于军团的兄弟情谊与团结之力的那些话语，都已瞬间化作了虚无。他甚至还责备过他兄弟对军团战士同袍发表的些微异见，而现在，同室已然倒戈。不，他们不是吞世者。他们并非安蒂吉斯所描述的那些残忍放血者，他们是帝皇的忠仆。从外表上看，他们是帝皇最热烈、最坚定的支持者。

这场背叛有多深远？仅限于这艘船，还是已经扩展到了整个军团？这艘船由机械神教打造，其无疑获得了火星的批准。机械神教是否了解怀言者的变节？这样的事情不可能得到支持。这些问题像是发热病一般弥漫在他的脑海中，塞斯图斯无法相信正在发生的事情。这感觉太不真实了。在怀疑中，愤怒和报复的渴望油然而生。

"把那艘船炸成两半。"塞斯图斯说道，义愤填膺。他能感觉到震惊和怀疑在非阿斯塔特人员中传开，他们正在领会自己所目睹的骇人场面。他会向众人展示，帝皇的忠仆不会容忍叛徒，任何异端行径都会被立刻消灭。塞斯图斯对现况的看法得等到事后再进行考量了。"将星语信息立刻转发给马库拉格和泰拉，"这位极限战士补充道，"洛加之子要为此付出代价。卡明丝卡少将，掌舵。"

"如您所愿，大人。"卡明丝卡说道，面对事态如此发展，卡明丝卡正尽最大努力保持着镇定，她旋转指挥王座，四周的屏幕变换显示出舰船周围的每个视角，"沃尔洛夫舰长，你来吗？"

"下令吧，少将。"尽管舰队的通信阵列仍在发出静电声，但沃尔洛夫的战斗热情高涨。

"率队跟随残月号。如果敌方继续盯着那艘阿斯塔特舰船,那就绕到他们前方。用舷炮狠狠敲打他们的鼻子,并让攻击机紧急起飞,让敌方炮手应接不暇。我会派出剩下的护航舰跟随你。以帝皇之名。"

"遵命,少将。"沃尔洛夫回答道,满怀渴望,"主引擎全速,全员进入战斗状态。看好我的后方,少将,无垠号会撕碎这猪猡!以帝皇之名。"

"卡斯特兰先生。"卡明丝卡吼道,同时切断了与无垠号的通信链接。愤怒号的军械长出现在了屏幕上,忙碌的水兵们在他身后的火炮甲板上清晰可见。

"请对敌方舰背炮塔阵列和引擎进行一轮光矛齐射,"卡明丝卡说道,"装填舰艏等离子鱼雷,但先不发射,我要留一手。"

"遵命,少将。"军械长卡斯特兰简要回应,并利落地敬了个礼,随后屏幕变作空白。

塞斯图斯看着各个战位在混乱中有序展开工作。舰桥上的每位舰员都有各自的职责要履行,传达命令、监控传感器和图像屏幕、进行航向的轻微调整。舰桥上的一个桌子上铺着一张星图,全息影像在周围移动着,代表着舰队中各个舰船的相对位置。

"叛徒杂种,"布林加咆哮道,"洛加得为此掉脑袋。"

塞斯图斯能够看到这位太空野狼后颈上的毛都竖了起来。在战位暗淡的光芒中,心境阴沉的他看起来凶残无比。

"击沉那艘船,我会率领鲁斯之子登舰,"他阴郁地吼道,"让芬里斯的野狼将它开膛破肚,我会亲自扯出它跳动的心脏。"

布林加清了清嗓子,朝着甲板吐了一口痰,仿佛虚空中发生的事情在他的嘴里留下了苦味。有几个人对此扬起了眼眉,但这位野狼守卫并未理会他们。

塞斯图斯的回答很简要:"你会有机会的。"

布林加咆哮着,露出了他的尖牙。

"我没法再无所事事,"他凶狠地说道,猛地转过身,"鲁斯的战士们会在跳帮鱼雷那里做好准备,不要让我们久等。"

塞斯图斯不确定这最后一句话是请求还是威胁,但就此一次,他很高兴这位野狼守卫能够离开。自从他们进入虚空并遭遇怀言者以来,布林加的心境愈发古怪好斗。这位极限战士感觉到鲁斯的野狼们并不喜欢这样的遭遇。布林加如此渴望阿斯塔特同袍洒下鲜血，令塞斯图斯更不安。

与军团的兄弟交战，这几乎是不可能的，然而这样的事情正在发生。

塞斯图斯以一种奇怪的冷漠心态观看着这场太空战的展开，内心的不祥预感愈发强烈。

残月号点燃了制动引擎，减缓其速度，同时启动了下方的所有推进器，向上扭转，将其侧面装甲对向闪烁着飞来的第二拨鱼雷齐射。

第一拨鱼雷错失了目标，旋转着飞过舰船，迷失在虚空中。

少数鱼雷提前引爆了，安装于残月号侧面的防御炮塔用大口径破片弹将鱼雷打得满是窟窿。

有几发命中了舰艉下方，又有一发疾驰而过，随后有两发命中了舰舯。撞击点处失效的能量盾闪着黑光，舰体碎片飞旋而出，鱼雷凿穿了外部装甲。

"损伤报告！"莫特普在舰桥的嘈杂声中喊道。

"可忽略不计，大人。"轮机舱的阿蒙军官回答道。

"什么？"

"舰体破裂极小，莫特普大人。"

"传感器确定检测到四处命中。"舵手拉姆凯特盯着读数确认道。

鱼雷深深嵌入残月号的舰体中，外壳裂开，一枚超热燃烧弹和六枚小型导弹从中钻出。它们周围环绕着金属尖齿，旋转着钻入舰身，打击巡洋舰的上层建筑。钻透最后的舰体装甲后，导弹进入了舰腹，高爆装药随之引爆。随着一阵震耳欲聋的嗖嗖声，热压冲击令火炮甲板化作一片废墟。水兵和契约工人纷纷被猛烈的大火烧死。一堆堆炮弹在火焰风暴中爆炸，串串火舌和块块碎片飞溅在甲板上。炮手长基坦在最初的爆炸中便被斩首，许多火炮舰员在爬向掩体时遭遇了同样的命运，火炮甲板成了烧焦尸骸和恐怖尖叫的屠宰场。

残月号因内部的爆炸而震颤着，毁灭性的连锁反应肆虐到了上层甲板和舰员营舍。舰艉的爆炸撕开了轮机区，这里通常能免遭直接打击，等离子导管被撕开，过热的液体被喷洒在入口隧道和冷却管中。

在集结点等候着准备灭火和堵口的损害管制舰员葬身于舰舯的屠杀中。伤员分类岗的勤务兵还没来得及注意到火炮甲板的混乱，随后一枚圆圆的弹头便撞穿了医疗甲板，在一阵闪光与惊骇中消灭了所有人。

连环爆炸将大块碎片炸出了残月号，整块区段化作闷燃的金属，如同巨大的焦痕，舰船的结构完整性已然瓦解，数百名舰员命丧寒冷的虚空。

"汇报！"莫特普下令，紧抓着舰桥的指挥王座，舰船的部件则在他周围崩塌，露出裸露的金属和闪着火花的电路。舰桥周围的灯光断断续续地闪烁着，残月号的能量正在丧失，所有甲板都已受创。莫特普的舰员正竭尽所能维持秩序，但这场攻击十分迅速而且影响深重。

"发生了大量内部爆炸和二次爆炸，"阿蒙军官回答道，他正在竭力处理轮机舱上疯狂跳跃的警告符文，并喊出进一步报告，"七号反应堆正排出等离子，火炮舰员没有响应，医疗甲板受损严重。"

"第三级护盾已破裂。"莫特普说道，与此同时，舰对舰通信响了起来。

"莫特普，立刻汇报你的情况！这里是塞斯图斯连长。"撞击令通信阵列受损，那位极限战士的声音因静电声而扭曲。

"我们遭受了损伤，连长，"莫特普阴沉地说道，"我此前从未见过的某种机械神教技术正在从内部烧毁我们。"

"我们的光矛正在开火，"塞斯图斯告诉他，"你能交战吗？"

"能，马库拉格之子，我们还没完呢。"

随着又一阵静电噼啪声传来，通信中断了。

残月号的舰桥充斥着来自舰船其他地方的信息传输：有的很冷静，报告着次级系统的次要损害；来自七号等离子反应堆和火炮甲板的则很疯狂；还有的则难以听清，只有肆虐的火焰和尖叫声——人们痛苦死去的余音。

"注意，舰长，他们正在转向。"首席导航者克洛诺斯的声音从内部通信阵列中传来，异常冷静。莫特普审视着指令控制台上方的战术全息显示器。狂怒深渊号正在改变航向，它正遭受着来自愤怒号的光矛打击，正将其装甲厚重的舰舰转向攻击者。

"这个怀言者是何等愚蠢，"莫特普低吟道，"他以为我们会像豺狼一样逃走，但他唯一的成功之处便是激起了普罗斯佩罗的怒火！克洛诺斯先生，我们去横在他的舰艏前。左右舷火炮甲板，舷炮准备翻滚齐射！"

残月号庄严地旋转着，仿佛直立于狂怒深渊号的前方。那艘怀言者舰船并未做出反应，其舰艏直面这艘受损的打击巡洋舰。

愤怒号的激光炮组射向了叛徒的舰艏装甲，在上面留下了深深的刻痕，仿佛难以辨认的字迹。两艘船相互交锋，绯红色的光矛束在双方之间激烈交织，令人眼花缭乱，寂静的护盾闪光表明损害已消解。

残月号打开炮门，伸出巨大的舰对舰火炮，其舰体仍在不时地发生爆炸。在那些大炮后方，大汗淋漓的水兵们正奋力装填着巨炮，欲为死者复仇。他们高唱着火炮颂歌，节奏铿锵有力，其中一句歌词是将炮弹从后方的弹箱中拉出，一句是将炮弹装填就位，还有一句则是关上后膛。

舰桥传来开火的信号。水兵的首领用锤子击打开火栓，整个甲板都充斥着轰鸣声。

外面，两艘船之间的空间中充斥着推进射流和残骸。片刻后，炮弹命中敌舰，炸出了深坑。

狂怒深渊号的舰桥一片平静。

扎德基尔很欣慰，自己的这艘船上、自己统治的这座"城市"里，没有一丝惊慌。

"大人，我们是否反击？"舵手萨尔科罗夫问道。

"我们先等等，"扎德基尔说道，他靠在指挥王座上，看着上方图像屏幕中残月号攻击的图像，不以为然，"他们对我们无能为力。"

"您要我们在这儿挨打？"雷斯基尔站在他主人身旁，低声咆哮。

"我们会赢的。"扎德基尔平静地说道。

屏幕上闪现出了数十个新目标，从标记为无垠号的那艘船的发射舱中飞驰而出。

"突击艇，大人，"萨尔科罗夫告诉扎德基尔，他正监视着同样的信息传输，"护航舰正在逼近。"

扎德基尔审视着全息显示器。

"他们试图发起全方位攻击，并迷惑我们，在我们承受这场猛攻的同时，他们的突击艇和护航舰会将我们撕碎。"扎德基尔冷静地进行着简要的战术分析，显示器照亮了他的脸庞。

"我们如何回应？"雷斯基尔问道。

"先等等？"

"就这样？"

"先等等，"扎德基尔斩钉截铁地重复道，"相信真言。"

雷斯基尔向后退，看着残月号的火力打击，听着狂怒深渊号舰艏传来的沉闷爆炸声。

无垠号的攻击机联队以紧密队形飞过前方两艘船战斗所产生的残骸。残月号和狂怒深渊号陷入了一场螺旋之舞中。在这漫长又艰难的舞蹈中，一艘船环绕着另一艘，旋转的同时舷炮直射敌方。就像是太空中的一切事物一样，这场螺旋之舞亦有其谬误。对于土星舰队的终身飞行员而言，这意味着必然的毁灭，一艘船将其恶意猛击向身处死亡剧痛中的敌船。这是场让人绝望的悲剧，如同爱恋逝去之时，或是决一死战之刻。

这些十座战斗机装备着短程火箭和火炮，它们掠过残月号，飞行员们按照惯例向友舰致敬。它们锁定了狂怒深渊号，中队长在那巨大的暗红色舰体上标出了目标，敌舰的舰体已经因愤怒号的打击而遍布光矛烧痕和舷炮弹坑。战术显示器上的护盾外壳、传感器组和排气口全都亮起了绿光。瞄准沉思机锁定了目标，亮着红光。

白银三号由二级飞行员卡纳甘·萨尔驾驶，他沿指定的接近航线飞行，并提速以全速进攻。透过浅薄的前方图像屏幕，萨尔能够看到被激光炮密集射击的狂怒深渊号，其舰艏已经化作一团闷燃的金属。

他下令武器官锁定目标——狂怒深渊号舰背上的一排炮塔。左舷炮执行指令，激光炮座旋转就位。

右舷炮却一动不动。

驾驶员萨尔通过飞船通信重复他的命令。他的副驾驶员鲁格尔检查了通信阵列，并未发现问题。

"鲁格尔，去武备甲板校准那些火炮。"萨尔下令，他判断在他们最后进入接近航线之前还有足够的时间。

副驾驶员点点头，扯下将他连接在座位和面前控制台之间的电线，转过椅子。

"塞尔，你在干什么？"萨尔听到了副驾驶员的问询，转过头看看发生了什么。

他惊讶地看到武器官卡丽娜·塞尔正站在那儿，手里拿着自动手枪。萨尔正准备叫她回到岗位，并让那该死的火炮锁定目标，塞尔却一枪打爆了他的头。

随后她击中了鲁格尔的胸膛，并走上前抵近射击。副驾驶员血流不止，他摸索着他枪套中的副武器。

"真言已述。"塞尔说道，朝着副驾驶员的脑袋开了两枪。

白银三号继续沿着其攻击航线前行，塞尔走下甲板，前去完成她的工作。

"白银三号已坠毁。"无垠号战斗机控制甲板上的军官阿尔特弥斯说道。这层甲板几乎有无垠号的三分之一长，容纳着无数战术控制台。

沃尔洛夫舰长的脸庞笼罩在数据屏幕的赭色光芒中，他在一排排战斗机控制员身旁徘徊着，并未理会那声报告。攻击机总是会损失，这便是虚空战。

沃尔洛夫继续徘徊着，想要亲眼看看麾下战斗机的行动，而非依靠舰桥筛选过的不完整报告。无垠号是一艘攻击机专用航母，而他的职责是在这里监听麾下战斗机联队的命运。他的舵手能在他缺席时完美地操控舰船。

"有任何防御火力吗？"沃尔洛夫问最近的那位控制监官。

"还没有。"那位监官说道，她剃光的头皮上插着许多电线，将信息从每个控制员那里传入她的大脑。

"但我们已经进入了敌舰反制措施的范围内，"沃尔洛夫说道，脑海里冒出一个念头，"白银三号是被什么击落的？"

那位控制员从屏幕前抬起头说："未知。驾驶员从我的屏幕中消失了。可能有舰员伤亡。"

"来自黄金九号的非常规传输。"另一位弓身屏幕前的控制员说道，他将一个耳机紧贴在脑袋上，龇牙咧嘴努力想听清，"飞船上发生了某种骚乱，大人。他们没有响应协议。"

"让他们返航。其他人，报告所有异常情况！"沃尔洛夫愤怒地清了清嗓子，拄着拐杖向前倾身。土星舰队拥有银河中心这一侧最优秀的小型飞船驾驶员。他们不会在交火中擅离职守。

"黄金九号已坠毁，舰长。"那位控制员报告道，"我侦测到驾驶舱有轻武器交火迹象。"

"告诉我究竟发生了什么，否则我就把你解职。"沃尔洛夫朝着控制员吼道。

"是，舰长。"

"白银一号传来零碎报告，"另一位控制员插嘴道，"他们说他们失去了对引擎机组的控制。"

"把这些都广播出来！"沃尔洛夫喊道。监管员调整了几个设置，驾驶舱的信息传输通过甲板的通信广播器传了出来，噼啪作响。

"疯了！他把自己锁在艉舱中。泽梅特已经死了，该死的他在排出空气。我要撤出攻击航线，下去击毙他。"

"我是永远照耀的光。我是黎明之主。我是始，我是终。我是真言。"

"啊，我……我要流血而死了……赫拉尔已经死了，而我也撑不住了。"

"黄金十二号刚刚朝我们开火了！我们的艉部被击中了，正在撤离，给三号引擎提供排放口。"

绝望的声音和扭曲的尖叫朝着沃尔洛夫袭来，有数十个之多，全都来自经验丰富的突击飞行员，全都带着恐惧、怀疑或是痛苦。通信中传来"同僚破坏引擎""谋杀机组"，以及胡言乱语的报告。沃尔洛夫无法相信他所听到的。他的联队陷入了彻底的混乱，他所设想的光荣进攻在敌人未发一枪的情况下便完全失败。他甚至从未在土星舰队的历史中见过这样的事情。

"他们好像全都疯了，舰长，"监管员说道，努力让声音保持平静，"所有人都是。"

"中止！"沃尔洛夫喊道，"所有联队！中止进攻，返回无垠号！"

"我们成功了，大人。"牧师伊克萨隆的嘶嘶声透过通信阵列传来，"祈求者们有效地破坏了他们的战斗机突袭。"

"你的行为值得赞扬，牧师。我们的目标神圣无比，你的名字定会铭刻于洛加的经文中。"指挥王座上的扎德基尔冷冷地回答道，随后转过头向舵手萨尔科罗夫说。

"让护航舰接近，然后把书打开。"

"是，大人。"萨尔科罗夫立刻传达了命令。

扎德基尔注视着一片太空区域的特写画面，无垠号的攻击联队正在那片区域飞行。那些战斗机已经开始翻滚，相互厮杀，闪现短暂的爆炸。一些飞机则盘旋着离开了航线。这场可悲的突击已然崩溃。

"瞧啊，"扎德基尔对站在他身旁的副手说道，"真言的力量，雷斯基尔。"

"这的确令人倍感谦卑。"雷斯基尔回答道，朝着他的大人深深鞠躬。

扎德基尔对这明显的谄媚感到厌恶。尽管如此，这仍是个伟大的时刻，他让自己沉浸其中，随后转向通信器。

"伊克萨隆，我们失去了多少祈求者？"

"三个，扎德基尔大人，"牧师回答道，"最弱者。"

"持续向我汇报。"

"悉听尊便。"伊克萨隆说道，切断了连接。

扎德基尔无视了这无礼的行为，坐回他的指挥王座，看着闪过的损害管制报告。舰艇已严重受损，被残月号的舷炮和愤怒号的光矛撕裂，但舰艇仅仅是装甲板和空旷的空间，并不重要。在炮弹穿透有人活动的甲板之前，舰艇能承受敌人的任何打击数个小时。即便炮弹穿透甲板，死的也只是军团奴仆——那些为洛加效忠至死的未强化人类。

"这里是火刃号，"狂怒深渊号的高级传感器拦截了逼近护航舰的信息传输，"我们的航线已畅通，光矛已充能完毕。"

"正跟在你后方，火刃号。"第二艘护卫舰回答道。

"武器长马尔福里安，让炮塔瞄准，装填弹药。"扎德基尔说道。他的目光跟随着护航舰的光点，它们正穿越战斗机的坟场，试图协助残月号解决狂怒号。

扎德基尔的脸上露出一丝浅笑。

"我们失去了战斗机。"沃尔洛夫说道。愤怒号舰桥图像屏幕中的他一脸愠怒，十分沮丧。

几乎所有舰员都在看着沃尔洛夫舰长关于进攻完全失败的报告。

"什么，所有战机？"卡明丝卡少将问道。

"其中百分之二十正在返回无垠号，"沃尔洛夫说道，"其他的都没了。我们的机组倒戈了。"

"你觉得这是一场灵能攻击，舰长？"塞斯图斯问道，庆幸布林加不在舰桥。

"是，大人，没错。"沃尔洛夫低声道，语气中透露着恐惧。

这样的事态发展令人担忧。所有军团都很清楚在尼凯亚会议上的决定，以及帝皇对涉猎亚空间地狱能量和巫术使用所表达的谴责。塞斯图斯转向卡明丝卡少将。

"其余护航舰怎么样？"

"火刃号的乌拉尔戈舰长正率领着它们，"她回答道，"目前没问题。"

塞斯图斯点点头，在脑海中思索着舰桥上发生的一切。

"保持愤怒号和残月号的光矛火力。沃尔洛夫舰长，让无垠号接近，让护航舰交战。无论多大的舰船，都无法承受这样的集中攻击。"

"遵命，大人。"沃尔洛夫回答道。

塞斯图斯转过头盯着卡明丝卡，指挥王座上的她正怒火中烧。

"悉听尊便，连长。"她冷冷地回答道。

火刃号的首轮光矛火力划过狂怒深渊号的上层舰体。它的光矛火力比不上舰队中的巡洋舰，但在近距离上仍能伤害目标，每一道光矛都炸开了舰体板，将炮塔从炮座上撕下。防御火炮施以还击，炮弹在火刃号的护盾上爆炸，有一些则穿透了护盾，击中了这艘护航舰的暗绿色舰体。火刃号扭转射击角度，并将一连串燃烧弹射入舰背炮塔阵列。寂静的爆炸被虚空所吞没，留下闪烁飞溅的残骸，如同银色的喷泉。

火刃号的舰体装饰着击杀标记和战斗荣誉，光辉无比。此前它已经这么做过许多次了。火刃号不大，但它很敏捷，它的打击比它的体形所预示的更加沉重。在它身后是其年轻的姊妹舰凶猛号，它利用火刃号打击留下的热信号，在上层舰体开口处投下炸弹，射下激光火力。

火刃号完成了它的第一轮航行，并以螺旋式转动绕过狂怒深渊号的引擎外壳，并利用那艘战列舰引擎的热流将其自身弹向虚空，随后掉转方向进行又一轮飞越。

在这两艘护卫舰下方是这支中队的最后成员，因为无畏号的突然毁灭，现在只剩下凶恶号，它正沿着那艘巨舰的下方航行，朝着舰腹炮塔发动毁灭进攻。三艘护航舰都遭受着猛烈的火力打击，但它们的护盾和舰体装甲仍然坚持着，它们速度很快，许多防御炮塔很难立刻瞄准、向它们集中火力。

掌舵火刃号的乌拉尔戈舰长对他的护航舰舰长同僚们说，怀言者看似想要寻死。

残月号打出又一轮舷炮齐射，这艘打击巡洋舰优雅地转向，始终与狂怒深渊号舰艏相齐平。舰艏的虚空盾吸收着火力，因此它看起来就像是一个由闷燃金属打造的喷吐火焰的怪兽头部。

充当舰艏饰像的那本巨书仍然完好无损，这本金属巨书在寂静中开始向外缓缓展开。

一门大口径火炮从中显现。

炮管末端闪着红光，舰艉反应堆打开了通往舰艏的等离子管道，武器的电容器充满了能量。蓝色的火舌舔过毁坏的舰艏，被积聚的纯粹能量所点燃。

舰艏炮开火了，一发白色的光束从狂怒深渊号中跃出。与此同时，推进器启动了，这艘巨舰旋转了几度，让这发短暂的光束扫过前方的虚空。

光束击中了残月号的引擎前部。被蒸发的金属形成翻滚的白云，如同蒸汽，随后凝结成一阵银色的冰雹。那道光束划过巡洋舰的舰体，引发了二次爆炸，随着其能量耗尽，最终消散于一阵残骸和蒸汽之中。它灼热的炮管开始在真空中冷却。

在这道毁灭性的火力打击过后，残月号上发生了更多爆炸，这艘打击巡洋舰从后三分之一处断裂开来。

第六章

虚空
中队撤离
言辞之道

太空战的节奏极其缓慢，即便是透过图像屏幕看，战斗的距离也极其遥远，激光炮齐射需要数秒钟的时间才能跨越黑暗。

待到狂怒深渊号的舰艏炮首次射击时，战斗已经进行了一个多小时。残月号的舷炮齐射跨越数百公里的虚空击中敌舰舰艏，以舰对舰作战的标准来看，这已经算是近距离了。无垠号的战斗机联队跨越的距离相当于在行星表面跨越了数个大陆。

当一件事迅速发生时，这突如其来的时刻会让其他一切事物都失去平衡。缓慢芭蕾似的舰战会被不协调的快速部署所打乱，一切计划都要在这之后重新构建。一次让人无法做出反应的事件，一次太过迅速而让人难以改变航向或是目标的事件，对于许多舰长而言，它们都是难以应对的噩梦。

对于帝国舰队的舰长们来说，很不幸的是，残月号的死亡发生得非常迅速。

"泰坦山谷在上，"愤怒号的舰桥上，卡明丝卡少将倒抽了一口凉气，"那是什么？"

舰桥的仪器突然间全部亮起，一道耀眼的火光填满了前方图像屏幕。

"巨量能量读数，"舵手长文克麦尔传来困惑的回答声，"能量传感器已失灵。"

"残月号刚刚达到等离子临界值了吗？"

"没有损害管制迹象表明主引擎受损，他们已经锁定了七号反应堆的泄漏。也许是武器发射？"

"什么武器能做到这样？"

"等离子光矛。"塞斯图斯回答道。

卡明丝卡转过头面向那位极限战士，他阴沉的面容暴露了情绪。

"我没想到这种武器已经被制造出来并投入使用了。"他补充道。

少将起初的震惊化作严肃的务实态度。

"大人，如果要让我的船和船上的人冒险，那你要告诉我，我们对付的是什么。"她沉着冷静地说道。

"我知道得很少，"塞斯图斯坦承，他一边思考着卡明丝卡的问题，一边盯着图像屏幕，在瞬息间分析并评估战术协议，"阿斯塔特对机械神教的秘密工程并不知情，少将。"这位极限战士感觉到了卡明丝卡的质疑以及她逐渐积聚的不满，他决心碾碎这种情绪，"我只能说，等离子光矛是开发用于舰对舰作战时直接射击的近程武器。无论如何，这都不重要。你的命令很简单，"塞斯图斯说道，转过头盯着卡明丝卡少将，目光冷酷，试图吓退她那暗藏的好斗情绪，"我们要摧毁那艘船。"

"那艘船上有阿斯塔特，塞斯图斯，我们的战斗兄弟。"安蒂吉斯低声说道。这位极限战士一直都保持沉默，但面对愤怒号的舰桥，以及外面辽阔寒冷的太空中发生的事情时，他无法坐视不管。

"我知道，安蒂吉斯。"

"但连长，将他们判处——"

"我也是被逼无奈，"塞斯图斯咆哮道，突然朝着安蒂吉斯发难，"搞清楚自己的立场，战斗兄弟！我仍然是你的指挥官。"

"当然了，我的连长。"安蒂吉斯略微鞠躬，移开了他的目光，"我请求离开舰桥，前去通知萨夫拉克斯和小队的其他成员为可能遭到的跳帮做好准备。"

塞斯图斯铁着脸。

安蒂吉斯目光冷酷。

"同意。"连长的简短回答十分冰冷。

安蒂吉斯敬了个礼，转身离开了舰桥。

卡明丝卡一言未发，只是听从着塞斯图斯接下来的指令。

"立刻接通莫特普。"

少将转过头盯着监控残月号通信的舵手。

"不行，大人。"康特回答道，"残月号的通信阵列已无法运作。"

卡明丝卡低声咒骂，转向战术显示器，希望能找到一个解决方案。她所看到的只有那艘巨大的敌舰正在机动，准备对无垠号发起新一轮攻击。

"沃尔洛夫舰长，"她朝着通信器吼道，"这里是愤怒号。敌舰正朝你而去，离开那里。"

一阵静电噼啪声后，沃尔洛夫的声音传了过来："你让我们狩猎的是什么怪物，卡明丝卡？"

卡明丝卡迟疑了片刻，一瞬间她看起来非常苍老，仿佛她接受的让她长寿的多次回春术都已失效。

"我不知道。"

"我从没想到你会哑口无言，"沃尔洛夫说道，"我正在脱离战斗，前往跃迁距离。我建议你也这么做。"

卡明丝卡看向塞斯图斯说："我们撤吗？"

"不。"塞斯图斯说道。他下巴紧绷，看着残月号的残骸飞向四面八方，舰体断为两截。

"我也是这么想的。舵手长文克麦尔，给轮机处传达命令，准备全速规避。"

残月号的舰桥一片狼藉。每个舵位都传来了大量反馈流，能量冲入舰员们的头皮插口进入大脑，人们纷纷死去。有的人则在爆炸的沉思机残骸中燃烧。其中一些人逃了出去，但舰上的其他地方也好不到哪里去。到处都是烟雾，一切声音都被来自舰艉的痛苦的金属尖啸声所淹没。舰脊已经断裂，无法再支撑自身结构。残月号移动的惯性足以让自身裂开。

防爆门在舰船所遭受的严重伤害下弯曲变形，无法打开。莫特普拔出了弯刀，轻松切开了大门，杀出了舰桥。

轮机室已经没了，完全消失了。引擎在舰船的下方飞旋而去，舰桥上的仅剩的读数正追踪着引擎，一条条燃烧的等离子带和烧焦的尸体从肠道般的舰船伤口中溢出。

莫特普并未下令弃船，已经不需要了。

"舰长，全舰电力失效。"舵手拉姆凯特喊道，他的声音与甲板下层某处的内部爆炸声相互交织。

"我们已经没救了，舵手。立刻前往右舷救生舱。"莫特普回答道，注意到拉姆凯特的前额被掉落的舰船残骸割开了一道深深的口子。

拉姆凯特敬了个礼，正准备依照命令转身离开时，一片火焰涌入走廊，损耗着残月号剩余的氧气。闪耀的热浪掠过莫特普，冲击着他的盔甲。他的盔甲抵御着这股热浪，头盔目镜显示器上的警告符文闪着极高的热量读数。拉姆凯特则没有这样的防护，他的皮肤被烤焦了，他张开大嘴尖叫着，被活活烧死了。火焰令拉姆凯特窒息，仿佛溺水一般，他燃烧的肉体和焦黑的骨骸轰然倒在了甲板上。

莫特普一路冲向最近的入口，并及时关门，抵挡烈火。火焰仍然覆在他的盔甲密封处上，他用拳套将之拍灭。他逃离了大火，来到了舰船的一个伤员分类站，这里的伤员是在鱼雷打击后从火炮甲板处带上来的。伤员们仍然躺在连接着呼吸器和生命支持沉思机的床上。勤务兵都走了，舰艇规章并未规定弃船时要带上病人。

他们已经将自己的生命奉献给了千子军团，他们也知道，自己终究会死于服役中。莫特普不再去想死者，继续前进。

伤员分类站外是舰员营舍，人们朝着四面八方奔跑着。通常，在弃船的时候他们很清楚该往哪里去，但残月号的结构已经瓦解，最近的救生舱已经毁坏。有些人已经死了，被天花板掉落的金属碎块压倒，或是掉入甲板炽热的裂缝中。尽管场面一片混乱，但他们依然本能地为莫特普让开道。作为一位阿斯塔特，同时也是他们的主人，莫特普的生命比他们任何人都要重要。

"右舷救生舱仍能使用，舰长。"一位军士说道。莫特普记得他叫洛塞克。他只是行将焚灭于虚空的千余灵魂中的一个。

莫特普向那个人点头致谢。他的盔甲仍在阴燃，他能够感觉到肘部和膝关节的灼热痛点，但他并未理会。

突然间，舰员营舍断成了两截，一截猛地向上一拉，伴随着金属扭曲的尖啸声。洛塞克跟着被拉起，猛地撞在了天花板上，他的嘴巴来不及发出一声恐怖尖叫，他就已没了性命。

残月号的一大段结构已经崩塌，其惯性将之扯出了舰腹，空气尖啸着从豁开的口子中流出。莫特普因这突如其来的断裂而摇晃不已，他紧抓着一个门框，空气从他身边呼啸而过。他看到舰员们被卷了起来，撞在如同尖突碎牙的破碎甲板上。莫特普面前的那团残块落入了虚空，数十个舰员随之掉落，发出无声的尖叫，他们在结冰的同时睁大了双眼，面露惊恐。他们或是喘息，或是屏住呼吸，直到肺部破裂，吐出缕缕鲜血。接触到太空后，他们的身体一边抽搐，一边冻结，四肢摆出尴尬的姿势，飘入繁星点点的黑暗。莫特普注视着这一切，这幅场景平静而又怪异，黑色的虚空寂静无声、无边无际，遥远的星群隐隐闪烁，远方太阳的暗淡冷辉在这虚假的黑夜中留下柔和的光芒。

随着舰船结构受到破坏，重力也失效了。

莫特普的铠甲之手紧抓着金属中的凹口，最后一阵空气大风冲过他。一具尸体翻滚着撞在他的盔甲上，随后被卷入虚空中。那是阿蒙军官，他的双眼因血管爆裂而通红。

他们全部殒命，变成了数千亡魂。

对此，莫特普怀着些许阴郁的自豪，即使舰员们知道自己会以这样的方式丧命，他们依然会为马格努斯和千子军团献出生命。现在没时间沉思了，莫特普在斑斓破碎的墙上找寻着抓手，拉着墙壁往前走。由于没有空气，唯一的声音便是舰船瓦解时的嘎吱声，舰船结构隆隆作响，声音穿透了莫特普的盔甲。他的盔甲能够抵御真空，但他的存活时间也是有限的。

舰上的其他人却并非如此。

莫特普穿过舰员营舍。残月号亡故后，已经变成了一个寂静的金属坟墓。随着继电器失效，灯光也在断断续续地闪烁着，在一些甲板上，噼啪作响的火花就是仅有的照明。在莫特普移动时，血块撞在他的盔甲上，冰冻的尸体因重力失效而上下飘浮着，仿佛身处无形的海洋中。这位阿斯塔特撞开一堆杂乱的尸体，面露苦相，奋力来到一对防爆门前，将之打开。里面的空气也没有了，前往救生舱甲板的走廊中飘浮着更多舰员的尸体。在莫特普经过时，一个人抓住了他的胳膊。这位舰员在空气泄漏时排空了肺，因此依然保持着清醒，双目圆睁。莫特普推开了他，继续前进。

右舷救生舱并不远，但莫特普刚开始时绕了点路。他走过最后一个走廊，来到了他私室的加固防爆门前。令人难以置信的是，房间仍然有电，里面运行着防护严密、独立于舰船之外的系统。莫特普输入进入的协议符文，门滑开了。气密私室中残余的氧气开始涌出。莫特普迅速踏过门槛，房门在身后关上，泄露的气体发出嘶嘶声。

莫特普顾不上房间内宝物所遭受的损害，径直走向了私室后面仍然完好的石棺。他不紧不慢地将石棺打开，从中取出了他短短的魔杖，并将其放入盔甲的夹层中。待莫特普转身，准备前往救生舱时，他看到了一个人被压在了倒下的水晶玻璃柜下。玻璃碎片刺穿了身着长袍的躯体，鲜血正从他苍白的嘴唇边流下。

"大人？"卡拉马用房间中仅剩的氧气喘息着。

莫特普走向这位年迈的奴仆，跪在他身旁。

"为了马格努斯的荣耀。"卡拉马在他的主人靠近时低声说道。

莫特普点点头。

"你为你的主人和这艘船鞠躬尽瘁，老朋友，"莫特普说道，再次站起身，"但你的效劳已至终期。"

"了结我的痛苦，大人。"

"我会的。"莫特普回答道。出于冷酷本性中仅存的一丝怜悯，他抽出手枪，射穿了卡拉马的脑袋。

救生舱甲板挨着舰壳，这是一个半球形的房间，六个救生舱半沉入地板中。其中两个已经发射，另一个被天花板上掉落的一根钢条刺穿，无法修复。

莫特普进入剩下的一个救生舱中。与海军传统相反，他不会与自己的船共存亡。就在靠港范吉利斯之前，他在自己的房间中曾看到自己站在愤怒号甲板上的幻象。这才是他的命运。出于某种尚不可知的目的，命运之手将他引到了这里。

莫特普按下了封闭救生舱的图标，救生舱关闭了。这里的空间还能容纳三个舰员，但没人活着了。他敲下发射面板，爆炸螺栓将救生舱射出了舰船。

救生舱旋转飞离，与此同时，他注视着残月号在上方转动。舰舰已经焚毁殆尽，只剩下焦黑的躯壳，消失于虚空中。舰船的主体正在撕裂，因缺乏燃料和氧气，火焰大都已经熄灭，残月号已经支离破碎，化作残骸。

在远方，狂怒深渊号周围闪着无数火花，仿佛身处一场巨大烟火展的中心。

莫特普和所有千子一样训练有素，马格努斯将调节军团的精神视作最重要的训练。他能够将自身融入战斗兄弟的集体意识中，因此他鲜有受到眼下这种不良情绪影响的时候。

他心烦意乱，渴望释放对狂怒深渊号的仇恨。他想要用自己的双手将其撕碎。

也许吧，莫特普告诉自己，如果他有足够耐心的话，会找到方法的。

那些战斗机的出现出人意料。

随着残月号的惨死，剩下的护航舰凶猛号和火刃号正陷入与敌方巨舰的死亡缠斗中。即便有无垠号和愤怒号的支援，对抗那艘怀言者战列舰，他们也坚持不了多久。两艘护卫舰只能利用它们的速度优势，坚持到援助抵达。随着绯红色机翼的战斗机中队从狂怒深渊号的舰腹中怒号着涌出，这个优势也随即消失。

即便是一艘体型如此庞大的舰船，也不可能同时拥有战斗机甲板和足以摧毁残月号的武器系统。这个事实影响到了护航舰中队舰长们预判其进攻成效。然而，狂怒深渊号并非普通舰船。

残月号的毁灭尽管令人震惊，但至少让护航舰队确定怀言者没有攻击机资源。这是在那艘战列舰的侧面像铁腮一般打开发射舱，射出闪光的血色飞镖，并留下一束束废气之前。

乌拉尔戈舰长站在火刃号舰桥的光晕中，舰桥的其他地方则沉浸在黑暗之中，仅仅有零星模糊的控制台二极管光。他的手背在身后，周围是全息战术显示器，夹杂着通信系统的噼啪声。战争的可怕舞蹈就此展开，令人厌恶，却又无可避免。

"凶猛号正在交战！"洛·图拉加舰长发来警报，"多个敌方目标！快速攻击机，正遭受打击。正在关闭二号反应堆。"

"泰拉在上，保护你的引擎！"乌拉尔戈舰长厉声说道，从观察窗看着这幅残酷的场景。

"你以为我在干什么？"洛·图拉加还嘴道，"左舷、舰艉和正上方都有战斗机。该死的，它们到处都是。"

凶猛号旋转着脱离其下方攻击航线，后面跟着一群意欲报复的战斗机。这艘护航舰的艉部发生着许多微小的爆炸，从引擎外壳上撕下块块黑色的残骸。凶猛号腹部和侧面的炮塔持续反击，但每当一架战斗机化作一团等离子残骸，都会有另外两架涌入战火。

凶猛号仿佛是遭受着蜇人虫群攻击的掠食者，它远比任何战斗机都要大，这些战斗机的外形就像是倒置的"V"，水平尾翼向前掠过。凶猛号的炮塔能够追踪并消灭其射程内的任何单一敌机,但现在这里有超过五十架敌机。

"我无法摆脱它们。"凶恶号的沃加斯舰长咆哮道,他的声音在通信系统中十分刺耳。

"该死,它们要干掉我们了!"洛·图拉加喊道,他的声音因护航舰引擎的二次爆炸而扭曲。

乌拉尔戈露出一副厌恶的神情。在他的整个生涯中,他从未在一场战斗中退却。他来自风暴星域的一个军国主义世界阿尔戈南,屈服不是他的本性。他紧握拳头,吼出命令。

"中队撤离!"

火刃号远离了狂怒深渊号,凶恶号紧跟其后。凶猛号试图脱离,但敌方战斗机对其紧追不舍,它们飞入那艘护航舰引擎的尾流中,冒着毁灭的风险盲飞,并将激光火力射入轮机甲板。

这艘遭到围困的护卫舰的一个反应堆熔毁了,其整个后半部分都被等离子包裹住了。前方的船舱迅速关闭,拯救了舰员,但这艘船已经在虚空中失去了动力,只有惯性在驱使着它缓缓远离狂怒深渊号的上层舰体。战斗机大弧度地环绕着它飞行,并持续射击。舰员甲板破裂泄漏。洛·图拉加下令弃船,救生舱开始发射。

狂怒深渊号迅速派出战斗机去消灭受损的凶猛号的逃离救生舱。

凶恶号急转弯,转向敌方战列舰,以迷惑正在攻击航线上的敌方战斗机。它偏离到了狂怒深渊号腹部炮塔的射程内,几发炮弹炸开了其上层舰体,令空气泄漏。战斗机迅速接近,瞄准破口,一轮轮激光火力如同熔化的手指射入那艘护卫舰。混乱中,舰桥被破开,虚空涌入,指挥舰员们或是被熔化的金属烧死,或是冻僵窒息而死。

狂怒深渊号上剩下的炮塔瞄准了最后一艘护航舰——正在逃离的火刃号。这艘战列舰的大部分注意力已经离开了那艘护卫舰,仿佛那只是一个小小的烦恼。它的复仇怒火直指无垠号。

"凶猛号和凶恶号已被消灭。"卡明丝卡冷冷地陈述,看着战术显示器上的光点闪灭,"泰坦在上,那东西怎么还能拥有战斗机联队?"

"就和它还拥有可运作的等离子光矛一样,"塞斯图斯阴沉地说道,"机械神教的所作所为已经超出了他们的许可，并且无视了帝国的法令。"

"以泰拉之名，他们在干什么？"卡明丝卡问道，看到敌方战列舰正转而瞄准无垠号。

塞斯图斯第一次在少将的声音中察觉到了一丝恐惧。

"我们无法赢得这场战斗，这样不行，"他说道，"撤回无垠号，我们得重组。"

卡明丝卡瞥向战术显示器，她的声音有些哽咽："太晚了。"

"该死！"塞斯图斯一拳打弯了舰桥的栏杆，片刻后，他说道，"联系你的星语者，找出是什么东西在阻碍那条信息。我要立刻警告基里曼大人。"

卡明丝卡通过舰对舰通信系统联系星语私室，与此同时，舵手长文克麦尔朝着轮机室传达撤离协议。

首席星语者科巴德·赫斯那深沉的声音传到了舰桥。

"所有联系泰拉或是极限战士的尝试都失败了。"他实事求是地说。

"依帝皇的阿斯塔特之令，继续尝试，你会成功的。"塞斯图斯说道。

"大人，"赫斯开口道，对于极限战士的威胁口吻无动于衷，"事态比您意识到的更加严重。我说我们的尝试失败了，意思是我们彻底失败了。星炬已经不见了。"

"不见了？这不可能，星炬怎么会不见了？"

"我不知道，大人。我们探测到了亚空间风暴，这可能会产生干扰。我会加倍努力，但恐怕这些努力是徒劳的。"通信中断，赫斯再次离开了。

安蒂吉斯回到了舰桥，打破了沉默。

"我们必须返回泰拉，塞斯图斯。帝皇必须得到警告。"

"那考斯和马库拉格呢？我们的军团正在那里，还有我们的原体。他们正面临着迫在眉睫的危险，他们才必须得到警告。我毫不怀疑我们战斗兄弟的实力，马库拉格上空的舰队及其地面防御军队也十分强大，但这艘船有些不寻常……假若它是某些更加可怕之事的先兆呢？这可能会对基里曼构成真正的威胁。"

"我们的原体始终教导我们，在面对困境时要采取务实的态度，"安蒂吉斯理论道，并迈步上前，"待我们回到泰拉，我们就能够向军团发送信息了。"

"那条信息可能永远无法抵达他们的所在之处，安蒂吉斯。"塞斯图斯愤怒地回答道，"不，我们是军团最后的希望。"

"你的情绪和傲慢在影响你的判断,连长兄弟。"安蒂吉斯说道,向他靠近。

"你背弃了忠诚,兄弟。"

安蒂吉斯对这句侮辱十分恼怒,但他保持着镇定。

"要是我们把自己牺牲在忠诚的祭台上,那又有何裨益?"他劝说道,"返回泰拉,我们至少还有机会拯救我们的兄弟。"

"不,"塞斯图斯斩钉截铁地说,"我们只会让他们送命。勇气与荣誉,安蒂吉斯。"

安蒂吉斯看到了塞斯图斯眼中的热忱,想起了他所确信的事情:某种可怕的祸事正在逼向马库拉格和自己的军团。连长兄弟到目前为止都是对的,突然间,安蒂吉斯感到羞愧,自己固执的务实态度让他对事实真相视而不见。

"勇气与荣誉。"他回答道,一只手拍了拍塞斯图斯的肩膀,以表歉意。

"所以,我们跟着他们进入亚空间,"卡明丝卡插嘴道,认为问题已经解决,"我们佯装逃离,在那艘船准备进入第三核心航道时跟上它。"

塞斯图斯正打算表示同意,舵手康特便从传感器处发来了报告。

"无垠号被击中了。"

无垠号的死亡比残月号更为缓慢些。

狂怒深渊号射出了又一批鱼雷,这一次,鱼雷组成了紧密的螺旋编队,而非呈扇形散开,就像是一群掠食者直扑向猎物。

高爆弹飞在了鱼雷编队的前端,它们击穿了护盾,并吸引了无垠号的第一轮炮塔火力。

鱼雷的主体和击穿残月号的一样,都是一种钻头集束弹药。这批鱼雷中也有少量磁脉冲鱼雷,它们能够穿透无垠号的传感器并使之失效。狂怒深渊号不再需要隐藏其武力了。

集束弹药的爆炸如同火焰之花,在无垠号的侧面绽放开来。冲击波传遍战斗机舱,攻击机就像是海浪中的小船一样被抛开。燃料罐爆炸了,火花消失在第一拨命中之后的焰流中。幸存于这场疯狂进攻的战斗机机组被碎片切碎,被火焰吞没。无垠号的侧面被侵蚀掉了,仿佛它在以难以想象的速度老化腐败,伤口豁开,金属熏黑,扭曲不止,最终如同干枯的肉体一般脱落。

最后一批鱼雷是单弹头的,它们以难以想象的速度射出了由异类金属打造的巨大子弹，仿佛是在射出光矛，这些子弹呼啸着洞穿了无垠号，从舰船另一边射出，并在点燃的燃料和泄漏的氧气中引发了二次爆炸，它就像光枪一般刺穿了这艘航母。

最终，狂怒深渊号停泊在距离帝国舰船中等距离的位置，仿佛在观察那艘毁坏的舰船，做击杀猎物之前的最后一次评估。

等离子光矛现身了，能量开始积聚，炮管开始发光。无垠号幸存的舰员知道即将到来的会是什么，但他们的所有控制系统都被射穿了。几个推进器噼啪作响，无垠号绝望地试图离开其刽子手，但这艘航母太过庞大，并且严重受损。

等离子光矛开火了，它击中了无垠号的舰舯，其角度足够撕穿等离子反应堆。整艘舰船都在发光，熔融等离子的热量传导到了其舰体结构中。

随后等离子溢了出来，无垠号如同等离子光矛固态光束上的猎物，它爆炸了。

扎德基尔居高临下地站在狂怒深渊号的舰桥上，看着燃烧着的敌军巡洋舰残骸化作死寂的黑暗。

"荣耀归于洛加。"雷斯基尔说道，他正站在扎德基尔身后。

"如真言所述。"扎德基尔回答道。

"就剩两艘船了，大人。"他的副手奉承道。

扎德基尔盯着战术显示器。剩下的那艘巡洋舰仍完好无损，而最后那艘护航舰正被狂怒深渊号的战斗机联队追击着，它也很可能会逃脱。

"待到他们抵达泰拉发出警告，一切都晚了，"扎德基尔自信地说道，"亚空间与我们同在。留在这里猎杀他们的风险更大。"

"我会指示导航者埃斯西姆娅，准备进入亚空间。"

"立刻照办。"扎德基尔确认，他的脑海思索着正在发生的事情，以及即将涉足天界的行动。

雷斯基尔点点头，激活了舰船的通信广播器，将扎德基尔的命令传给引擎室和军械甲板："全员，准备进入亚空间。"

"雷斯基尔，让武器长马尔福里安装载灵能炸药，"扎德基尔事后想到，"待我们进入亚空间，你就来掌控舰桥。我会去视察下层甲板的祈求者。确保见习修士奥蒂斯出席。"

"如您所愿，大人。"雷斯基尔说道，深深鞠躬，"如果极限战士试着跟踪我们怎么办？"

"将他们的灵魂送给亚空间。"扎德基尔冷酷地回答道。

愤怒号一片黑暗，这是为了模拟逃离时将能量转移到引擎的情形。整个舰桥都沉浸在阴影中，片刻间，舰员们因震惊而陷入了突然的沉寂，他们仍在试着理解刚刚目睹的事情。

卡明丝卡和这艘船一样寂静。她紧紧抓着指挥王座的扶手。沃尔洛夫曾是她的朋友。

"残月号在毁灭前抛射了一个救生舱，少将。"传感器舱的舵手文克麦尔宣布道，打破了沉默。

"你能分辨出谁在上面吗？"塞斯图斯问道，他正站在少将身旁，无力地看着怀言者的舰船逐渐远离，愤怒号则在佯装撤退。

"是莫特普大人。"文克麦尔回答道，"他正在赶来。我已经指示舰员准备接待他靠港。"

"安蒂吉斯，让莱拉迪斯去码头迎接。莫特普也许受了伤，需要药剂师。"

"立刻就办，连长兄弟。"

安蒂吉斯转身准备再次离开，塞斯图斯补充道："解散跳帮队，返回舰桥。以我之令，通知布林加也这么做。带上萨夫拉克斯和军团的连长们。"

那位极限战士点点头，前去履行他的职责。

依照命令，萨夫拉克斯跟随安蒂吉斯抵达了舰桥。布林加和斯克拉尔也一并赶来，狂野好战和难以抑制的愤怒让气氛更加紧张。

有这么多的阿斯塔特在场，愤怒号的舰桥都显得小了。萨夫拉克斯穿着仪式性荣誉卫队盔甲，金色的盔甲板闪着暗淡的光。而斯克拉尔的衣着装饰则很少。塞斯图斯情不自禁地注意到了其链锯斧、爆矢手枪和盔甲上的击杀记录——暴力的证明。对于吞世者而言，杀戮是一项值得骄傲的事情，斯克拉尔的肩甲垫上已经刻了好几个名字，它们围绕着被艺术化处理的吞噬行星军团标志。

"战斗兄弟们，连长同僚们。"塞斯图斯开口道，在场的阿斯塔特站在了关闭的战术显示桌周围，"我们即将进入天界，追击怀言者。我们的导航者已经查明，他们正在前往一条稳定的亚空间航线，跟随他们不成问题。"

"然而，面对他们是个问题。"萨夫拉克斯说道，他发出的永远都是理性的声音，"那艘舰船摧毁了两艘巡洋舰，以及同样数量的护卫舰。您打算如何取胜？"这并非反对，萨夫拉克斯并不是在质疑上级的决策。在他看来，指挥体系至高无上，不容歪曲，就像是他的体态一样。

"如果我们返回泰拉，"塞斯图斯说道，"我们可以试着发出警告。如果亚空间平息下来，那么我们便能向马库拉格发送信息，预先警告军团。"塞斯图斯知道，自己的话语并不坚定。

"你已经决定不采取这条路线，不是吗，伙计？"庄严的布林加说道。

"没错。"

老狼笑了，露出了他那剃刀般锋利的门牙。他那鬃毛般的钢灰色毛皮中蕴含着坚忍又强大的力量，乳白色的瞎眼和往昔征战留下的扭曲疤痕显露出他不屈不挠的品性。尽管有这些好战的装饰，以及显而易见的勇武野蛮，他也仍是智慧的。

"鲁斯之子迈入战争，便不会停歇，直到战事了结。"他极度坚定地说道，"有必要的话，我们会追击那帮杂种，杀进亚空间之眼，再尽享那帮叛徒的心脏。"

"面对敌人，吞世者不会退缩，"斯克拉尔的眼中满是杀戮欲，"我们会猎杀他们。这便是军团的作风。"

塞斯图斯点点头，怀着极大的敬意打量着面前的这两位勇敢的战士。

"千万不能误会：我们正身处战争之中，"这位极限战士最后提醒众人，"我们在与我们的兄弟交战，我们必须信念坚定，全力战斗，就像是我们面对一切人类之敌一样。我们以帝皇之名作战。"

"以帝皇之名！"斯克拉尔咆哮道。

"没错，为了王座。"布林加表示同意。

塞斯图斯深深鞠躬。

"你们的忠诚给予了我莫大的荣誉。让你们的战斗兄弟为未来做好准备。我会待莫特普舰长回到愤怒号后召集一场战争会议。"

塞斯图斯注意到布林加因这最后一句话而龇起牙，但这副表情迅速消退了，阿斯塔特们纷纷离开，回到了各自战士们的身边。

"卡明丝卡少将。"待到其他军团战士离开后，塞斯图斯开口道。

卡明丝卡抬头看着他，眼睛周围一圈黑。"我会让导航者奥卡杜斯做好准备。一旦敌舰离开，我们便能立刻进行追踪。"她按下了指挥王座扶手上的一个通信饰钉，"乌拉尔戈舰长，报告。"

"我们基本只受了表面损伤，以及一处严重的甲板泄漏。"火刃号的乌拉尔戈回答道。

"让你的舰船做好准备，我们要跟踪他们。"卡明丝卡告诉他。

"进入深渊？"

"没错，你反对吗？"

"这是塞斯图斯连长的命令吗？"

"是的。"她说道。

"那我们会跟在你们后面，"乌拉尔戈说道，"我在此强调一下，在当前形势下，我不认为亚空间追击是最合适的行动方案。"

"了解。"卡明丝卡说道，"整队，跟上我们。"

"是，少将。"乌拉尔戈回答道。

随着通信切断，卡明丝卡瘫在了她的指挥王座上，仿佛这场战斗和她失去的战友变成了她身上的重压。

"少将，"塞斯图斯说道，注意到了卡明丝卡的不安，"你仍能执行这项任务吗？"

卡明丝卡猛地转过身面对这位极限战士，她的神情十分凶狠，再次直起了身。

"我也许没有阿斯塔特那般传奇的耐力，但我会坚持到底，连长，不论好坏。"

"我对你怀有极大的信心。"塞斯图斯回答道。

传感器舱的舵手长文克麦尔的声音缓和了这紧张的氛围。

"莫特普舰长的救生舱已锁定，"她说道，"火刃号已经接收了残月号的其他幸存者。"

"无垠号呢？"卡明丝卡问道。

"我很抱歉，少将。没有幸存者。"

卡明丝卡看着上方屏幕中的战术显示，狂怒深渊号的光点颤抖着消失了，身后留下了异类粒子的踪迹。

"带我们前往跳跃点并启动亚空间引擎。"她疲惫地下令，文克麦尔将之传达给舰上的相关方。

"莫特普舰长已抵达，少将。"文克麦尔之后说道。

"前进。"

狂怒深渊号上的祈求者营舍十分黑暗，且极其闷热。空气中有浓重的化学品气味，除了阿斯塔特，普通人需要呼吸器才能存活。

总共十六位祈求者，全都跪在黑暗的房间墙壁旁。他们的头低垂于胸前，但阴影和黑暗无法隐藏他们那肿大的头颅和萎缩的面容，变形的颅骨是为了容纳他们那怪异的大脑。厚厚的管子蜿蜒缠绕着他们的鼻子和喉咙，将他们与安装在墙壁上的生命支持元件相连接，还有电线从颅骨中的探针伸出。他们穿着整洁的怀言者制服，即便是处于昏迷状态，他们也仍是真言的仆人，就像其他舰员一样。

死了三位祈求者。针对帝国战斗机中队实施的灵能袭击致使他们殒命。一个人的头颅破裂。另一个人显然着了火，他那焦黑的肉体仍在阴燃。最后一个人倒在了营舍后方，侧身躺着。

扎德基尔走进了房间。他和另一个人的脚步声打破了生命支持系统的嗡嗡声。

"这是你第一次看到祈求者，是吗？"扎德基尔说道。

"是的，大人。"奥蒂斯说道，尽管他的回答并无必要。

扎德基尔转向这位见习修士："告诉我，奥蒂斯，你对他们有何印象？"

"谈不上什么印象，"这位见习修士冷冷地回答道，"他们是洛加的忠仆，正如我们所有人一样。他们在神圣的事业中牺牲自我，让洛加和真言更显荣耀。"

扎德基尔对这沉着冷静的回答露出了微笑。如此热忱，如此狂热；这位奥蒂斯的野心就像是印在他胸前的荣誉勋章。这意味着他很危险。

"讲得恰如其分，"扎德基尔说道，"这牺牲是否值得？"他问道，隐晦地试探着这位见习修士渴望上进的程度。

"侍奉真言之人皆明白，他们最终会为真言献出自己的生命。"奥蒂斯小心翼翼地回答道。

他知道我在考验他。他比我想象的更加危险。

"正是如此，"扎德基尔大声说道，"然而，有些人仍然觉得这样的场面令人厌恶。"

"那么那些人不值得侍奉。"

"你的回答总是如此坚定，奥蒂斯。"扎德基尔说道，"你对你的信仰也如此确信吗？"

奥蒂斯转过头直盯着他的大人。两位阿斯塔特都没有戴头盔，他们四目相对，流露出无言的挑战。

"我对真言怀有信仰。因此我无须犹豫，只需表达和行动。"

扎德基尔盯着这位见习修士的热忱双眼良久，随后他移开了目光，跪在了第三位死去的祈求者身旁。这位怀言者转过了那个祈求者的头，露出了烧掉的双眼。

"这便是坚定的信仰，奥蒂斯。是对洛加信条的恪守。"扎德基尔告诉他。

"洛加的真言十分强大，"奥蒂斯断言，"他的所有仆人都不会将之抛弃。"

"也许吧，但你想想，我们军团中的许多人都能言善辩。我们对我们的原体大人和他的教导满怀热情。我们在传播方面最具天赋。这是否会令低等人盲目？用如此热情令他们盲目，让他们听从我们的吩咐，这与奴役何异？"

"即便如此，"奥蒂斯小心翼翼地回答道，"这也不意味着我们是错的。也许有的人作为奴隶比作为自由人对这个银河更有用处，让他们听从自己的本能。"

"这些人也适合成为奴隶吗？"扎德基尔问道，指着那些祈求者。

"是的，"奥蒂斯说道，"自行其是的灵能者很危险。真言给予了他们别的目标。"

"那么，你会奴役他人，来施行洛加的意志？"

奥蒂斯思索着。这位见习修士并不愚蠢，他很清楚扎德基尔在评估他说的每个字，但拒绝回答是最糟糕的。

"最好，"奥蒂斯说道，"让低等人像这样失去他们的自由，而非让真言缄默无言。即便我们的所作所为是奴役，即便我们的热情像是束缚他们的锁链，这些也都是为了施行洛加真言而付出的小小代价。"

扎德基尔站起身："这些祈求者需要时间恢复。使用灵能已经耗尽了他们的力量。好在，至少弱者被剔除了。亚空间不会对他们仁慈。你展现出了卓越的容忍度，见习修士奥蒂斯。许多阿斯塔特，即便是在我们军团，也对使用这些祈求者感到犹豫。"

"这便是我们必须走的路，"奥蒂斯说道，"为了实践真言。"

没错，他非常有野心，扎德基尔确定。

"你会走多远呢，奥蒂斯兄弟？"

"走到尽头。"

他也有奋进心。

扎德基尔露出浅笑。

他很危险。

"那么，你已经不需要什么教导了。"这位怀言者舰长说道。

扎德基尔颈甲中的通信发射器响了起来。"武器长马尔福里安表示他已经准备就绪。"舵手萨尔科罗夫说道。

这就已经在下令了，雷斯基尔？扎德基尔想着，他已经在每场交流、每次奉承的点头中看到了竞争者与潜在的篡位者。

"立刻部署。"扎德基尔说道。

"是，大人。"

"他们仍在追击？"奥蒂斯问道。

"意料之中，"扎德基尔回答道，"某种职责感无疑驱动着他们。他们很快就会认识到那种感情的愚蠢。"

"请启迪我，大人。"

这位见习修士鞠了个躬，扎德基尔审视着他。

"跟我来舰桥，奥蒂斯兄弟，"他说道，"看就行了。"

亚空间便是疯狂的显现，这里是现实法则无法适用的另一个维度。人类的思维尚未进化到能理解它的地步，因为这里不是用规则或是界限来定义的。这是一个无穷无尽的地方，也是一个有着无限变化的地方。唯有导航者——高度专业化的稳定突变体——才能看向其中而不会发疯。唯有导航者才能让舰船穿行于亚空间的稳定航道，再从现实空间中出现。而航行于不稳定的亚空间航线，即便是有导航者的引导，舰船也会受到变幻莫测的天界潮流的摆布。

狂怒深渊号一头扎入了这片海洋。一层交叠的盖勒力场令其保持完好，没有盖勒力场，舰船会瓦解，其金属的组成原子会违背常理，不再整齐排列。

军械舱包裹在自身额外的力场内，从中出现了一枚巨大的灵能雷，它快速飞旋着离开了怀言者的舰船。尽管从外面无法看到，这枚灵能雷的内核中是一群尖叫着的灵能者，内核注入了有毒蒸汽并被密封，令灵能者们陷入了疯狂。他们的集体死亡呐喊会在天界中激起灵能波。一道闪光化作情感，并被亚空间吸收，这枚灵能雷与其中疯狂的乘客爆炸了。

亚空间在震动。爱与恨翻腾汇聚，宛若颜料，亿万年的痛苦沸腾翻覆，如同春天融化的冰雪。希望的山峦崩塌了，欲望的海洋被吸入苦难的虚无之中。

随着一道宛若源自亘古万物的尖叫声，第三核心航道崩塌了。

第七章

亚空间中的幽灵

缚于地狱

马格努斯的遗产

"乌拉尔戈！"卡明丝卡喊道，"你正在脱离编队，我几乎听不见你了。维持力场，跟在我们后方！"

火刃号跟随着愤怒号进入了无垠的亚空间。随着最后一丝现实空间的消散，来自翻滚阴影海洋的干扰令通信几乎全都失效了。火刃号在航行期间遭遇了未知的困难，来自那艘护航舰最后的信息传输中满是惊慌与绝望。

乌拉尔戈传递着断断续续的信息，声音极其扭曲，话语化作噼啪作响的胡言乱语。愤怒号的舰桥扬声器中涌动着奇怪的静电波，两艘船相距不远，其间充斥着亚空间的疯狂几何结构。

即便是在导航者的引导下，通过稳定航道进入亚空间也是很危险的。在航道已经崩塌且没有星炬信标的情况下，这么做近乎自杀。

卡明丝卡少将低声咒骂，一拳打在指挥王座的扶手上，倍感挫败。

"连接中断了。"她阴沉地低语。

"在我们离开亚空间之前，我们没法与火刃号取得联系，少将。"文克麦尔说道。

卡明丝卡和她的舰员孤身待在舰桥上。塞斯图斯连长和其他阿斯塔特在舰上的一个会议室中集合，以接待莫特普舰长，查清他所知道的事情，并制订像样的计划。

航行于亚空间航道令人们的心境很消沉，火刃号的未知命运并未缓和弥漫于舰桥的阴沉氛围。

"我知道，舵手长。"卡明丝卡无奈地回答道。

愤怒号震颤着，警告灯光在舰桥中闪烁着，外面的甲板也响起了警笛。

"我们已启动全面碰撞程序。"舵手康特告诉他们。

"很好，"少将说道，"维持住。"

整个舰桥偏向一侧，导航仪器和战术手册四散在地。康特紧抓着地图桌的边缘，在突如其来的亚空间湍流中稳住脚跟。

"遵命。"他回答道。

卡明丝卡靠在指挥王座上，筋疲力尽。她终于遇到了无法用战术敏锐和无畏大胆解决的问题。那位极限战士的阿斯塔特连长将她置于这般境地，而尽管她忠于帝国和人类的伟大荣光，她仍为此对他怀恨在心。洛·图拉加、沃加斯、无畏号的阿布拉克斯·凡，现在又是乌拉尔戈，他们全都没了。无垠号的沃尔洛夫曾是她的朋友，而他也在帝皇的鲁莽天使的命令下耻辱地殒命于追击一个不可能战胜的敌人。

如今，困在亚空间中，她无能为力，只希望她的导航者能将他们安全地引导出去。卡明丝卡的愤怒有增无减。

"舵手，给我接通值更官亨茨曼。"她勉强下令。

"少将。"片刻后，亨茨曼的声音通过通信阵列传来。

"集结你最好的手下，带他们巡逻甲板。我不想在航行期间出现任何惊喜或是预料之外的事件，"她回答道，"不要放过任何迹象，你知道怎么做。"

"我会尽职，舍命不惜，少将。"亨茨曼回答道。

亨茨曼切断了通信链接，转向上层甲板军营中耐心等候他的三位武装兵。他们装备着手枪和电击槌，穿着轻型防弹背心。四个人站在一起，愤怒号在亚空间航行期间始终保持着低级别照明，在他们的面容上投下深深的阴影。营房的其他地方空无一人，赤裸裸的墙壁和空荡荡的床铺都是炮铜色的。

"四个小组，从三号甲板巡逻到十八号甲板，"亨茨曼说道，简明扼要，冷静精确，"我要下层甲板负责人每半小时报告一次。"

三位武装兵点点头，离开前去集合执法者。

作为值更官，亨茨曼的任务便是确保维持舰上的秩序和纪律。在完成这项任务上，他十分苛刻，是一位无法容忍抗命的坚定不移的执法者。他履职中已经杀掉了很多人，并且对此毫无悔恨。

即便围绕舰船的盖勒力场护盾隔绝着天界，但亚空间精神病仍会影响到所有人，连亨茨曼这样比大多数人都要意志强大的人也能感受到它的影响。

他见过许多人遭受它的折磨，它也有多种发作形式，既有身体异常，也有精神异常，比如脱发、胡言乱语、紧张症，甚至是谋杀倾向、痴呆，这些症状都很常见。亨茨曼对这些人的治疗工具就紧紧插在他髋部的枪套中。

亨茨曼的手抚过平头，并检查了副武器中的弹药，耐心地等候着手下的归来。

在愤怒号的一个会议室中，塞斯图斯、安蒂吉斯和其他阿斯塔特连长坐在一张涂了漆的六边形桌周围。房间镶着木板，产生了一种虚假的暖意，它散发着一种显而易见的军事朴素感。墙上挂着的饰板描述着土星舰队中诸多伟大的指挥官、舰长和海军将领的丰功伟绩。卡明丝卡也是其中之一，她的荣誉榜又长又卓越。

这里也有几件工艺品：交叉的短剑、一把古老的手枪，以及其他传统海洋装饰。高踞其上的是一个代表着新时代的图符：帝国鹰，这是帝皇统一战争的象征，同时也是火星与泰拉联合的象征。它明确提醒着人们所为之奋斗的事业，以及其中固有的脆弱感情。

"一旦我们离开亚空间，就驶入他们的尾波中，并在他们的盲点发射跳帮鱼雷。让野狼的狂怒将这个猎物开膛破肚！"布林加咆哮道。不像其他人，他站着，在房间内踱来踱去。

"鱼雷在能够突破他们的护盾之前就会被击毁。"莫特普反驳道，在他的舰船被毁后，药剂师莱拉迪斯认定这位千子很健康，而他热切地想要出席这场会议，"所以我们不应该发射鱼雷，"他赶在布林加反对前补充道，"我们并不知道敌舰有怎样的装甲，舰上有怎样的部队。不，我们必须耐心等候，直到狂怒深渊号露出破绽。"

关于如何阻止怀言者的激烈讨论已经进行一个多小时了。其间，莫特普透露了他所知道的少量信息：那艘舰船及其将领的名字、使他舰船瘫痪了的武器系统，以及怀言者所接纳的异端行径。他并未谈及扎德基尔的结盟请求，而是将之深藏于心。尽管讨论很激烈，但众人鲜有共识，除了他们都已全身心投入到了当前的行动中，并且认为针对狂怒深渊号的全面突击无异于自杀这一点。

"呸！典型的马格努斯之子作风，在面对行动时建议谨慎。"这位太空野狼吼道，他对那位千子的认知和他的言谈举止一样直接又尖锐。

"我赞同野狼，"斯克拉尔说道，"我无法接受在黑暗中等待。如果为了确保敌人的毁灭需要我们牺牲生命，那就这样吧。"

"对！"布林加赞同道，极力支持，"其他任何方式都是懦弱的行径。"

莫特普对其怠慢感到愤怒，他目不转睛地盯着太空野狼那野蛮面容上的狂野笑容，但他并未上钩。

"这样下去不会有结果的，"塞斯图斯插嘴道，"我们确定无疑的是，那艘船上的阿斯塔特都已叛变。这对于第十七军团的其他人而言意味着什么，我不知道。机械神教打造了这艘船，这无疑会引起关于其建造性质的进一步疑问。其保持隐秘这一事实表明他们也勾结其中，至少某种程度上是这样。"

塞斯图斯停顿了片刻，随后继续说道。

"有些事情很不对劲。我相信，怀言者正串通起来对抗我的军团，并由此对抗帝皇。他们在机械神教中有支持者，不然这样一艘船怎么会在我们不知情的情况下造出来？"

阿斯塔特们在这一方面达成了共识。怀言者实施的是公然的战争行为，但个中缘由并不简单。尽管阿斯塔特们各自有所不同，但帝皇的子嗣们也算得上是兄弟同胞，他们会为对抗共同的敌人一同战死。如今，怀言者便是这样一个敌人。

"那么我们要怎么做？"布林加最终问道，他的愤怒情绪有所缓和，但他仍向坐在对面的那位千子投去了恶意的目光。

塞斯图斯注意到了太空野狼的目光，但眼下他并不理会。

"我们必须想办法让那艘船瘫痪，在它暴露弱点时攻击。"这位极限战士连长告诉众人，"至少，我们同意，我们的敌人已不再是我们的兄弟。他们的背叛，让我们必须消灭他们，但我要查明这场背叛的严重程度。战帅必须了解正在对抗他的敌人。因此，眼下，我们跟踪这艘船，等待机会。"

"听起来仍像是懦夫行为。"布林加咕哝着，他最终坐了下来，懒散地靠着座椅。

塞斯图斯迅速站起身，盯着那位太空野狼，目光冷酷。

"不要再让你我的军团蒙羞。"他警告道。

布林加迎上了极限战士的冷酷目光，但他点了点头，低声表示同意。

莫特普自始至终保持着沉默，小心掩藏着自己的想法。

塞斯图斯坐了下来，严肃地盯着满怀敌意的阿斯塔特兄弟。伟大远征将各个军团凝聚在共同的目标下，他曾与鲁斯之子和马格努斯之子并肩作战过许多次。没错，原体各有各的不同，而这些不同也传给了他们各自的军团，而尽管他们会像兄弟那样相互争吵，但他们仍然团结一心。他无法相信，军团间的纽带会如此脆弱，仅仅将他们放到一个房间便会导致公然的敌意。怀言者的所作所为只是异常现象，是例外，而非常规。

会议室的墙壁猛烈震颤着，打断了塞斯图斯的思绪。

布林加嗅了嗅空气。

"亚空间的臭味很浓。"他咆哮道，不由自主地瞥向莫特普。

房间再一次震颤，几乎就要把阿斯塔特们震起身。外面的走廊和下方的甲板警笛声大作。

莫特普盯着反光的会议桌，随后抬起头看向塞斯图斯。"我们在天界中的航行陷入了危险。"他告诉塞斯图斯。

极限战士迎上这位千子的目光。

"安蒂吉斯，"他说道，目光仍停留在莫特普身上，"跟我前去舰桥。"

塞斯图斯转过头面对会众。

"这还没结束，待我们离开亚空间再来集会。"

众人低语同意，塞斯图斯和安蒂吉斯则前往舰桥。

"我想您是来查明我们的航行为何不太顺畅的，大人。"卡明丝卡少将说道。在塞斯图斯抵达舰桥时，她正站在指挥王座旁，评估从与敌舰的那场惨烈战斗中收集的战术数据，同时与舵手长文克麦尔密切交谈着。在战略显示器旁显示的是外部亚空间骤然波动的读数。

"你的直觉很对，少将。"塞斯图斯回答道。尽管有与狂怒深渊号共同作战的经历，以及对塞斯图斯任务的明显认可，卡明丝卡对这位极限战士的态度仍然很冰冷。塞斯图斯本希望在战火中她的态度能有所缓和，但纵使卡明丝卡有相关经验和知识，他实际上还是夺取了卡明丝卡的舰船。尽管塞斯图斯是一位舰队指挥官，加上他是一位阿斯塔特，他的海军战术敏锐性要优于卡明丝卡，但他践踏了卡明丝卡的指挥权，而且不以为意。这令他感到不安，但需求必须契合当下形势。马库拉格乃至更多世界正处于危险之中。塞斯图斯能够感觉得到，他必须全力肩负起这份重担。这意味着掌握这项任务的指挥权。如果这也意味着要让一位闪耀的帝国海军将领颜面扫地，那也无妨。

"我准备造访我的首席导航者，听听他的解释，你来吗？"卡明丝卡强作友好，同时离开了指挥平台。

塞斯图斯和安蒂吉斯二人正准备跟上，她却补充道：

"导航者私室很小，连长，只容得下你们一个人。"

塞斯图斯转向安蒂吉斯，安蒂吉斯点头表示理解，在舰桥上找了个位置坐下。

在狭窄的导航者私室中，塞斯图斯从未像这样感觉到自己动力盔甲的庞大。这个小小的私室位于舰桥上方，奥卡杜斯和他的低级幕僚在亚空间航行期间居住于此，这里没有舰船其他地方随处可见的装饰。墙壁光秃秃的，灰铜色的朴素房间中容纳着三个半透明的泡状分离舱，导航者们就在里面与星炬进行灵能沟通，并引导舰船穿越变幻莫测的亚空间潮流。

在这狭窄的空间中，站在阿斯塔特身旁，卡明丝卡看起来没有平常那么庄重，她朝首席导航者说道：

"奥卡杜斯。"

短暂的沉默后，一个戴着兜帽的干瘪脸庞出现在中央舱中，在半透明的舱面下模糊不清。舱穹顶上，电线和电路从某个看不见的沉思机上垂下。

"发生了什么？"卡明丝卡问道。

随着液压装置发出的一道嘶嘶声，中央舱如同玫瑰花瓣一般打开了，奥卡杜斯在一团蒸汽中现身，仿佛从一道深坑中升起。

"你好，少将。"奥卡杜斯说道，他的声音从泡状分离舱中传来，低沉沙哑，仿佛开口讲话很费力，这位导航者的灰色皮肤上满是汗水，气喘吁吁，"当我准备进入亚空间，并依照指示穿越第三核心航道时，天界海洋开始翻腾撕裂。"

"请简要解释，导航者，我赶着回舰桥。"卡明丝卡提醒道。

塞斯图斯很高兴看到卡明丝卡的怒火并不只针对强行控制了她舰船的阿斯塔特。

尽管奥卡杜斯的脸庞大部分隐藏在兜帽下，但塞斯图斯仍能看到他的嘴角因惊愕而抽动。所有导航者都拥有第三只眼，正是这种可接受的突变让他们能够在亚空间中规划航线。看向那只眼会将普通人逼疯的。

"第三核心航道已崩塌，"他简单解释道，"在其崩塌前，我探测到深渊完整性的恶化，但我们已经在亚空间中航行得太远，无法掉头。"

"这怎么可能？"塞斯图斯问道，"敌人怎么会让航道崩塌？"

奥卡杜斯的注意力在交谈期间第一次落到了阿斯塔特的身上。如果他对这位极限战士出现在他私室中有任何想法的话，他也并未显露出来。

"他们部署了某种灵能雷，"奥卡杜斯回答道，"我们的星语者会感受到这种效应。至于现在，我们正航行于赤裸裸的深渊中，"他陈述道，注意力转回卡明丝卡，"您的命令是什么，少将？"

卡明丝卡难掩惊讶。迷失漂泊于亚空间无异于被判了死刑，而她对此无能为力。

"我们跟随敌舰，尽量航行在其尾流中，"塞斯图斯插嘴道，"他们正前往马库拉格。"

"从太阳星域到奥特拉玛，并且处于稳定航道之外？"

"没错。"

"成功的概率极小，大人。"奥卡杜斯不带情绪地提醒道。

"即便如此，那也是我们的航线。"塞斯图斯告诉他。

奥卡杜斯思忖片刻，随后回答道："我可以利用敌舰作为参照点，就像是一个灯塔，并跟随它，但亚空间我不好说。如果它想要吞噬我们，或是猎杀我们，那么我也无能为力。"

"很好，首席导航者，你可以继续履行职责了。"塞斯图斯告诉他。

奥卡杜斯低下头，几乎令人难以察觉，随后退回了他的岗位，并说道："天界中有些东西，生长于深渊中的生物，其中一群跟踪着敌舰。其周围的亚空间十分混乱，就像是这最近几个月的深渊一样。这不是个好兆头。"

言毕，奥卡杜斯离开了，再次陷入泡状分离舱中。

塞斯图斯一言未发。就他作为舰队指挥官的经历而言，他非常清楚潜伏于亚空间中的生物。他并不知道其本质，但他此前曾见过它们的形体，也知道它们很危险。他毫不怀疑卡明丝卡也知情。

塞斯图斯和卡明丝卡交换了一下理解的目光，一同离开了私室，并通过子甲板隧道回到舰桥。他们走了几分钟，随后塞斯图斯打破了紧张的沉默。

"我注意到了你对我和这项任务的态度，少将。"

卡明丝卡深吸了口气，仿佛在努力控制自己的情绪，然后她转过身。

"你夺走了我的舰船，篡夺了我的指挥权，你作何感想？"她厉声说道。

"你效劳于帝皇，少将。"塞斯图斯告诉她，语气中带有警告，"你最好记住这一点。"

"我不是叛徒，塞斯图斯连长，"她愤怒地回答道，面对阿斯塔特那身型的震慑，她毫不退却，"我是帝国的忠仆，而你却一意孤行，凌驾于我的权力和我的舰船之上，追逐阴影，并且很可能会步入死亡。如果必要的话，我会将我的性命献给胜利的祭坛，但我不会不假思索地白白牺牲。"

塞斯图斯的神情难以捉摸，他思考着少将的话。

"你是对的，少将。在这场行动中，你展现的唯有勇气和荣誉，而我却报以无知和轻蔑。对于一位军团战士而言，这不是恰当的举止，为此我谦卑地道歉。"

卡明丝卡吃了一惊，她露出轻蔑的神色。最终，她的态度也软化了，愤怒也随之消散。

"感谢你，大人。"她低声说道。

塞斯图斯缓缓鞠了个躬，接受了少将的感谢。

"舰桥上见。"这位阿斯塔特说道，随后离开了。

待塞斯图斯离开后，卡明丝卡才意识到她在颤抖。通信阵列噼啪作响，引起了她的注意。

"少将？"舵手长文克麦尔的声音通过管道壁上的装置传来。

"讲。"卡明丝卡片刻后回答道，她正在努力恢复镇定。

"我们联系上了火刃号。"

愤怒号舰艉的三号甲板到六号甲板都已安全。为了安全，大部分非重要舰员被关在各自的隔离房间中。对于亨茨曼和他的三人武装兵小组而言，他们就像是在巡逻一艘幽灵船的大厅。

"巴巴鲁斯小队，报告。"亨茨曼的声音打破了一片死寂，他的手电筒在走廊中来回扫动。阴影在模糊的光束前退却，拱道和壁龛展露无遗。

亨茨曼能感觉到下属们的紧张，他们在他身后组成了"V"形编队，这位军官耳中的通信珠仍然保持着无线电静默。

"巴巴鲁斯小队。"他重复道，他紧张地调整了下手中的军用手枪，将之抵在手电筒旁。

亨茨曼正准备派出手下两个武装兵前去搜索失踪的那支小队，通信器突然噼啪作响。

"鲁斯小队……报告……经历……全部安全。"对方短促的回答中充斥着静电声，但亨茨曼很满意。

值更官松了口气，前方的丁字路口中，一个人影突然从光束中闪过。

"谁在那儿？"他厉声问道，"立刻表明身份！"

亨茨曼迅速又小心谨慎地走向丁字路口，同时用作战手势对他的武装兵下令，让他们在他身后散开，掩护他的侧面。

亨茨曼来到了走廊尽头，他看向左侧，光束迅速扫了过去。

"长官，我看到他了，这边。"一个武装兵说道，检查着另一边的通道。

亨茨曼转过身，看到那个人影消失于另一边的走廊。他发誓，那个人穿着甲板舰员的工作服，但那颜色并不是愤怒号的。

"这片区域已经封锁，"亨茨曼吼道，心跳加速，"这是最后警告，立刻现身。"

沉默在嘲弄他。

"武器准备。"亨茨曼小声说道，悄悄走向走廊，武装兵们则跟在他身后。

在会议室的那场极其糟糕的战争会议结束后，莫特普离开了其他阿斯塔特，来到了愤怒号的一个隔离房间，他打算在亚空间航行的剩下时间里冥想。事实上，与那位太空野狼的对峙令他烦恼不已，尤其是他在面对布林加的严责时失去了控制，他试图在独处中稳固自己的决心。

莫特普将手伸进了盔甲夹层中，那里放着从残月号上抢救而来的那根魔杖。看到魔杖仍然完好无损，他低语着自己对原体的誓言。在这间十分简朴的房间中，唯一的家具便是一个长凳，莫特普坐在上面，盯着那根魔杖。他尤其仔细地审视着魔杖顶部的镀银镜，目光深入其中。

莫特普集中思绪，进入冥想状态。他以其军团闻名于世的敏锐，思索着逐渐展开的一系列事件。

突然间，出现了一道异常的闪光，不可捉摸，随后又消失了。

那是盖勒力场，莫特普意识到。他所感受到的是毫无束缚的亚空间的轻柔抚摸，如此短暂，如此微弱，唯独具有精妙灵能感知的马格努斯子嗣才能察觉。

还有别的东西……尽管这东西眼下只是滑过了莫特普的精神之掌，如同袅袅烟雾划过指间。

这位千子立刻脱离了冥想状态，并将魔杖放回到了盔甲夹层中。他戴上头盔，动身前往愤怒号的主码头。

乌拉尔戈舰长坐在指挥王座上，系着安全带，亚空间已经突破了火刃号舰桥后方的防爆门。周围一片混乱，不幸的舰员们在尖叫，在恐惧中挣扎，他们的精神被亚空间逼疯。有的人已经死了，被飞溅的残骸所杀，或是在亚空间释放怒火时惨遭撕裂。大块大块的金属四分五裂，乌拉尔戈的舰桥正在解体，面对这注定的毁灭，他已经不再镇定。怪异的光芒投射在整个房间中，奇怪的狂风拍打着舰员和舰长。

"无休止……永无休止，"他说道，声音既惊奇又恐惧，"我能看到我的父亲，还有我的兄弟。我能听到他们……在叫我。"

依照卡明丝卡的命令，他们跟随愤怒号进入了天界，但因第三核心航道的崩溃，他们的盖勒力场发生了灾难性故障，使得他们面对亚空间的原始情感时毫无防护。

舰桥已经发生了改变，木卫一的天空和土卫一的峡谷在舰桥中闪闪发光，那是乌拉尔戈长大成人和他被训练成为土星舰队飞行员的地方。倒在六分仪上的导航舰员的尸骸上长出了木卫三的红树，扭曲的树根在舰桥的钢铁地板上盘绕，地板上则满是河草。瀑布在现实中若隐若现，一群群鱼儿跃过破碎的观察窗。乌拉尔戈很想回到那里，回到他记忆中生活的地方，回到孩童时期，彼时的宇宙仍让他感到浩瀚无垠，充满奇迹。

他伸出手，感觉自己在抚摸生长于木卫一斯卡曼德罗斯河边的芦苇。不知为何，他能看到在舰桥撕裂的天花板外，爬行鸟类在天空中翱翔，仿佛撕裂的金属和断裂的电缆处于另一个维度中，而他脑海中的现实正溢洒而出。

他走向前。其他舰员都已经死了，但那已经没有意义了。他们也成了幽灵。

亚空间物质涌入防爆门，将乌拉尔戈卷入原始的情感旋涡中。他的内心充满了懊悔、恐惧，然后是爱意，每种情感都是如此强大，而他只是其中的导管，一个被亚空间掏空的人。他感受到了在他接到第一个委任状时他父亲眼中闪起的自豪，还有母亲眼中的悲伤，因为她知道有许多人的儿子命丧于虚空中。愤怒的太空、贪婪的真空、饥渴的虚空，他一直知道，自己终有一天会被吞噬。在亚空间中，这些想法就像是土卫二的山脉一样真实。

舰桥的一侧崩塌了。空气轰鸣而出，舰桥舰员们的尸骸也被卷了出去。有一个人还没死，乌拉尔戈的脑海深处感受到了那个人濒临死亡。

随后他看到了火刃号外的亚空间。

巨量的情感永无休止，目睹这一切的并非他的眼睛，而是他的精神。那是炽热翻滚的激情山脉、悲伤的海洋、通往无垠的苦难洞穴、滴落的愤怒之毒。

仇恨是遥远的天空，积压在亚空间上，令人窒息。爱是太阳。恶意的手指形成的大风剥去了火刃号的舰体。

这一切令人叹为观止。乌拉尔戈目睹着这一切。不，并非目睹，而是纯粹地体验，因为亚空间并非由光组成，而是情感，体验这一切，就是让自己灵魂的本质精华倾听其述说。

仇恨的天空裂开了，一张大嘴在乌拉尔戈的灵魂上方张开。巨嘴中是愤怒的牙齿，里面是一团黑色，像害虫的坑洞一般翻腾着。那是恐惧。

到处都是张开的嘴巴。目盲的怪物如同恶意形成的鲨鱼，滑过由激情组成的雷暴。它们在攫取火刃号舰员的灵魂，刀刃般的牙齿咬穿了舰员们的精神残余。

连"爱"也在向他们袭来，让人们最后的存在时刻中充斥着对永远不可能拥有之物的骇人渴望，以及对曾经拥有却又永远失去之物的可怖又强烈的悲伤。

那个巨嘴向乌拉尔戈袭来，牙齿朝他逼近，可怕的寒气贯穿全身，他知道这便是纯粹的死亡。

物质在翻腾，虫豸涌入他早已不存在的鼻子和嘴巴，他肉体的最后残余直往后缩。

亚空间化作黑暗，乌拉尔戈淹没在了恐惧之中。

卡明丝卡少将来到了舰桥，看到了一个面色苍白的舰员。塞斯图斯刚刚抵达，他面色冷峻，火刃号的遇险信号在舰对舰通信中反复响着。

"这里是……乌拉尔戈……火刃号……在航行中受损……请求对接……维修……"

"这不可能，"卡明丝卡说道，面色煞白，她本以为乌拉尔戈已经死了，而她现在却听到了这个人的声音，"通信在亚空间航行时会失效的。"

"少将，火刃号声称正横于我们的左舷。"舵手康特说道，他正监控进一步的通信。

卡明丝卡本能地看向观察窗，尽管盖勒力场产生了闪光干扰，但她仍能够看到乌拉尔戈的舰船，那艘船因首次突袭狂怒深渊号而有些受损，但仍然完好。

常识与她内心的情感相互斗争着。乌拉尔戈是一位战友，卡明丝卡以为他已殒命，而现在她有机会拯救乌拉尔戈。

"立刻引导他们对接。"

在愤怒号舰艇三号甲板复杂的走廊中，亨茨曼追踪着那个逃窜的人影来到了一个死胡同。看起来近乎无尽的通道两侧间隔排列着许多门，通向更多营房以及几间隔离室。

他缓缓接近，手电筒扫过那人的身体，他注意到他的猎物面对着墙壁。他现在也能更清楚地看到那人穿着的工作服了，那是火刃号的甲板制服。

"站住。"他朝着那个人厉声下令，同时迅速瞥向身后，确保他的武装兵仍能支援他。

从后方看，他判断那人是个男性，骨瘦如柴，凌乱的头发和恶臭味表明他已经很多天没洗澡了。

亨茨曼激活了通信珠。

"舰桥,这里是亨茨曼军官。我在舰艇三号甲板扣留了一位男性甲板舰员，"他说道，"他看似穿着火刃号的制服。"

舵手康特的回答充斥着静电噼啪声。

"重复。你说火刃号吗？"

"没错——一位来自火刃号的甲板水手。"亨茨曼回答道，同时向对方缓缓逼近。

"这不可能，火刃号刚刚才与我们对接。"

亨茨曼感觉到了一阵刺骨的寒冷，那个人转过了身。

不知怎么，手电筒的光无法照亮那人头顶和眼部的那块阴影，但亨茨曼看清楚了那人的嘴巴。这位甲板水手露出了一副咧开嘴唇的笑容，腐烂的嘴唇上结着干血块。

"泰拉在上啊。"亨茨曼低声说道，那人的下巴张开得极不自然，露出了数十颗针状的牙齿。他的手指变长成了利爪，指甲如剃刀般锋利，浸满了鲜血，双眼在黑暗中闪着红光，如同仇恨的眼球。亨茨曼开火了。

舰桥上，撕心裂肺的尖叫声和零散的枪声从通信器中传出，紧接着，随着一阵强大的静电电流声，通信陷入了彻底的沉寂。

"立刻接通值更官！"卡明丝卡下令道。

康特在通信阵列中忙碌着，但几分钟后他抬起了头。

"没有回应，少将。"

卡明丝卡低声咆哮，猛击指挥王座上的一个图标，打开了另一个频道。

"主码头，回答。这里是卡明丝卡少将，立刻脱离火刃号。"她喊出命令。

无人回答，通信已经中断。

一声警笛响彻舰桥。几秒钟后，一阵舰体外部的爆炸令愤怒号震颤起来。

"少将，"舵手长文克麦尔喊道，"左舷上层甲板遭受了装甲损害。这怎么可能？"

"火刃号的舰背炮塔在开火。"她阴沉地回答道。

"看起来乌拉尔戈的船终究还是存活了下来，"塞斯图斯说道，戴上了他的战斗头盔，安蒂吉斯随后也戴上了，"但并非我们所希望的方式。"

"全体阿斯塔特，"他朝着头盔通信器喊道，很幸运，他们的无线电并未失灵，"立刻在舰艉三号甲板主码头集合。"

一道又长又低的哀号声传遍整个愤怒号，令舰体震颤不已，随后又一声，又一声……直到齐声尖叫响彻整艘舰船。这听起来就像是几百个恐惧之人的死亡尖叫。

莫特普将那个怪物送回了以太，垂下冒着烟的爆矢枪。他来得太迟了，值更官和他的武装兵已经躺在了地上，墙上鲜血淋漓。

很显然，那怪物是个亚空间孽物，披着火刃号舰员的阴影形体，并没有直接夺取一具肉体。它利用愤怒号盖勒力场破开的短暂片刻登上了船。莫特普的直觉告诉他，还有它的同类，他迅速朝着主码头而去。

舰员们在愤怒号的走廊中匆忙奔跑着，奋力挤过身着盔甲、体形硕大的阿斯塔特，莫特普则努力逼近主码头。引擎区就位于穿梭机甲板的后方，舰船正进行着全功率规避。

莫特普挤过狂乱的舰员们，他看到又一个人影挡住了他的去路，但这个人是血肉之躯，身着灰色动力盔甲，不动如山。

"布林加。"莫特普朝着那位刚从邻近走廊中现身的太空野狼平静地说道。

吞世者斯克拉尔带着他的两个军团兄弟突然出现在对面的走廊中。众人站在交叉路口，奇怪地僵持了片刻，随后那位野狼守卫一声怒吼转过身，朝着主码头而去。

五位阿斯塔特身陷混乱之中。

愤怒号的男男女女朝着四面八方逃窜，尖叫呐喊。有的人挥舞着武器，有的人试图爬往高处，却惨遭屠戮。鲜血如同浮油一般冲刷过码头，愤怒号的甲板舰员被身着火刃号制服的邪恶幽灵撕碎。那艘迷失护航舰的舰员已经改变了。他们的嘴巴又长又宽，仿佛永远都带着一副残酷的笑容。肿胀的巨嘴中是针状的牙齿，如同泰拉上早已灭绝的鲨鱼，长长的带刺手指如同爪子一样弯曲，撕裂皮肤、肉体和骨骼。

他们肆无忌惮地扑向人类甲板舰员，将之吞噬，可怖的掠食者脸上挂着血淋淋的腐化笑容。

"鲁斯在上啊。"布林加低语道，他看到连接两艘船的对接口处涌出了无数扭曲的火刃号舰员。

"它们是亚空间孽物！"莫特普告诉他们，拔出了他的弯刀，"使用着我们盟友的身躯，他们的灵魂现在已经受缚于地狱，迷失于天界。消灭它们。"

布林加回过头，发出怒吼，那声音在他的战斗头盔中回响着，显得十分怪异。他一只手拿着暴牙斧，另一只手拿着爆矢手枪，杀入敌阵。

斯克拉尔和吞世者们跟了上去，挥舞着链锯斧，高喊着安格隆的名字。

三个吸血鬼般的亚空间孽物倒在了莫特普炽热的爆矢枪下，他步履艰难地迈过主码头。一股铜臭味朝他的鼻子袭来，那恶臭足以压垮一个普通人，但这位千子压下了这种感觉，继续向敌人逼近。

爆矢枪的枪声十分尖锐，回荡在他的头盔中，与此同时，他砍倒了一个亚空间孽物，劈开了其胸骨，并回手一挥将之斩首。怪物到处都是，很快便包围了他。武器枪口的闪光断断续续地照亮了这残酷的毁灭场景，弯刀的尖锐呼啸声与爆炸的喧嚣声相互交杂。

他感觉到某个东西在试图挤压他的思维边缘，试探着他的灵能防御。他奋力杀过这群卑鄙的怪物，逼近那股精神的源头，与此同时，那股精神也在逼近他，他的理智所感受到的压力愈发强烈。

布林加甩开了一个紧抓他胳膊的怪物，并用暴牙斧将之击碎，这把符文斧切穿虚弱的骨骼如同切开空气。他将爆矢手枪戳向另一个怪物，并利用这只亚空间孽物的势头将之抬离地面。他扣下了扳机，那怪物炸开了花。随后这位太空野狼扑了过去，撞向第三个怪物，他的战斗头盔几乎把那人腐化的头颅撞碎。

随着肉体的毁灭，亚空间孽物似乎会失去它们在物质面的立足点，消散而去。对付它们小菜一碟。布林加曾与更加强大的敌人战斗过，但人潮开始消耗他的体力。即便是基因强化的肌肉系统，在连续战斗后也会感到酸痛。这位野狼守卫每杀死三个人，就会有六个人填补空位，它们就像是腐臭的蚂蚁从码头大门涌出。

布林加砍倒了又一个孽物，他惊愕地意识到，自己正被渐渐逼退。

他在混战中看到了斯克拉尔。那位吞世者也倍感压力，尽管他那上下翻飞的链锯斧在周围砍出了一团血雾。布林加看不到斯克拉尔的军团战士同袍，他猜测他们已经被怪物群淹没了。

一阵突如其来的金属撕裂声，夹杂着深受折磨的灵魂的呼喊声，撕心裂肺，布林加感觉到脚下的甲板突然晃动了起来，仿佛在发生扭曲变化。

在码头门打开时保持甲板气压的完整力场闪烁了一下，但仍然维持着。

然而物理结构却并非如此。三层甲板高的大块舰体被扯了出来，仿佛是被无形的下巴咬了下来，残骸落入了以太之中。布林加移开目光，否则他将会目睹赤裸裸的亚空间，陷入疯狂。

在破口外的无垠之界中，有什么东西在躁动。布林加颈背上的毛发都竖了起来，其军团的狂野本性骤然显现。一瞬间，这位太空野狼想要扯下他的头盔和拳套，想要和野兽一样朝着肉体狼吞虎咽。他凭借意志克制住了自己，意识到码头上有原始又可怕的东西。

莫特普穿过一群亚空间孽物，奋力杀向码头门。他的盔甲被以太利爪抓得满是凹痕，他的身体上下起伏，精疲力竭。在此能拯救他们的不是身体技艺，而是坚持不懈的精神纪律。

莫特普也感受到了那个存在，他站在码头大门前，用他的精神之眼盯着那个存在。那个存在黑暗无际，翻腾不止。那是一个纯粹的掠食者。

"它看到我了。"他平静地朝着头盔通信器说道，亚空间孽物群突然从这位千子面前退开，注视着他，就像是普罗斯佩罗的尖塔鹰注视着猎物，"我现在无处可藏了。"

布林加几乎与斯克拉尔背靠背，两位阿斯塔特一边奋战一边退到防爆门前，此时他在通信器中听到了莫特普的声音。

"看到了什么？"这位太空野狼咆哮道，将又一个亚空间孽物开膛破肚，与此同时，斯克拉尔则砍下了另一个怪物的胳膊。

"你们在此无法取胜，"莫特普的声音再次传来，"出去，封闭大门。我会留在这里激活码头的自动毁灭序列。"

帝国舰队的许多舰船都有机械神教设计的内置预防装置。要是一艘船被侵占或是处于被俘获的危险中，它们是最后的武器。若是一艘船已经无法保卫船员或是无法从敌人手中夺回，那么敌人也绝不能得到这艘船，不过在当前的情况下，莫特普的牺牲不会毁灭这艘船，只会消灭围攻这艘船的敌人。

"赶快！"那位千子敦促道。

布林加看不到那位千子，他的视野受到了限制，他强迫自己不要看向裂缝外的裸露亚空间。尽管这令人恼火，但这位太空野狼知道自己必败无疑。

"来吧，"他朝着正疯狂劈砍的斯克拉尔吼道，"我们走。"

"安格隆之子从不逃离敌人。"斯克拉尔愤怒地回答道。

"即便如此。"布林加说道，撞开了一个亚空间孽物。他躲过斯克拉尔鲜血淋漓的链锯斧，一掌猛打在了这位吞世者的胸膛上。这位目瞪口呆的阿斯塔特被打飞了，摔在了打开的防爆门之外。布林加奋力走向趴在地上的斯克拉尔，用暴牙斧在怪物中杀出一条路来。

少数亚空间孽物来到了主码头防爆门的另一边。布林加正准备猎杀它们，突然一阵爆矢枪齐射如同割草一般将这些怪物撂倒。

他看到了伤痕累累的极限战士，在他的战斗头盔中，这位太空野狼咧嘴而笑。

"趴下！"领队的塞斯图斯喊道，布林加趴在了甲板上，枪林弹雨从头顶上飞过。

这位太空野狼弓起脖子，看到了更多冒着烟的亚空间孽物的尸体倒在了码头入口处。他挥出一只手，按下了大门图标，防爆门开始关闭，液压装置发出嘶嘶声。

"我们必须封闭大门。"他吼道，翻起身，与此同时，安蒂吉斯、莫拉尔和列克西纳尔冲过他，守住大门。

剥去了亚空间孽物的舰员表象，莫特普看到它们根本不是独立存在的实体。它们是一个统一意识的延伸，是原始情感的具象。曾经的码头大门已经变成了三张排列着残暴牙齿的巨嘴，触手从中蜿蜒而出，肉体就像舞动的手指布偶一样耷拉着。

莫特普走上前，挥舞着他的弯刀，这把动力剑上刻着象形文字——普罗斯佩罗的古老语言。莫特普敏锐地意识到身后的防爆门正在关闭，尽管那声音很遥远，仿佛是来自另一个维度的声音。这位千子意识到自己已孤身一人，他利用起其军团天生的力量——普罗斯佩罗的儿女们都普遍拥有的灵能突变，正是这种力量让马格努斯在尼凯亚遭到了谴责。莫特普的力量与其军团的所有阿斯塔特一样，都已磨炼到了极致，在恰当的引导下足以致命。尼凯亚的那些否定千子的人有理由对之感到恐惧。

莫特普收起爆矢枪，因为现在枪已经没了用处。他抽出了魔杖，在杖柄上的宝石中输入了一串符文序列，魔杖变成了一根长长的权杖。莫特普将这把武器举在他的头盔目镜前，目光穿透了杖尖的金属镜。那块小小的镀银镜片变得透明起来，透过它，这位千子看到了那个实体的真实面目。

亚空间很残酷。它夺取了那艘船及其舰员，并将之转变成了某种卑劣可鄙之物。装甲外壳上，小小的黑色眼睛转动着，舰员的躯体在这艘船的表面蠕动着，他们困在了一个半透明的薄膜中，就像是活体组织。他们已然变形，表情痛苦扭曲，仿佛在融为一体。那些火刃号舰员的灵魂永远地迷失在了亚空间中。

那艘护航舰舰体的一部分从舰腹伸出，刺穿了货舱，就像是一条脐带，巨嘴深处涌出的触手实际上是舌头，发出的声音十分骇人。火刃号的喉咙发出来自亚空间的尖叫声，呼啸的大风快要掀翻莫特普。然而，他保持着直立，并在那艘曾经的帝国舰船近乎幻影般的舰体上找到了他所找寻的事物。

这位千子吟咏着力量之言，一连串光芒照入甲板。他权杖上的普罗斯佩罗象形文字闪着耀眼的朱红色光芒。莫特普旋转权杖，将弯刀插入杖柄，权杖变成了一把长矛。

"回深渊去！"这位马格努斯之子喊道，他瞄准着那个亚空间实体的污染核心，"这里并无汝辈之食，死物！以银塔和永恒燃烧之眼的名义，滚开！"

那些触手朝着莫特普袭来，他则挥舞长矛，其灵能轨迹燃烧着绯红色光芒。那道光击中了火刃号中央巨嘴的中心，并在其内部引发了一场巨大的光爆。幽灵般的鲜血喷涌而出，伸出的触手萎缩燃烧。

积聚的光芒从巨嘴中射出，面对这耀眼的光芒，莫特普不得不移开目光。他闻到了刺鼻的烟味，这味道穿透了他的头盔过滤器，肆虐的火焰吞没了他的一切感官，深不可测的以太中某个将死之物发出了原始的尖叫。

主码头外的走廊中，天花板如雨一般落了下来，愤怒号的墙壁疯狂震颤着。塞斯图斯和安蒂吉斯在震动中奋力冲向大门。主码头传来了冲击波。

塞斯图斯站起身，拔出他的动力剑，正准备唤来待在他们身后的一组工程师，让他们将防爆门焊接上，此时主码头内发出的可怖喧嚣声停息了，烟雾和微弱的白光从裂缝中透出。

平静持续了片刻。

"莫特普在哪儿？"极限战士问道，并将剑刃插入鞘中。他一直监控着头盔通信传输，知道那位千子一直在主码头。这场亚空间现象期间，愤怒号到处都是战场，二层和三层甲板也遭到了攻击。塞斯图斯的头盔通信器中闪过报告，亚空间孽物因未知原因而突然消散，淡入以太。

甲板上的斯克拉尔仍有些神志不清，在愤怒狂乱中喋喋不休，因此塞斯图斯只好转向布林加寻求答案。

"他做出了高尚的牺牲。"这位太空野狼缓缓说道，同时站起身。

"这听起来有致敬意味。"塞斯图斯说道，他的声音带着苦涩。

"没错，"布林加吼道，"他为这艘船献出了生命，拯救了我们所有人。为此他将获得鲁斯的永远感激。我承认，我错怪了他，我很羞愧。"

伺服系统的嗡嗡声和气压释放的嘶嘶声令这位太空野狼转过了身，他同时举起了爆矢手枪，防爆门缓缓打开了。塞斯图斯和其他阿斯塔特纷纷举起武器，对准了门外闪烁着些许亮光的黑暗。

莫特普从主码头烧焦的废墟中现身，跟跟跄跄，但还活着。他那坑坑洼洼的盔甲中升起了袅袅烟雾，浑身都是黏稠透明的血块。尽管他外表狼狈，带着明显的伤势，但他仍然维持着普罗斯佩罗之子那高贵又傲慢的典型仪态。

"这不可能，"布林加低语道，向后退了一步，仿佛莫特普是来自芬里斯炉边传奇中的某个幽灵，"没有人能在这样一场大火中幸存。"

塞斯图斯谨慎地放下爆矢枪，随后用手势示意其他极限战士照做。

"我们以为你死了。"

莫特普解开他的头盔，摘了下来，深吸了一口循环空气。他的眼球一片漆黑，脸上凸显出紫色的血管，并缓缓消弭。

"我……也……以为。"这位千子喘息着，头盔从无力的手中脱离，咔嗒一声掉在了甲板上。

塞斯图斯向前一扑，抓住了莫特普，并用手臂支撑住他。

"立刻呼叫莱拉迪斯。"他告诉安蒂吉斯。安蒂吉斯震惊了片刻，随后回过神来，前去寻找那位极限战士药剂师。

"他还活着。"塞斯图斯说道，注意到了莫特普灼热的呼吸。

"是啊，"布林加阴沉地低语道，他已经克服了自己的迷信，"而只有一种方法能做到……"这位太空野狼撇起嘴，露出深深的厌恶，"巫术。"

第八章

尼凯亚
优势
巴卡三星

在私室内,扎德基尔饶有兴趣地注视着面前控制台上的屏幕。房间笼罩在阴森森的光芒中,偶像图符在阴影边缘隐隐可见。扎德基尔的面容沐浴在图像屏幕发出的阴冷光芒中,让他显得十分憔悴,毫无生气。

屏幕上显示着战斗场景。那是一个天体,卫星大小,在被一枚导弹击中片刻后爆炸了。残骸扩散开来,燃烧的流星撞向附近的一颗行星。屏幕中的一个图标代表着狂怒深渊号,它正穿过残骸场。屏幕上显示着带距离标示的轨迹标记,以舰船图标为起点一直到行星表面。图像暂停了片刻,随后再次从头开始播放。

扎德基尔的注意力转到了附属于主图像屏幕的垂直排列的三个额外屏幕上。最上面的屏幕上满是带有机械神教印章的流式数据。关于装甲韧性、轨道投射武器强度,以及基于首次交锋统计数据的推测坚持时间的计算不断滚动着。射角、可能的火力强度和护盾指数预测全都被纳入了严苛的细节考量之中。中央屏幕包含着四个阶段的图像,显示着针对人类的一种特定病毒株的使用效果。最下面的图像右下角显示着一个时间代码:00:01:30。

最下面的屏幕显示着预计的伤亡率:马库拉格轨道防御系统——49%,马库拉格轨道舰队——75%,马库拉格人口——93%。科尔·法伦和怀言者舰队的其他人会解决掉剩下的。扎德基尔露出了微笑,只需一击,他们就能抹除极限战士的家园世界及其军团。

"我亲眼所见,千真万确,"布林加咆哮道,指着自己仍然完好的那只眼睛,"科洛比特的蜂王还没把我搞得那么瞎,我能看清眼前的事情。"

布林加、塞斯图斯、斯克拉尔和安蒂吉斯一同待在医疗舱外的等候室中,莱拉迪斯正在照料崩溃后的莫特普。那位野狼守卫在这小小的消毒房间中来回踱步，这里全都铺着白色的瓷砖，灯光也很亮，他不耐烦地等候着那位千子的归来。

"没有任何人，即便是阿斯塔特，面对那群怪物还能活下来，"斯克拉尔说道，"尽管我很乐意为将它们送回亚空间地狱而献出生命。"这位吞世者愤怒地讲着，嗜血的狂热欲望模糊了他的视野，对暴力和杀戮的无尽渴望折磨着他。此前他承认，自己几乎不记得那场战斗了，那时他正处于狂怒的迷糊状态，醒来后已经在主码头的入口走廊中了。布林加刻意没有向他解释，他不想引起这位吞世者的怒火。

"是啊，我觉得没别的方法能达到这种效果。"布林加说道，他终于停下了脚步。

"你指的是巫术，太空野狼。"安蒂吉斯说道，瞥向塞斯图斯，目光阴沉。

这位极限战士连长自始至终保持着沉默。如果布林加说的是真的，那么这后果很严重。毫无疑问，莫特普的行为拯救了愤怒号，令其免遭灭顶之灾，但帝皇在尼凯亚颁布的敕令同样严格，且不容变通。这样的事情不能忽略，否则他们必定会和怀言者一样完蛋。塞斯图斯不会接受那样的命运，不论那看起来有多么合乎理性。

"我们并不确知莫特普使用了哪种方法，只知道他活了下来，而他也许本不该如此。"他说道。

"这证据还不够吗？"布林加喊道，"那个奸诈的害虫扎德基尔所犯下的罪行是一回事，而让一个异端待在这艘船上又是另一回事。让我去从他口中揪出真相，我会——"

"你会怎样，兄弟？"莫特普说道，他正站在等候室打开的拱门前。和布林加一样，他也没有戴头盔，脱去了动力盔甲，只穿着长袍。

莫特普的身后是药剂师莱拉迪斯和另一位充当额外警卫的荣誉卫队成员阿姆里克斯。那位药剂师正在收集他的各个仪器，弓腰驼背的军团奴仆在他周围匆忙来回，收集莫特普丢下的盔甲。

布林加盯着那位千子，拳头紧握，面色通红，露出了他的尖牙。

"莱拉迪斯？"塞斯图斯问道，走到了那位太空野狼面前，以期缓和这紧张的氛围。

药剂师刚从房间中出来，阿姆里克斯则沉默地站在他身旁。

"没什么持久伤是他的新陈代谢治愈不了的。"莱拉迪斯汇报。

"很好，"塞斯图斯回答，"去军营找你的战斗兄弟们吧。"

"连长。"药剂师说道，心怀感激地同阿姆里克斯离开了气氛紧张的等候室，那些阿谀奉承的军团奴仆则跟在身后。

"码头上发生了什么？"斯克拉尔替布林加问道，"在那场战斗中我失去了两位军团兄弟，你是怎么幸存的？"

那两位吞世者后来在码头被永久封闭前被盲眼机仆发现并回收。他们不幸地被亚空间孽物的利爪刺穿，死在了血泊之中。两位阿斯塔特烧焦的遗体被放置在愤怒号的一个陵墓中，等候举行恰当的仪式。

"待我抵达自动毁灭控制台前，我发现协议已经离线，"莫特普解释道，面色难以捉摸，"不过幸运眷顾我，在战斗期间，连接对接口的一个燃料管从槽中脱落了，我便点燃了那根燃料管。我奋力杀到了能够挡住爆炸的地方，随之而来的大火消灭了所有怪物。"

"你满嘴谎话，"布林加走上前指责他，"闻起来全是谎言的臭味。"

莫特普冷酷地盯着太空野狼。

"我向你保证，鲁斯之子，不论你闻到什么气味，那都不是从我身上发出来的。也许你该在自己邋遢的身上找找答案。"

布林加发出怒吼，扑向了那位千子，凭借硕大的体形将莫特普按倒在地。

"闭嘴，巫师。"布林加吼道，试图把莫特普的脑袋按在瓷砖地板上。一口唾沫吐在了那位千子狰狞的面孔上，他正拼命抵抗着太空野狼的蛮力。

塞斯图斯用尽全力撞开了布林加。他再次发出怒吼，从千子身上倒了下来。

斯克拉尔正准备介入，但安蒂吉斯挡住了他，这位极限战士的手刻意放在了他短剑的圆头上。

"站住，兄弟。"他警告道。

斯克拉尔的手在他的链锯斧旁摇摆不定，但他最终妥协了，发出略带轻蔑的声音。这可不是他想要的战斗。

布林加翻滚躲开了塞斯图斯的冲击，并翻起身。塞斯图斯迅速将自己挡在了太空野狼和千子中间，他放低身子，摆好了战斗姿态。

"走开，塞斯图斯。"布林加吼道。

塞斯图斯一动也不动，他的目光紧盯着太空野狼。

"赶快。"布林加再次发出警告，他的语气低沉又危险。

"这不是阿斯塔特的作风。"塞斯图斯说道，他的回应十分平静。

在这位极限战士身后，莫特普站起了身，他有点颤抖，但在面对他的攻击者时语气依然轻蔑。

"不，你是说，这不是基里曼军团的作风。"布林加回答道。

"即便如此，我执掌着这艘船，还有这项任务，"塞斯图斯断言，"如果你对我的指挥权有任何疑问，就冲我来。"

"他违反了帝皇的法令，而你却维护他！"布林加怒不可遏，向前迈了一步。他停了下来，意识到那位极限战士的短剑已经架在了他的喉咙前。

"如果莫特普要回应指控，那他会按照我的吩咐来，并且经过恰当的审判，"塞斯图斯告诉布林加，手中稳稳地拿着剑刃，"这艘船不接受芬里斯的野蛮规则，战斗兄弟。"

布林加再次吼了一声，似乎在权衡利弊。最终，他退开了。

"你不是我的兄弟。"他吼道，离开了房间。

斯克拉尔跟着他离开了，嘴边露出一丝浅笑。

"真不错。"安蒂吉斯说道，松了口气。他可不喜欢面对安格隆军团的一员，也不想看到布林加和他的连长兄弟针锋相对。

"你可不适合挖苦，安蒂吉斯。"塞斯图斯阴沉地说道。布林加是他的朋友，他们曾在无数场战役中并肩作战。他欠那个老狼不止一条命，安蒂吉斯对布林加也有情义上的亏欠。但是，塞斯图斯公然挑战了布林加，并因此玷污了他的荣誉。然而，他怎么能在没有证据的情况下就对莫特普的行为进行有罪推定？塞斯图斯承认，他在范吉利斯反应堆室的经历，以及他所目睹的马库拉格的幻象也许影响了他的决策。

"感谢你，塞斯图斯。"莫特普说道，抚平遭到太空野狼蹂躏的长袍。

"别。"这位极限战士厉声说道，一定程度上对自己的怀疑感到愤怒，他的目光转向那位千子，冷酷无情，"这还没结束，我对你在码头上发生的事情的解释也不满意。你会被羁押在你的房间，直到我们离开亚空间，我才有时间来决定你的命运。"

"安蒂吉斯，"塞斯图斯补充道，"让卡明丝卡少将派一位新的值更官和一队武装兵护送莫特普舰长到他的房间。"

安蒂吉斯迅速点点头，并前往舰桥。

"我能击败这一队武装兵，违抗此令。"莫特普说道，迎上极限战士的冷酷目光。

"没错，你能，"塞斯图斯说道，"但你不会。"

"有言道，"扎德基尔说道，"亚空间亦不可思议。"

扎德基尔舰队司令已经离开了他的私室，在他面前，是狂怒深渊号的大教堂，其中站着一排排怀言者。他们在这个拱顶大厅的样子就像当初在图勒星的首次发射仪式上一样。这让扎德基尔感受到了权力的力量。

这些战士代表着翎笔之裔战团的第七连，翎笔之裔是组成怀言者大军的诸多战团之一。每个战团都有各自的传统，在洛加的真言中扮演着各自的角色。翎笔之裔之所以如此命名，是因为他们的传统强调他们的出生地——他们被创造于寇其斯的实验室和药剂房。他们是被书写出来的，生于真言的字词。翎笔之裔作为海军的专门编队，是真正的陆战队，擅长舰对舰作战，在狭窄的星舰结构中如鱼得水。为首的那位是突击连长贝拉诺斯，他是这个连队的代理连长，而扎德基尔才是他们真正的主上。

"敌军一艘船上的幽灵拦住了他们，"扎德基尔继续说道，声音愈发雄壮，"亚空间许诺，我们会找到盟友。愤怒号上那些追击者的命运表明，亚空间遵守了承诺。"

贝拉诺斯迈向前。"谁会听从真言？"他吼道。

一百位怀言者一齐举起了他们的枪，向他高喊着致敬。

"在我们前往马库拉格的路上，他们会一直骚扰我们，"突击连长说道，他的好斗与扎德基尔的威严自信形成了对比，"而他们会为此而死！也许亚空间最终会将他们送到我们面前，如此我们便能向他们展示，我们在现实空间中是如何对付盲目者的！"

怀言者们发出欢呼。扎德基尔看到奥蒂斯也在其中，并对此感到一阵忧虑。

他的命运已然写好，扎德基尔想。

"然而亚空间对我们而言仍是个陌生之地，"扎德基尔说道，"但我们对此毫无畏惧，因为洛加比任何人都要了解亚空间，你们会受到神秘事物的侵扰。

你们会梦到你们的精神所隐藏的事物，也许你们还会看到它们，就像白昼一样清晰。这便是亚空间的本性。铭记洛加的真言，它将会引你回归理智。无视真言，你的精神将会被潮流席卷而走，永不复归。切记，亚空间很危险。真言，唯有真言，才能让我们航行其中。"

"我们必须尽快靠港。我们在此前的战斗中所遭受的损害比我们想象的要多。巴卡三星的中转站是我们接下来的目的地。"

扎德基尔并未告诉他们，是他的过度自信导致了这艘船受损，他们不得不绕路。残月号光矛的幸运一击令工程小队无法进入狂怒深渊号的燃油舱，并且还打破了主冷却管。没有日常补给，它们便无法运作，因此当前至关重要的是清理损害，以让舰员进入。这只能在船坞中完成。

"不久后，我们将会抵达马库拉格，"扎德基尔继续说道，"彼时，我们的真言篇章将会完成。履职尽责，怀言者们。解散。"

怀言者们纷纷离开了大教堂，其中许多人前往了隐修室。

贝拉诺斯走近扎德基尔站着的讲坛。"我们在巴卡不会待太久，"他说道，"您对星语团有何命令？"

"我需要与科尔·法伦大人联系，"扎德基尔说道，"并向他报告我们的进程。"

"伏索里克呢？"贝拉诺斯问道，提及这个名字时，他的决心有了一丝明显的动摇。

"他已被唤醒，"扎德基尔回答道，"我们只需用鲜血与天界达成契约，他便会行动。"

"帝皇的走狗一直很顽固，大人。"

"那我们得摆脱他们，"扎德基尔告诉贝拉诺斯，"不过眼下，我们先等待。我们不应向天界要求太多恩惠。"

"如您所愿，大人。"贝拉诺斯说道，略微鞠躬，但他的不情愿很明显。

"相信我会履行对真言的职责，贝拉诺斯，正如我相信你一样。"扎德基尔说道。

"是，大人。"突击连长回答道。贝拉诺斯敬了个礼，随后往引擎甲板而去。

扎德基尔仍留在大教堂中，深思了片刻。无视真言，沉浸于权力之中是如此容易。对他而言，忘记自己在银河系中的身份和地位很简单。

这正是洛加选择他实施此项任务的原因。除了洛加自己，没有哪个仆人比他对真言更加投入了。

扎德基尔跪在祭坛前，低声祈祷，随后动身返回舰桥。

"塞斯图斯连长？"卡明丝卡的声音透过极限战士的头盔通信器传来。愤怒号的引擎机仆正努力恢复舰上通信。

"讲。"他回答道，语气比他想象的更加暴躁。与布林加在医疗舱等候室的对峙以及隐藏在莫特普那冷漠外表下的秘密都令他心情沉重。

"立刻与我在舰桥会面。"

面对少将简短的回应，塞斯图斯深深叹了口气。他本打算与安蒂吉斯巡逻舰艉下层甲板的。在值更官及经验最丰富的武装兵死后,舰船上便人手短缺。这位阿斯塔特连长打算让自己来填补缺口，确保亚空间航行期间不会再有无法预见的棘手事出现。

考虑到卡明丝卡少将的语气，巡逻得等等了。塞斯图斯和安蒂吉斯前往了舰桥。

在非战斗状态，卡明丝卡也管理着一个高效运转的舰桥。传感器舵位、导航舵位和轮机舵位的舰员们全都在场。少将站在一张亮着全息星图的桌旁。塞斯图斯走向少将，她看起来疲惫不堪，眼睛周围一圈黑，皮肤也很苍白。

塞斯图斯不禁想：她已经多久没睡觉了？阿斯塔特能够连续几天不睡觉，但卡明丝卡只是普通人。塞斯图斯在想：她还能坚持多久？

"大人。"她说道，向这位高大的阿斯塔特致意。

"少将，你想要我留意什么？"

卡明丝卡指了指面前的星图，上面显示稠密的银河系核心周围的星区。银河系核心无法穿越，因此地图大部分是空白。星图边上写着符号和计算，星图旁是一张打印出的传感器图像。那是狂怒深渊号舰体的特写镜头。

"看到这个了吗？"卡明丝卡说道，指了指怀言者舰船侧面散发出的白烟。图片分辨率很低，那看起来像是在排气。

"它们发生了空气泄漏？"

"不只如此，"卡明丝卡说道，"这是冷却管的损伤。如果他们要让引擎加速,那么等离子反应堆就会燃烧起来,而在这艘船被追击的情况下,他们想要摆脱我们,就必须让引擎加速。"

塞斯图斯面对这突然的转机露出了阴冷的微笑。对于他们所失去的一切,这是小小的补偿。

"因此狂怒深渊号必须靠港进行维修。"这位极限战士推测。

"没错。在第三核心航道外的战斗之后,他们也需要重装军械,并利用这段时间维护战斗机。"

"给我显示地点,少将。"塞斯图斯说道,猜想卡明丝卡已经制订了部分战略。

卡明丝卡胜券在握,把手指放在全息显示器上。"在太阳系外,能给那么大规模的舰船提供保障的轨道船坞不多。"

巴卡星系已经在星图上被圈了出来。

"巴卡,"塞斯图斯说道,"我的军团曾在那里集结过,进行卡兰萨斯远征。那里是银河南面帝国军的中转站。"

"那里是银河系核心和马库拉格之间唯一能接纳狂怒深渊号的码头,"卡明丝卡告诉塞斯图斯,"我以我的军职打赌,这就是他们要去的地方。"

塞斯图斯思索了片刻,脑海中形成了一个计划。

"我们还有多久突破亚空间?"

"还有几个小时,但不论是否延误,我们都无法在直接战斗中击败狂怒深渊号。"

"告诉我,少将,"塞斯图斯说道,看着卡明丝卡的眼睛,"什么时候一艘船最脆弱?"

尽管十分疲惫,但卡明丝卡仍露出了微笑。

"抛锚停船的时候。"

塞斯图斯点点头,目光离开了少将,他在通信阵列中接通了其他几位阿斯塔特连长,告诉他们立刻到会议室会面。

"你有什么消息,扎德基尔兄弟?"那个祈求者张嘴说道。

不知怎的,那人说话时耷拉的嘴型完美显现出了科尔·法伦的自信姿态和坏脾气。

"我们正在路上,大人。"扎德基尔说道,鞠了个躬。

科尔·法伦是军团的总指挥官之一,洛加麾下的魁首。他是原体最伟大的冠军勇士,正是他这位百战老兵指挥部队攻击基里曼集结的考斯,并彻底摧毁极限战士。尽管隔着无垠的亚空间,能接近科尔·法伦仍是无上的荣耀,扎德基尔立刻被这种感觉所折服。这可不是他喜好的情感。

狂怒深渊号的祈求者室沉浸于黑暗中,但祈求者身后的星语团足够强大,不需要光。星语团由八位星语者组成,但狂怒深渊号的星语团与帝国舰船上的那些有所不同。事实上,有八位星语者似乎并不稳定。狂怒深渊号穿越亚空间的航线以及它使其承受的力量都在以惊人的速度侵蚀着星语者的精神,而这些人都是盲人,他们并不像祈求者那样,在每个眼窝上插着沉重的棱纹电缆,连接着夹在肿胀头颅上的可怖装置。

"你的进展如何?"怀言者的这位伟大冠军问道。

"还要在亚空间待半天,直到我们抵达银河系中心边缘。我们必须在巴卡进行必要的维修,随后再前往马库拉格。"

"我不记得任务计划中有这样的偏离,扎德基尔。"尽管科尔·法伦无疑正身处怀言者的战斗母舰伪帝号上,而且正与他自己的星语团进行深度交流并通过肉体傀儡讲话,但他的语气和态度仍然很危险。

"在与一支帝国舰队短暂交锋期间,我们遭受了些微损害,不能忽视,大人。"扎德基尔的解释比他想的更加仓促。

"一次军事行动?"科尔·法伦的蔑视显而易见,"有任何人幸存吗?"

"一艘巡洋舰追逐我们进入了亚空间,大人。"

"所以他们并未试图去警告泰拉,"科尔·法伦沉思着,他那审慎的语气与祈求者目瞪口呆、流着口水的面容形成了鲜明的对比,"可惜。我怀疑索尔·泰尔格伦在他的叛徒枷锁中已急不可耐。"

"我相信泰尔格伦兄弟会有杰出表现的,科尔·法伦。"

在扎德基尔眼中,索尔·泰尔格伦的任务并不讨喜。那位总指挥官将会留在太阳系,表面上,他的四支连队将会守卫泰拉,以维持洛加仍然忠于帝皇的假象,事实上,他一直都是战帅反叛的工具。

"这无关紧要,大人。我们不必担忧消息传到泰拉的可能。亚空间的动荡会阻止任何警告传到马库拉格。"

"我不同意。"祈求者的讥笑映射出了科尔·法伦那独特的表情,"所述计划的任何偏离都有可能导致灾难,甚至可能违背整个真言!"

"我们最多会在几小时内抵达巴卡,尊贵的大人,"扎德基尔悲伤地说道,对其主子的怒火感到警惕,"然后我们会启程。如果我们的追击者追上了我们,它会和其姊妹舰一样被摧毁。无论如何,我们都不会延误。我们穿越亚空间的航行很快。但您呢,大人?"

"我们已经与军团的其他部队会合,一切都如真言所述在进行。"

"考斯已无希望。"

"没错,兄弟。"

随着连接的中断,那位祈求者无力地后垂,口中流下鲜血。星语团陷入沉寂,唯有他们的喘息声表明在非物质界中维持这道连接是多么耗费体力。

扎德基尔冷漠注视着那个死去的祈求者。他感兴趣的是,他们的肉体是那么容易被摧毁,而他们的精神却又是如此强大。他想要测试那个理论。

"一切安好,大人?"奥蒂斯问道。这位见习修士正站在扎德基尔身后。

"一切安好,见习修士,"扎德基尔说道,"你要跟着贝拉诺斯前往巴卡,奥蒂斯。带上学士团,他们会服从你的。"

奥蒂斯敬了个礼:"荣幸之至,司令。"

"这是你应得的,见习修士。现在,去履行你的职责。"

"是,大人。"

奥蒂斯迅速转身,前往学士团进行定期冥想教义训练的甲板。

扎德基尔看着奥蒂斯离去,露出了阴暗的微笑。奥蒂斯具有如此潜力,如此强烈的野心。这个狂妄新贵很快将会了解到不自量力的行为的愚蠢之处。

很快,扎德基尔告诉自己,按捺住兴奋感。很快,基里曼将会焚灭,洛加将会统御群星。

扎德基尔能够感受到那个时刻即将来临,那个时代即将开启,现在只需些许时间。扎德基尔对此及他所知道的一切都深信不疑,因为此乃真言所述。

愤怒号突破了亚空间,滑入现实空间,就像是喘了口气。

这艘船的舰体伤痕累累,一片焦黑,大块大块的引擎整流罩被撕扯了下来。亚空间之风在其舰艏和舰腹装甲板上刻出了奇怪的图案,利爪在上层舰体上留下了深深的凿痕,并且将炮塔从炮座上扯了下来。

卡明丝卡少将坐在她的指挥王座上,望向观察窗外,看到愤怒号并非唯一一个浮现的。

火刃号跟随他们一同跃入现实,坑坑洼洼的生锈舰体和布满创伤的舷窗丑陋无比。

这是一艘被诅咒的舰船,舰上的数千灵魂都被处以无尽痛苦的湮灭之刑。

这样的事物不可存续。

卡明丝卡下令将激光炮组对准了那艘破败的舰船。几秒钟的犹豫后,愤怒号释放出了一道猛烈的齐射。没有了正常运作的护盾,火刃号在这道猛击下瓦解了。又过了几秒钟,那艘破败的护航舰只剩下了焦黑的残骸,变成了太空垃圾。

对于卡明丝卡而言,这项职责毫无乐趣可言,但仍是必要的,就像是驱逐他们自己的死者一样。让死者待在船上既不吉利,也不卫生。他们的尸体永远不会回到土星舰队的家园港湾。死于虚空,留于虚空。

从愤怒号中排出的微小闪光便是装在尸袋中的尸体,反射着恒星的光芒,巴卡恒星的镁光就在几光时外燃烧着。巴卡三星更近,这是一个气态巨行星,远比太阳系的木星大,鲜艳的黄色中分布着紫色的条纹,周围环绕着闪光的冰石带。巴卡是一个谜,其气态形体遍布风暴,十分奇特,在那里,任何飞船都无法航行,而其星环则是比土星环更致命的死亡陷阱。然而,巴卡的边缘卫星则是宜居之地,每一颗几乎都有泰拉那么大,全都住满了人。罗杰林、避难所、半望城、灰港:这些巢城与太阳系的拥挤尖塔相比尚且羽翼未丰,但它们仍是亿万帝国公民的家园。巴卡星系是这个星域中人口最多的地方之一,且无疑也是靠近银河系核心的最大的人类聚居区。

巴卡三星的第十四颗卫星上没有城市,相反,它被一道稀薄的黑色蜘蛛网所包围,那看起来就像是某种星球疾病。事实上,这是其轨道船坞的下层结构,固定在卫星上方,如此它便能利用卫星巨量的地热能量。由于其不断变化的地壳板块以及随之产生的灾难,这颗卫星并不宜居,但它上方的造船厂是大批人在巴卡聚居的主要原因之一。

三艘突击艇从愤怒号的发射舱中驶出,它们在潜行状态下接近巴卡三星卫14最远处的泊位。最重要的是不能被敌军发现,这也意味着艇上的部队要走很长的路才能抵达狂怒深渊号。

三艘突击艇,三个谨慎的作战编队。斯克拉尔和他的军团战士在一个艇中,他们的接近路径是位于高耸船坞塔和从角塔伸出的甲板之间的中央大道,吞世者和他们的连长将率队突击。中央大道的两侧和延伸出的那些隧道会由布林加率领的血爪夺取,尽管这位太空野狼此前与塞斯图斯曾有过争执。第二支吞世者队伍则由突袭队中唯一的一位极限战士率领。

安蒂吉斯笔直地坐在突击艇阴暗的运兵舱的飞行椅上,他们正在逼近巴卡三星的气态区域,他们即将登陆的卫星便在那里。他是突击艇上唯一的极限战士,伴随他的是斯克拉尔麾下的其余两支吞世者战斗小队。在安蒂吉斯的心中,他们是一群野蛮的战士,身上装饰着战利品,如同荣誉徽章一般粗糙的杀戮标记被刻在他们的盔甲上。每个人都姿态凶残,那恰是他们原体战怒的微弱回音。

昏暗中,浩瀚无垠的黑色太空仿佛令人窒息,安蒂吉斯想起了他与他的连长的最后谈话。

"让开,安蒂吉斯。"塞斯图斯吼道,他穿着简约版的荣誉卫队服饰,短剑、动力剑和爆矢枪都做好了战斗准备。

适应了集合甲板的昏暗灯光后,塞斯图斯看到他的战斗兄弟也穿上了类似的装备。

"我之前告诉过你了,安蒂吉斯。基里曼之子会留在船上,以防不测。作为领袖,我会参与这项任务,确保其按计划实施。"

自从这项计划在会议室中被介绍给了其他阿斯塔特连长后,塞斯图斯已经重温过好几次了。如果他们要充分利用狂怒深渊号当前的部署,那么他们就需要隐秘行动。即便他们心有准备,这场仗也注定是凶残的,而且要在近距离展开。吞世者和太空野狼在这方面无人能及,除了圣吉列斯之子,但天使们远在银河的另一边。他们是随取随用的工具,需要时只需将其释放。

这支突击部队将渗透巴卡三星卫14,那里是怀言者靠港的地方,三支队伍将实施经典的声东击西战术,以让他们足够接近并凿沉敌舰。燃烧弹药、穿甲和热熔炸弹将会作为标准配备携带在他们身上。他们的希望并不大,但仍有希望，且所有人都接受这一安排。即便是愠怒又好斗的布林加也同意了这个计划，他无疑渴望发泄怒火，就像他的兄弟连长斯克拉尔一样。

"恕我直言，连长兄弟，"安蒂吉斯平静地说道，决心坚持己见，"您不能。"

塞斯图斯皱起脸，面露惊愕。

"我没想到你会抗命，安蒂吉斯。"

"这不是抗命，大人。相反，这是理智。"安蒂吉斯一动不动，表情坚定。

"好吧，"塞斯图斯说道，这次他会纵容下自己的战斗兄弟，之后再斥责他的无礼，"解释下。"

"让我来率领这场突击，"安蒂吉斯说道，"这项任务太过危险，我们的境况十分艰难，不能让您冒险，连长。没有您，就没有这项任务。即便是现在，我们也是命悬一线。要是失去了您，那么马库拉格也会受到威胁。您知道我说的是对的。"

安蒂吉斯迈上前来，光线照在他的面容和盔甲上，他的身体仿佛在发光。"我恳求您，大人，让我来实施这项行动。我不会辜负您。"他说。

一开始，塞斯图斯想要拒绝安蒂吉斯，但他知道自己的极限战士兄弟是对的。塞斯图斯敏锐地意识到其他战斗小队正在他身后的甲板上集结，准备登上突击艇。

"有你做我的代表是我莫大的荣幸，安蒂吉斯兄弟。"他说道，拍了拍安蒂吉斯的肩膀。

"大人。"安蒂吉斯说道，屈身下跪。

"不，安蒂吉斯，"塞斯图斯说道，抓住了他的战斗兄弟的肩膀，阻止他跪下，"你我是平等的，如此遵从实无必要。"

安蒂吉斯站起身，点了点头。

"勇气与荣誉，兄弟。"塞斯图斯说道。

"勇气与荣誉。"安蒂吉斯回答道，转身走向突击艇。

这些话现在已经遥远了，安蒂吉斯压制住了他进行临战宣誓时的情感。

吞世者们也都在各自忙碌，他们满腔义愤，祈求各自的武器装备赐予他们荣光，不要辜负他们。

第十二军团的战士们装备着链锯斧和风暴盾。他们也带着副武器，但安蒂吉斯怀疑他们很少拔出来。吞世者擅长的是面对面的近身混战，迅猛的冲锋最为重要。

安蒂吉斯信心坚定，低语着罗保特·基里曼的名字，与此同时，突击艇呼啸着飞往目的地。

船坞长要求知道为何如此一艘巨舰的抵达没有被事先告知。待到阿斯塔特踏上他的甲板，他那顽固专横的态度迅速消失了。

奥蒂斯一进入观测阳台，他就要求船坞长让甲板人员准备接待狂怒深渊号。此时此刻，暴力是不必要的。对于巴卡三星卫14的仆从们而言，他们仍是阿斯塔特，他们的话语中带着帝皇的权威，帝国中无人敢挑战。

从观测阳台上可以俯瞰战舰船坞，奥蒂斯能看到自动化冷却罐正穿过对接夹具和其他码头垃圾，移向高耸的狂怒深渊号。船坞中熙熙攘攘，履带式机仆和人类契约工在装货机上来来回回，携带着巨大的燃料桶和长长的大型管道。这幅忙乱的场面，在高耸的怀言者舰船前如同蚂蚁聚集。

这是奥蒂斯第一次真正欣赏这艘船的巨大。这艘船就像是由雉堞塔楼、拱形尖塔和尖锐的要塞甲板组成的城市，令这小小的船坞相形见绌，它轻易超越了最高的天线和起重机。狂怒深渊号舰艏的那本书光彩照人，令奥蒂斯所立的观测建筑黯然失色。

"我们已获得控制权。"奥蒂斯通过头盔阵列发出私人通信，因这艘巨舰的突然抵达，船坞长正在他的控制台前忙乱。

"很好，"舰上的扎德基尔说道，"你有遭遇任何抵抗吗？"

"他们就像是忠实又轻信他人的走狗一样接受了阿斯塔特的权威统治，大人。"奥蒂斯回答道，看向周围的学士团。

这些战士是从怀言者中召集于扎德基尔麾下的，他们对洛加的真言展现出了极大的忠诚。他们全都是军团的新兵，全都来自寇其斯，全都是专注于洛加著作的学士。他们的动力之源并非伟大远征的荣光，而是怀言者的意识形态。扎德基尔对这样的追随者极为重视，因为他们能够支撑起军团最新的事业，而不久后，怀言者定会与帝国发生冲突。奥蒂斯看向他在准备就绪后将要杀死的那个人，推断冲突已经开始了。

对于他而言，这个事实不值一提。奥蒂斯只忠于真言。此时此刻，银河中的一切都不值一提，重要的唯有真言所述。

这位见习修士露出了微笑。

今日，他的命运将会被永远地铭刻在真言之中。

第九章

渗透
伏击
安格隆之子

突击艇迅速靠港，一切正常，驾驶员避开了雷达和远程扫描，带阿斯塔特小队穿插到了巴卡三星卫14的主大道。

安蒂吉斯身着蓝金相间的军团荣誉卫队制服，第一个走出突击艇，冲下登陆跳板。他把链锯剑低举在髋部，保持着蹲伏姿势，潜行过钢铁甲板构成的广场，两侧是高耸的起重机和有待非紧急维修的废弃飞船。少量履带式或附属于空中轨道系统的机仆来来回回，并未理会阿斯塔特们。它们在根据指令晶片中的预设协议工作着，甚至都没有意识到阿斯塔特的存在。

一位叫哈格拉斯的吞世者紧跟在这位极限战士身后，他警惕地瞥向那些机仆，同时打开了连通战斗兄弟们的公开频道。

"别理它们。"安蒂吉斯小声说道，回头确认他手下的情况。

哈格拉斯点了点头，继续朝着前方绯红色的庞然大物前进。整个船坞都能看到狂怒深渊号的身影，这是他们所有人见过的最大的舰船。

"保持隐蔽。"安蒂吉斯说道，广场如同迷宫般的加油与维护舱，其中满是来往的装货机和桶堆。这位极限战士小心翼翼地让他的小队远离劳作于船坞中的契约工和其他仆工的视线。他们紧贴着阴影，将之化作他们的第二皮肤。

待到他们抵达目的地，他们的目标便是引擎和军械口。这位极限战士检查了下他髋部一边的穿甲手榴弹带，另一边则是一捆热熔炸弹。他们在逐渐接近狂怒深渊号，安蒂吉斯希望这些武器能够用。

布林加的身上满是战利品：狼牙和狼爪、未经雕琢的宝石项链、刻着符文的铿亮卵石。如果他最终要与自己的阿斯塔特兄弟刀锋相向，那么他得全副武装，让他们见证鲁斯之子的威严与野蛮，见证鲁斯之子最狂野的一面，然后再因背叛而被撕碎。

布林加如今正专注于眼前的战斗，将他与塞斯图斯的争执抛诸脑后。之后他们会有时间来算账的。唯一可惜的是，那位极限战士并未参与任务，而选择在愤怒号上作总指挥。布林加想要将之视为懦夫行为，但他曾与基里曼之子并肩作战过许多次，知道那并非懦弱。这也许就是第十三军团备受夸赞的战术敏锐。

太空野狼的攻击方向有一个狭窄的警戒区，堆满了装着备用零件的废旧运输车辆。这里更像是一个开放的仓库，堆得高高的机器残骸绑在了一起以防倒塌。附属于装货机的机仆在生锈的金属塔之间来来回回，如同收割蜂巢的蜜蜂。太空野狼连长和他的血爪战士挥舞着宽刃斧和爆矢枪，交叉前进，那些机仆看似没注意到野狼们。

布林加知道今天他会洒下鲜血，而这鲜血是属于他曾经的兄弟的。他们并非与被信仰误导的异教徒作战，也非与意欲奴役人类的肮脏异形作战。不，这是阿斯塔特对阵阿斯塔特，这是史无前例的。想想怀言者已经造成的破坏，这位太空野狼紧紧握住了暴牙斧，立誓要让叛徒为他们的背叛付出代价。

"他们正接近船坞，即将进场。"卡明丝卡说道，审视着指挥王座前的全息战术显示器。在让其他极限战士为可能的战斗做好准备，并将他们分派到舰船各处后，塞斯图斯回到了舰桥，来到了战术显示桌旁的少将身边。

模糊的符文在巴卡三星卫14的绿边蓝图中自上而下移动，显示出三个进攻拨次的进度，他们正朝着代表狂怒深渊号的那个巨大红色块而去。舰上的贤者阿甘特斯接入了那颗伴月的卫星传输信号，并用之将图像传到了愤怒号的战术网络。传输有短暂的延迟，但这已经是追踪地面部队的极佳方式了。即便如此，塞斯图斯也感到很无力，巡洋舰停留在雷达和传感器范围外的现实空间，他在相对安全的地方指挥着这场行动。

"安蒂吉斯，报告。"他朝着舰船通信器吼道，与他同袍的头盔信号放大阵列相同步。

"突击协议阿尔法正按计划进行，连长。"安蒂吉斯的声音在几秒的延迟后传来，回答中充满了静电声。即便愤怒号的工程师安装了信号放大阵列，但两人之间太空距离的影响仍然很大。

"我们预计三分钟内首次潜入船坞。"

"很好,安蒂吉斯兄弟。持续向我报告。如果你遇到了任何抵抗,依命令行事。"塞斯图斯说道。

"我会怀揣军团的怒火履行我的职责,大人。"

通信中断了。

塞斯图斯深深叹了口气,他们已经走到了这一步。这一次可不是突袭异形霸主或是被秘术误导的崇拜者的巢穴,这是同室操戈。塞斯图斯几乎难以想象这一点。跨越现实空间作战是一回事,但与那些背叛了帝皇的人,与那些冷血地杀戮曾经的同胞战友的人当面对质,实在令人万分痛苦。这感觉就像是万物的终结,塞斯图斯感到如鲠在喉。

"卡明丝卡少将,"塞斯图斯沉默片刻后说道,"为了实施这项任务,你冒了极大的风险。无论过去还是现在,你都在为我们的事业鞠躬尽瘁,这给予了我莫大的荣誉。"

卡明丝卡显然十分吃惊,无法隐藏她对这位极限战士话语的震惊。

"感谢您,阿斯塔特大人。"她说道,略微低头,"不过坦率地说,我也许会自愿选择执行这项任务。"

塞斯图斯的目光略显怀疑。

"我是一个将死群体的最后一批人了,"她坦承,垂下肩膀,却并非出于身体疲惫,"土星舰队即将除役。"

"是吗?"

"没错,连长。它已不再符合新帝国的时代潮流。那些浓妆艳抹的绅士们谈论的都是良好的教养,鲜少谈及效率和公正。我们的舰船将会接受改装,加入新的帝国海军。我将是最后一代人。我想我应该高兴,至少沃尔洛夫没有见到这一刻。

"您瞧,连长,这的确是我最后的狂欢,愤怒号最后的伟大旅程。"

塞斯图斯面露苦笑。他的眼睛颜色很冷,其中饱含着责任感,以及遗憾。

"这也许是我们所有人的最后旅程,少将。"

斯克拉尔的突击部队肆无忌惮地冲过船坞的中央通道以及一个堆放着燃料和弹药箱的装载舱。这位吞世者连长的内心正积聚怒火,他知道自己的战斗兄弟也怀着同样的情感。他们是安格隆之子，和他们的原体一样，他们都被植入了开启身体暴力潜能的神经技术。在战斗的高潮时，这些阿斯塔特战士能够将那炽烈的情感化作利刃，砍倒他们的敌人。在几场血腥事件后，帝皇曾斥责了这种植入体的进一步使用，错误地认为这会让吞世者成为不稳定的杀戮机器。

明智的安格隆回避了人类帝皇的敕令，仍在继续使用这种植入体。他们就是杀戮机器，斯克拉尔能在他那沸腾的鲜血和骨子里感受到这一点，毕竟对于永恒的阿斯塔特战士而言，还有什么是更好的嘉奖呢？

尽管那个极限战士安蒂吉斯明令禁止，但斯克拉尔仍鼓励他的战士们在朝狂怒深渊号前进时杀戮。流些血能够在战前增强他们的感官感知力。他们唯一的指令便是：不留任何活口向别人警告他们的到来。吞世者以残酷的效率实施着这项任务，在突击艇穿插点和他们的当前位置之间留下了一片仆工尸骸。

然而，如此鲁莽的杀戮仍然引起了注意。

"大人。"奥蒂斯通过观测平台的通信阵列小声说道。

扎德基尔的声音从狂怒深渊号传来。

"看来我们有伴了。"奥蒂斯总结道。

执掌学士团的这位见习修士查阅着整个船厂的全息地图。他的拳套手指按在一个加油管旁的闪烁二极管上。

"那是哪里？"他质问船坞长，船坞长仍在专注于为那艘巨舰整修并加油。

"埃普西隆四号油罐场，大人。"船坞长说道，他抵近观察，看到了闪烁的红色二极管，"是应急警报。"船坞长走向另一个控制台，调出了一个图像屏幕。身着蓝白色动力盔甲的战士在模糊的图像中清晰可见，他们正冲过油罐场。身着工作服的工人们倒在了他们的身后，周围是一摊暗色的液体。

"泰拉在上，"船坞长说道，转头面向奥蒂斯，"他们是阿斯塔特。"

这位见习修士面向船坞长，用他的爆矢枪抵近打爆了那人的头。船坞长柔软的尸骸倒在了甲板上。

观测平台上的其他船坞人员还没反应过来，学士团的其他人便遵循奥蒂斯的指令，将剩下的人一同射杀。

"那帮阿斯塔特追踪我们来到了这里，他们正朝着狂怒深渊号前进，"奥蒂斯朝着通信器说道，"我已经消灭了所有平台人员，以防任何干扰。"

"很好，奥蒂斯兄弟。执行你的命令。"扎德基尔的声音通过通信阵列传来。

奥蒂斯低头看向建筑窗户外的入坞层，贝拉诺斯的突击小队正在那里站岗。

"我将向他们展示真言为他们所述的命运。"奥蒂斯说道，拔出了剑。

"教导他们。"扎德基尔回答道。

战舰船坞看起来就像是错综复杂的金属网，斯克拉尔和他的战士稳步前进。船坞外，巨大高耸的狂怒深渊号如同一个沉睡的掠食者。

此前杀戮的血腥味通过吞世者连长的鼻部格栅传了进来，令人陶醉，他冲向通道尽头，进入开放的船坞区域。前方警戒线有所收紧，军团战士们不得不挤在一起快速穿越。就在斯克拉尔自信地觉得自己没被发现时，一群身着绯红陶钢甲的怀言者突然现身，挡住了他们的去路。

爆矢火力倾泻而出，四道枪口火焰照亮了昏暗的通道。一阵齐射击中了斯克拉尔身旁的战士凯尔洛克的胸口，他的盔甲被撕开，血流如注。凯尔洛克倒在了地上，主心脏和副心脏都被射穿了。

战斗小队被压制在了堆积于两侧巨大仓库建筑中的燃料桶间。逃窜的仆工和无脑的机仆被这场混乱惊动，挡了吞世者的路，试图接近敌人取得优势的吞世者们或是用链锯剑刃砍倒他们，或是用盾牌撞开他们。一个燃料桶被一发爆矢流弹击中爆炸，绽放出耀眼的黄白色火花。炽热的火焰蹿入空中，仿佛水中之墨，一个毁坏的机仆如同破碎的娃娃一般被冲击波冲飞。三位吞世者被爆炸的冲击力所撕碎，并撞在了仓库的金属墙板上。墙板并未因肉体和陶钢的突然撞击而弯曲，而两位战士的身子则撞扁了。

即便戴着头盔，斯克拉尔的脸庞也感受到了爆炸的热量，传感器疯狂响着警告。他踉踉跄跄，但仍稳住了身体，并高声下令冲锋。

安蒂吉斯正潜行于加油舱时，听到了船坞传来的爆炸声，看到火焰与烟雾涌至空中。他们已经很近了。狂怒深渊号如同一堵厚实的暗墙，填满了这位极限战士的视野。

"安蒂吉斯，报告。"塞斯图斯的声音通过头盔通信传来，战术显示器显然识别到了这突如其来的热量聚集。

"中央通道发生爆炸。恐怕我们暴露了,连长兄弟。"

"赶紧过去,集合你的部队,朝狂怒深渊号进发。"

"遵命,连长。"他回答道,并下令让他的战斗小队穿过连接中央通道的管道迷宫,前往他获知的斯克拉尔及其穿插小队的位置。安蒂吉斯领头行动,可以俯瞰船坞的巨大观测平台在这位极限战士的身上洒下阴影。

出于本能,他抬起头,看到了一排身着绯红色盔甲的战士用爆矢枪和等离子枪瞄准了他们。

钜素与合金倾泻而下,死亡从天而降。安蒂吉斯滚到了对接夹具的阴影中,哈格拉斯有点分心,慢了半拍。他为自己的懈怠付出了代价,一束灼热的等离子在他的躯干上炸开了一个洞,烧焦了这位吞世者的盔甲。他在一声巨响中倒在了地上,在触地前便被烧掉了。他的几个兄弟拖着他的尸体,但只是用来充当临时掩体,而非出于对死去战友的敬意。

安蒂吉斯的爆矢枪怒吼着还击,他在一片混凝塑和金属的爆裂中略微瞥见了上方的目标,他周围的对接夹具惨遭破坏。

其他吞世者效仿着他,收起风暴盾,拔出爆矢枪进行还击。

那些在进攻开始便四散逃离,结果涌入迅速扩大的战区的仆工们在交叉火力中被撕碎。怒吼的枪声和碎片的尖啸声与人们的尖叫声相互交杂。

安蒂吉斯靠在最近的对接夹具上,研究着通过狂怒深渊号的剩下路途的地形。在夹具和燃料罐之间的船坞形成了一个狭窄的火力通道,上方是观测平台,悬在金属支柱上,在这群钢铁之环外是加油台架、防御炮塔和传感器尖杆。

安蒂吉斯紧靠在对接夹具上,爆矢火力仍压制着他们。

"连长,我们遭到了伏击!"他朝着通信器喊道,试图盖过喧嚣声。尽管他声音很大,但语气平静,一遍遍过着训练中记下的诸多可能的作战协议。

短暂停顿片刻后,信息传了过来,他的连长评估着可选项。

"救援即将到来,"对方的回答十分简洁,"做好准备。"

两轮还击后,观测平台产生了一连串小爆炸,碎片四散。

在这场毁灭之外,在船厂对面,狂怒深渊号侧面的登舰口正在打开。

安蒂吉斯站起身，在爆炸产生的烟雾消散前便吼出了命令："别给他们时间！发起攻击，现在发起攻击！"

阿斯塔特们离开掩体，发起冲锋，将死者抛在身后。

两百位身着怀言者绯红长袍的战士从狂怒深渊号中现身，也发起了冲锋。

"开火！"安蒂吉斯喊道。吞世者们遵命服从，这位极限战士感觉到了身后爆矢手枪发射瞬间产生的压力波。

战果残酷，一排排穿戴着粗陋盔甲的怀言者走狗倒在了这场猛攻中。尸体在子弹击中时抽搐旋转，撞在了他们的战友身上。鲜血四溅，死亡人数难以估计，堆积的尸体如同一排肉体沙包，绊倒了后面的人。时间只够一轮齐射，纪律严明的阿斯塔特们在狂怒深渊号的第一批炮灰接近前便将手枪插入了枪套。

一个野蛮的战士，浑身伤痕，邋遢无比，就像是引擎工人，他拿着一把斧子朝着安蒂吉斯冲来。这位极限战士以链锯剑的尖啸迎击那个工人的怒吼，利剑刺入了那人的胸膛。他倒下了，同时将链锯剑从安蒂吉斯手中拽开。这位阿斯塔特并未犹豫，他将这个可怜鬼扔了出去，那力度之大令尸体在空中飞旋起来，随后撞在了那些他的卑劣同胞身上。极限战士拔出了短剑，格斗盾已经拿在了手上，他向下一挥，砍倒了第二个袭击者。

吞世者士官罗加斯跟随着安蒂吉斯，肆无忌惮地冲入混战。他杀穿敌阵，肢臂横飞，未戴头盔的面容如同愤怒可怖的面具。

安蒂吉斯透过眼角看到罗加斯的另一个同胞斩首了一个试图挺身冲锋并激发手下战士热情的军官。其他人则消失在了血雾与链锯斧的断骨劈砍发出的可怕喧嚣声中。然而，尽管这些卑贱的战士惨遭无情的屠戮，他们却并未溃败，整个杀戮地带血流成河。

"这是一帮狂热分子。"罗加斯咕哝着，将他的斧子埋入一个冲来的战士脸中。

"击退他们。"安蒂吉斯吼道，咬牙切齿，用他的格斗盾猛地击打一个敌人。这位极限战士正准备加倍努力，两三具躯体却突然朝他飞来，将他逼退。在混乱之中，他丢了短剑，但在他搜刮尸体堆时，他找到了自己的链锯剑剑柄。安蒂吉斯扯出那把武器，在血肉之躯中杀出了一条路来。许多双手抓着他，试图把他拽倒，在他试着起身的同时，子弹在他的盔甲上弹跳。一个吞世者在愤怒与痛苦中高喊着。随着更多敌军舰员冲上前来，狂怒深渊号在视野中消失了。

　　人类可不是这么战斗的。鲜有异形会欣然赴死，即便能够死有所得。这便是阿斯塔特如此致命的原因，他们是对付任何能被本能胆怯所左右的敌人的终极武器，因为星际战士能够控制并驱除自己的恐惧。怀言者打造了另一种敌人，连星际战士也无法将之击溃。

　　"该死。"安蒂吉斯发出嘶声，打飞了又一个人，罗加斯则攻击另一个人，"现在我们得把他们杀光。"

　　安蒂吉斯继续推进，身侧突然感到一股阵痛，一把利刃或是一颗子弹穿透了他的盔甲。他摇晃着，给了敌人机会。一群战士猛地扑向这位受伤的阿斯塔特。随后进攻人群的重压将他拖倒在地，他们的死亡呐喊和受伤的味道充斥着他的感官。

　　布林加举起他仅剩的破片手榴弹，扔向观测平台。一连串爆炸冲击了它坑坑洼洼的表面，炸掉了一块块混凝铁和烧焦的金属。这场突击达到了预想的效果，迫使安蒂吉斯上方的伏击者退后了片刻，并改变了他们的注意力，然而这位太空野狼及其手下血爪从他们冲锋的通道却看不到伏击者。

　　在最后一拨手榴弹引爆前，平台上再次爆发出火焰，但这一次火焰是朝着布林加及其小队而来。布林加那高度灵敏的动物感官闻到了火药和鲜血的味道，听到了零星的武器开火声，他猜测他的极限战士兄弟现在很忙，毕竟他们很"受欢迎"。

　　鲁奇韦德滑到他领袖身旁的掩体中，评估着扫射他们的伏击者的部署。观测平台上洒下的火力使他们无法加入外边的战斗。

　　"他们知道我们来了。"布林加朝着那位面色冷酷的血爪吼道。

　　"你的命令是什么，布林加？"

　　布林加的狂野目光盯着他的狼群兄弟。

　　"我们干掉他们，"他咧嘴而笑，露出尖牙，"约尔、波伦德。"这位太空野狼连长喊道，他的那两位手下离开了他们原来的位置，来到了领袖身旁。

　　"用热熔炸弹，"布林加吼道，"那个支柱。"他指着支撑平台的支柱。

　　约尔和波伦德一齐点点头，启动了热熔炸药的引信，随后冲向通往那个建筑的隧道。第一位血爪走了几步便被毁灭性的火力击中，飞了出去，倒在了一片血泊中。

波伦德更幸运些,他吼出一声狂野的战吼,来到了平台底部。他将炸药固定在了一个支柱上,同时肩膀中了一弹。位于建筑底部附近的怀言者意识到了他在做什么,用又一发子弹击中了他。波伦德在敌人阻止他之前便按下了引爆器。他发出野蛮又轻蔑的怒吼,热熔炸弹爆炸了,一阵超热化学火焰将他蒸发。

平台仍然坚挺着。

布林加正准备冲向隧道,完成任务,突然第二轮爆炸来了。这位太空野狼连长面对突如其来的爆炸转过身,在他回头时,一阵光化恶臭刺激着他的鼻子。金属扭曲的声音随之传来,观测平台最终坍塌了,激起尘埃和混凝铁形成的云雾。那个建筑很结实,而阿斯塔特能够承受更糟糕的情况。那里会有幸存者的。

布林加并未关注第二轮爆炸从何而起,他站起身,发出胜利的咆哮。布林加跑过开阔地,前往扭曲金属和破碎混凝铁组成的废墟,他挥舞着符文斧,做好了战斗准备,知道自己的血爪就在身后。

在愤怒号上,塞斯图斯审视着战术显示器,面色痛苦。狂乱的通信声正通过舰船通信阵列传来,却模糊不清,难以辨别。

代表三支突击小队位置的三个图标已经停了下来。代表太空野狼和布林加麾下战士的银色图标正缓慢移向一块因突如其来的烟雾和强光而读数模糊的区域。塞斯图斯从示意图判断,这里便是观测平台。

塞斯图斯猜测进攻成功了。

在附近的一个侧面隧道中,一个蔚蓝色的图标代表着安蒂吉斯,显示他被卷入了与大批敌军的残酷近战中。狂怒深渊号的暗红色块离这场混战不远,但那位极限战士看起来似乎并没有进展。之后塞斯图斯在通信系统中接通安蒂吉斯的尝试都失败了。第三个煞白色的图标正朝着安蒂吉斯的位置集中。

令塞斯图斯惊愕的是,他们并不孤单。

第十章

步入野兽之腹

牺牲

未来已注定

链锯斧的尖啸声令安蒂吉斯回过神来，呼啸的锯齿飞旋着刺入骨肉时嘎吱作响。

安蒂吉斯看到了一身蓝边白甲之人，他的战甲上溅洒着猩红色液体，还有一个军团连长的标记。

斯克拉尔将这位极限战士拖出了尸体堆。狂怒深渊号的舰员们或是被打倒在地，或是被扔向空中，吞世者小队在每个表面都洒下了新月状的血块。安蒂吉斯花了片刻时间调整了一下身姿，斯克拉尔的吞世者们发起的第二次冲锋力度相当大。

第十二军团的连长正在屠戮一个倒在地上的人。

如此肆无忌惮的杀戮热情对于极限战士而言十分陌生，安蒂吉斯努力克制住想要阻止这一切的冲动。战场并非发起责难的地方。相反，安蒂吉斯看向船坞另一边，斯克拉尔部队的突然现身为战斗带来了短暂的平静，让他得以评估现状。中央通道尽头躺着一堆绯红色的身穿盔甲的尸骸，那是吞世者暴行的受害者。他还看到布林加率领着血爪，与从崩塌的观测平台废墟中现身的一队怀言者在一阵短促的火焰风暴中相互纠缠。战斗很激烈，鲁斯之子看起来无法前来支援他们。

斯克拉尔用链锯斧砍向地上的一个将死之人。这引起了安蒂吉斯的注意。

"连长，"这位极限战士喊道，发现了怀言者追随者队列中的突破口，"朝舰船突进，快！"

斯克拉尔回头看向他。有那么一瞬间，那位吞世者的脸上只有仇恨，安蒂吉斯在他眼中只是另一个敌人。

那一刻过去了，那双盯着安蒂吉斯的眼睛再次看向斯克拉尔。那位吞世者从地上捡起他在残杀中丢弃的盾牌,摇了摇头,眼中的杀意淡去了。他呼唤他的小队跟上。

"随我整队,继续前进!"安蒂吉斯喊道,用链锯剑指向狂怒深渊号。

一个怀言者跌跌撞撞地走出平台残骸,用爆矢枪狂乱扫射。布林加迈出杀戮区,暴牙斧一挥,将那个阿斯塔特斩首。第二个怀言者跟了上来,这位太空野狼向前一跃,将利刃刺入那个军团战士的头颅中。第三个人被鲁奇韦德从倒塌的建筑中拖了出来,头晕目眩,鲁奇韦德用爆矢枪一枪处决了他。

在首轮屠杀后,怀言者们仍试着组织起战斗。埃尔夫亚尔在一团超热等离子中尖叫着倒地,沃里克则被一阵爆矢火力肢解。

面对手下的牺牲,布林加发出怒吼,将废墟边缘的又一个怀言者击倒在地,然后扑上去用他的牙撕咬敌人的喉咙。他在愤怒中咆哮着,正准备继续前进,突然一阵嘶鸣的爆矢火力炸开了他身边的混凝铁残骸。这场突袭令人眩晕不已,这位受人尊敬的野狼只能看着,斯沃恩菲尔德胸甲上划出一道鲜血,转身倒地,就此殒命。

第二队怀言者正朝他们而来,从吞世者最初的进攻路线无法看到那些敌人。

布林加解下爆矢枪,面向这个新威胁。他打爆了一个冲过来的怀言者的头盔面甲,并击碎了另一个人的肩垫。

"杀向他们!"他发出怒吼,冲向敌军,武器闪烁着。

其余血爪的呼号声如同爆矢枪残酷射击声中的野蛮合唱。

安蒂吉斯的链锯剑刺穿了一个怀言者的胸膛。

他们正逼近狂怒深渊号,身后是血肉模糊的怀言者追随者们,又一排防御者现身了:阿斯塔特——往昔的怀言者兄弟。他们穿着绯红色的盔甲,其上遍布卑劣的抓痕和破碎的羊皮纸卷轴,他们是安蒂吉斯记忆中骄傲战士的暗影。

那位怀言者抽搐着,试图挣脱刺穿他的飞旋利刃,但随后剑刃刺穿了他的脊柱,他吐出了一摊鲜血。

突然间,一切都变得真实起来。

这些怀言者是阿斯塔特，是所有星际战士的兄弟，也是敌人。在那一刻，安蒂吉斯意识到他此前并未真正相信这一点。没有时间再三思考了，第二个怀言者拿着一个动力锤朝他而来。安蒂吉斯在那把武器劈开他脑袋前抓住了它，同时膝盖撞向那个阿斯塔特的腹部，但他的敌人与他牢牢地僵在了一起。在那个怀言者的头盔目镜后，这位极限战士能够看到一只因愤怒而眯起的眼睛。兄弟情谊已然不复存在。

电光石火间，斯克拉尔将那个怀言者从安蒂吉斯身边拉开，并用链锯斧将之开膛破肚。这位吞世者迅速完成了可怖的杀戮，回头瞥向他的战斗兄弟："对你来说太过激烈了，极限战士？"

一个怀言者的手肘撞向布林加的头侧，令这位太空野狼直往后退。他翻滚避开了第二道攻击，并换上爆矢枪，单手朝着攻击者的腹部倾泻子弹。然而，那位怀言者尚未死去，鲁奇韦德走上前，从腰部的刀鞘中拔出刀，刺入了那个受伤叛徒颈甲的缝隙中。

布林加朝着这位血爪哼声感谢，并冲向朝他们而来的那队怀言者。平台毁灭的幸存者与那队怀言者联合了起来，太空野狼处境艰难。然而，布林加决定以身作则，他的手中紧握着血淋淋的暴牙斧，劈砍着绯红色的陶钢甲。

布林加飞速斜砍向一个敌军阿斯塔特的颈部和胸部，随后将那个怀言者一脚踢开，又去面对新的对手。突然间，战斗的节奏改变了。他周围的狂暴场景变得缓慢迟钝，一个连长正与他面对着面。这显然是敌人的领袖，且根据他毁容的面孔和之后的重构来看，他显然也是一个老兵。他的手中拿着一把双手动力剑，自由挥舞，如同一把狼锤。三个血爪倒在了那个战士脚边。他们死于那把利剑。

"现在，面对我！"布林加吼道，举起暴牙斧，发起野蛮的挑战。

那位怀言者连长将自己的身躯当作撞锤冲向太空野狼，利剑向前。他的冲锋速度很快，快到布林加无法及时避开，他的肩甲遭到了一记侧击，肩膀涌起白色的火焰，但他快速止痛，转身发起攻击，将暴牙斧挥向敌人的后背。

那个怀言者一声怒吼，猛然转身，先将双手剑如矛一般刺出，令布林加失去平衡，然后又像挥棒一般发起猛击。一记挥击让利剑的平刃击中了布林加伸出的胳膊，打中了他的肌肉群，透过动力盔甲令他的手指麻木松懈，爆矢枪掉了下来。

那把利剑再次砍了过来，布林加将之打到一旁，并利用他向前的势头进入攻击者臂展范围。他按下了暴牙斧斧柄上的一个符文，斧尖滑出了一个长长的尖刺。布林加发出狂喜的怒吼，将尖刺深深刺入那个怀言者的二头肌，并扭动斧柄。那个怀言者的手臂被扯开了，但那人的脸上毫无痛苦，他跃向布林加，试图将其撞倒，同时再次举起他的利剑。

布林加借势将那个怀言者抬离了地面，然后打倒在地。他再次拉起头晕目眩的敌军连长，握着那人的颈甲，抓着他的下巴。布林加发出一声骇人的怒吼，鲜血和唾沫洒在了敌人的脸上，他将暴牙斧的尖刺刺入了敌人的喉咙。

怀言者那只完好的眼睛向外凸出，仿佛在努力克制将死时的极度痛苦。他咳出了鲜血，盔甲正面覆上了鲜红的血液。

布林加朝着那个怀言者的脸吐了口水，任其倒下。

爆矢子弹在他周围爆炸开来，更多怀言者朝着他们的位置聚集。布林加和剩下的血爪一边还击，一边撤退，以寻找掩护。这场进攻很短暂，那些阿斯塔特仅仅拖走了他们阵亡连长的尸体，随后也撤退了。

在剩余怀言者撤退时，无差别的零星火力仍压制着太空野狼。布林加蹲在一个废弃燃料罐的残骸后，瞥向战场。斯克拉尔和安蒂吉斯以及一支小规模的吞世者战斗小队正朝着狂怒深渊号前进，同时打散了那艘战列舰的舰员。

布林加羡慕他们。即便怀言者强大战舰的等离子引擎尚未启动，他也知道敌军正在离开。攻击者撤退时的压制火力逐渐减弱，在整个船厂，敌军阿斯塔特都在退回那艘巨舰舰体的登舰口。

就像是虎鲸，他会把那野兽开膛破肚，他想着，满怀阴暗的悔恨，发出了哀号。鲜血顺着他的胡子和毛发流下，他甩过头，喉咙中发出又长又空洞的鸣叫。血爪们听到了这声号叫，纷纷仰起脖子，齐声呼号。

子弹朝着阿斯塔特们倾泻，金属飞溅，火花闪耀。

吞世者连长、极限战士安蒂吉斯，以及三位战斗兄弟已经抵达了狂怒深渊号，并通过一个登舰口进入了舰腹，继续前进。当舰上的巡逻队在一个冷却管交叉口发现他们时，他们不可避免地遭到了阻拦。走廊尽头射来枪林弹雨，遥远模糊的人影急切地踏过又宽又弯的管道。金属仪器提供了些许掩护，但如果阿斯塔特们不迅速前进，那就必死无疑。

斯克拉尔的风暴盾承受了一拨齐射，子弹击中了他脚边的格栅，如同黄铜之雨——那是来自爆矢枪的火力。

枪口火光中，阴影在舞动——巨大的装甲身躯、头盔和肩垫。那是阿斯塔特，是怀言者。

斯克拉尔手下的一位战士奥拉克用链锯斧砍开了天花板上的一个舱门。金属板哐当一声落了下来，他迅速翻了上去。罗加斯据守此地，军团战士纷纷进入舱门。罗加斯已经在舰外的残酷混战中丢失了他的两把武器，他将自己捡来的爆矢枪设为快速射击模式，并朝着管道扫射，在金属上留下了参差不齐的弹洞。其他吞世者则用爆矢枪提供火力支援，压制着敌人。

半数吞世者都已经进入了舱门，随后怀言者发起了还击。现在只剩下斯克拉尔和安蒂吉斯了，极限战士接替了罗加斯，他从腰带中解下破片手榴弹，并将之滚过管道。斯克拉尔跃进舱门，还击的爆矢火力从他身边闪过。安蒂吉斯跟随其后，吞世者连长将那位极限战士拉了上来，与此同时，第一拨爆炸席卷管道，炸碎了甲板，为他们争取了时间。

"马库拉格之山啊。"安蒂吉斯低语道。

狂怒深渊号的引擎室就像是一座机器大教堂。这里十分辽阔，拱顶天花板上交叉的拱肋延伸到暗处。庞大的圆柱形排气室里装饰着钢纹铁卷，整个侧面都刻着高哥特文字。龙门架和头上的格栅走道表明这里有许多层。怀言者的旗帜悬挂在上方的铁网中，上面绘着军团下属各个战团的标志：一支笔尖流着一滴血的羽毛笔、一只摊开的长了眼睛的手掌、一本燃烧的书、一个顶上安着颅骨的权杖。引擎金属的颤动就像这艘船骇人的心跳。

这艘迷宫舰船中的管道将阿斯塔特们引到了这个地方，尽管追击的声音已经变得遥远低沉，但敌军不会离得太远。

"找东西摧毁，"斯克拉尔说道，"尽可能找到反应堆。"

安蒂吉斯试着感受引擎室的辽阔。尽管他们身上携带着弹药，尽管他们是阿斯塔特，但他们仍需要大量时间才能使狂怒深渊号瘫痪。

"不，"安蒂吉斯说道，"我们继续前进。寻找军械或是沉思机。盲目攻击无法破坏这艘船。"

斯克拉尔回头看向他的小队，最后一批人正被拖拽着穿过舱门。他们进入的冷却管是排气室周围的诸多管道和交叉口之一。管道之间一片漆黑，他们无法分辨下面有多深。

"我们也许找不到——"

"我们不会回头。"安蒂吉斯厉声说道。

斯克拉尔点点头："那么，前进。"

安蒂吉斯率领阿斯塔特们走上排气室上方最近的走道。巨大的发电机耸立在舰艉，连接着下方某处更大的等离子反应堆。在他们前方，走道拐入了一个黑暗的钢铁山谷，两侧是运行着的巨大活塞。上方的一个走道上积聚着人影，隐藏在控制甲板的坚固金属后。轮机仆工们似乎已经被命令离开了房间，这意味着怀言者计划在此阻止他们。

"找掩护！"斯克拉尔喊道，但他们已经没时间了，怀言者的爆矢火力倾泻而下。罗加斯用他那把捡来的爆矢枪还击，但其他人靠手枪和近战武器能发挥的作用很小。斯克拉尔的一个战斗兄弟被击中了胸膛，翻下了护栏。他摔在了下方的引擎机组上，被一个活塞给锤平了。奥拉克的一只手臂化作了一团血雾，他倒在了走道上。安蒂吉斯抬起奥拉克，将他拖走，更多子弹从上方倾泻而下。

"冲过去！"斯克拉尔吼道，看到了枪林弹雨中的一丝间隙。随后他站起身，朝着引擎机组尽头的掩体冲去，那里的走道通往由廊台和机器组成的一堵高墙。即便是在安蒂吉斯的催促下，奥拉克也掉队了，风暴爆矢枪的子弹射穿了他。烟雾从他盔甲的背包中涌出，混杂着鲜血。

斯克拉尔曾率领奥拉克浴血奋战于诸多战场。他是兄弟，他们全都是。

吞世者连长将这份悲痛深埋于心，并将之与他的愤怒交织于一起，待到时机合适时，他将再次唤起这愤怒。

斯克拉尔抵达了掩体，狂怒深渊号已困住了他。他正身处一个装备室中，墙上是一排排的液压钻头、扳手和锤子。随着吞世者们和安蒂吉斯突入其中，人类甲板舰员们纷纷在惊恐中逃离。他们只剩下三个人了，这样一支突袭部队几乎无法使这艘巨舰瘫痪。

斯克拉尔注意到房间天花板上刻着字。

洛加真言，炼于此钢。

活如真言，生生不息。

"快！快！他们追来了！"安蒂吉斯喊道，引起了他的注意。

"我们得阻击他们。我们不可能一边躲避爆矢火力，一边破坏这艘船。"斯克拉尔说道，砰的一声关上了身后的门，并用一把偷来的扳手将之卡住。

"至少有三支小队。"安蒂吉斯回答道，他的呼吸很沉重，但也很平缓，"我们不可能击败他们。"

"我会拖住他们。"罗加斯说道，稳稳站住，同时检查爆矢枪的弹匣。

安蒂吉斯盯着那位吞世者，他的白蓝色盔甲上已经遍布子弹的弹痕和等离子的烧痕。

"你的牺牲会得到铭记。"安蒂吉斯充满尊敬地说道。

吞世者连长并未流露出明显的情感，他将爆矢枪扔给了罗加斯。

"决不留情。"他吼道，猛然转身，率领剩下的突袭部队穿过混乱的前厅和走廊。追击者的喊叫声传了过来，如同低沉的幽灵低语，沉重盔甲踩在地板上的脚步声在身后沉闷地回响着。

安蒂吉斯和斯克拉尔迅速走过引擎室的腹地，穿过舱壁中的一道门。在他们离开房间不久后，激烈的爆矢枪开火声便在身后爆发了。

不久之后便是一片死寂，片刻后，他们便再次听到了无情追击者的声音，与舰船通信阵列中发出的刺耳声音相交杂，显然，一场广域搜索已经展开。狂怒深渊号的战士正朝着阿斯塔特们会聚，愈发接近。

他们穿过了一个空荡荡的仓库，斯克拉尔踢开了一扇门，门后是又一个走廊。这里的空气很闷热，墙壁上是燃烧的火炬。在一艘太空舰船的甲板上，这样一幅装饰场景很不协调，但通往下方和舰艉方向的走廊都是如此，他们猜测着那个方向通往主军械甲板。

"他们在这里修了什么？"安蒂吉斯小声说道，一边走过走廊，一边道出他的思绪。这位极限战士来到了隧道尽头，得到了他的答案。

他们的面前是一个巨大的广场。墙上是巴洛克式的深红钢雕像，直插穹顶天花板。引人注目的人造石柱支撑着这个巨大房间的拱顶，上面满是焚香。石地板上刻着祷文，中央通道尽头是一个祭坛和讲坛。只有一个词能形容这个地方：大教堂。如今本应是个启蒙时代，所有的宗教迷信都应被清除出银河系，并用科学知识取而代之，帝皇所下达的一切法令都被这个房间的存在所玷污了。

安蒂吉斯感到嘴里有一丝苦涩的味道，正准备用自己的双手捣毁这些雕像，毁灭这个虚伪的偶像崇拜神殿，突然一个声音回荡在周围的黑暗中。

"你们无路可逃。"

安蒂吉斯看到，斯克拉尔扑向了一个支柱，迅速蹲伏下来，两只手握住爆矢枪，扫视黑暗。安蒂吉斯能够看到大教堂尽头的绯红色盔甲。那个讲话者的语气温文尔雅，十分怪异，正躲在祭坛后面，这位怀言者并非一人。

那位阿斯塔特身后传来了靴子踏在石地板上的声音，证实了威胁所在。安蒂吉斯和吞世者躲到了房间的两侧。

"我是怀言者的指挥士官雷斯基尔。"那位讲话者表明了自己的身份，"放下武器，立刻投降。"他警告道，语气中的文雅都消失了。

"而你们却朝我们开火，杀害我们的兄弟！"斯克拉尔愤怒不已。

"我们的会面没必要以流血结束。"雷斯基尔说道。

安蒂吉斯感觉到敌军正朝他们集中，他听到了他们接近时陶钢摩擦的微弱声音。

"这是什么地方，怀言者？"安蒂吉斯问道，目光先扫过祭坛，然后望向他们周围的黑暗，"帝皇不会饶恋如此狂热的宗教行为，你们公开忤逆了他的意志。你们已经退化到如此原始的低俗、迷信了吗？"他问道，试着引诱他们，争取时间想出一个计划，让他们暴露破绽，"寇其斯现在也是这样了吗？"

"我们原体及其家园世界的愿景并非原始的。"雷斯基尔平静地说道，显然很清楚极限战士的伎俩。这位指挥士官从祭坛后迈出，让自己沐浴在火炬之光中。

他很年轻，但从他绯红盔甲上的荣誉饰钉和勋章来看，他的盔甲装饰很华丽。英雄与荣耀的装饰与刻着可鄙文字的破损羊皮纸和牛皮纸纸条相互交杂。

一队怀言者出现在他身后的大教堂中，他们的爆矢枪瞄准着安蒂吉斯和斯克拉尔藏身处投下的阴影。

"出来吧，让我们像兄弟一样一起畅谈。"雷斯基尔说道，让他的守卫们走到他前面。

"你不是我的兄弟！"斯克拉尔喊道。

"做好准备。"安蒂吉斯对他的盟友小声说道，与此同时，雷斯基尔扬起了一只手。安蒂吉斯的战士直觉告诉他，雷斯基尔即将下令开火。他将自己的爆矢枪瞄准了正在前进的前排怀言者。

斯克拉尔发出怒吼，冲出掩体，扔出链锯斧。在武器离手的那一刻，他按下了激活钉，链锯斧呼啸着飞过空中。随着一道陶钢撞击的尖啸声，那把斧子飞过守卫，砍掉了雷斯基尔的手腕，插在了祭坛上。斯克拉尔举起盾牌，发出一声战吼，向前冲锋。

安蒂吉斯咒骂着安格隆之子冲动的战斗欲，扣下了爆矢枪的扳机，同时向前冲，枪口火焰暴露了他的位置。爆矢子弹击中了附近的怀言者，三个战士在猛烈的枪火中倒下了。

大教堂里一片混乱。斯克拉尔迅速逼近敌人，速度快到没有一发爆矢弹击中他。

安蒂吉斯跟了上去，敏锐地意识到他前后都有敌人。一发射偏的子弹擦过他的肩甲，又一发打破了他的护膝，他踉跄片刻，但仍然冲入了这旋涡之中，狂怒的心里都是基里曼的名号。

"这是神圣的地方！"雷斯基尔大声呼号，紧抓着自己的断肢，鲜血从中喷涌而出。斯克拉尔击退挡路的怀言者，来到了那个指挥士官的面前，并用他的盾牌回击，反手打在敌人的脸上，同时从祭坛上拔出他的链锯斧。他猛转过身，将斧头砍入身后冲来的一个红甲战士的脑袋。那个怀言者脚下一滑，倒在了地上，面容上一片血腥狼藉，破碎的陶钢夹杂其中。

两位阿斯塔特身后的伏击者冲入阵中。

斯克拉尔仿佛安格隆附身，左右横杀，骇人的嗜血狂怒吞噬了他。他急于杀戮，无视了自己的痛苦。怀言者惨死于他的猛攻，他的突袭之猛烈，让周遭的人纷纷退到了大教堂的门口。那个自称雷斯基尔的人被他的一个战斗兄弟拖了出去，他愤怒地号叫着，断肢上的鲜血已经凝结。

爆矢火力射向大教堂的后部。安蒂吉斯能够听到枪声响亮地回荡在他的头盔中，斯克拉尔从厮杀中回过身，看着安蒂吉斯。

一阵痛感传遍这位极限战士的背部，安蒂吉斯意识到自己被击中了。这一次，子弹穿透了他的盔甲，他的胸口涌起一阵温热，安蒂吉斯低头看到了一个湿淋淋的残洞。他意识到自己身体的境况，瘫靠到了一个支柱上，吐出了鲜血。他的肺部上下起伏，他正试着强迫自己的强化身躯活动起来，同时将又一个弹匣扭入爆矢枪。安蒂吉斯一只手紧压着伤口，另一只手扣动爆矢枪扳机，他决心继续战斗。在远方，视线渐渐模糊之处，出现了一道阴影。

他回头看向血腥祭坛上的斯克拉尔，眼前闪过痛苦的白色尖钉。

"快跑。"安蒂吉斯喘着气。

那位吞世者犹豫了片刻，正准备跑回来营救这位极限战士。一枚扔出的手榴弹在支柱旁爆炸了，安蒂吉斯的世界在一阵烟雾和破片手雷中终结了。

斯克拉尔并未停下来查看那位极限战士是否幸存。无论如何，安蒂吉斯都已经没救了。他跑出了大教堂，风暴盾挡住了从大教堂射来的激烈的爆矢火力。

在斯克拉尔逃入无尽黑暗的同时，舰体的回音也变了，仿佛在发泄其不悦，尽管他仍然满怀战斗的怒火，但一个想法涌入了他的脑海。

他已孤身一人。

扎德基尔通过安装在狂怒深渊号舰体上的对接摄像机看着战斗开展的情况。

贝拉诺斯已经倒下，然而他的尸体被收了回来，正躺在古雷奥德贤者的实验室中。

他仍会继续服务于真言。

贝拉诺斯对真言的奉献如同士兵对长官的奉献，他从未领会到洛加信仰中更具智慧的意蕴。尽管如此，他仍是个忠诚又有用的人。扎德基尔不会轻易抛弃他。

奥蒂斯无疑被埋在了巴卡三星卫14的废墟之下。这也是贝拉诺斯的功劳。又一根刺从他身边被拔走，又一个潜在的篡位者得到了处置。

没错，为此贝拉诺斯将赢得为军团永远效劳的奖赏。

"我们被突破了。"指挥士官雷斯基尔的声音从通信器中传来，他就在战列舰引擎和主体接合的地方。

"有多少？"

"只剩一个，大人。"雷斯基尔回答道，"他们是通过为再补给而打开的冷却排放口进来的。"

"我批准猎杀他，指挥士官，"扎德基尔下令，"但要清楚，你的追击将会在航行情况下进行。"

又是一根刺，扎德基尔想。

"大人，军团仍有战士还在船坞中作战。"雷斯基尔听到他们即将离开时反驳道。

"我们不能再逗留了。我们留下作战的每一刻，愤怒号都在缩短打击距离，舰上的敌人一直在破坏某些无法替换的部件，更别提船厂的防御系统可能会瞄准我们这样的风险了。牺牲是值得学习的一课，雷斯基尔。现在，找到这个闯入者，了结这个麻烦。"

"遵命，司令。我现在正前往冷却系统。"

扎德基尔切断了通信，观察着指挥王座上方的图像屏幕。一幅战术地图显示出了狂怒深渊号及其周围轨道船坞的复杂结构。绯红色的图标代表着仍在为他们的事业以死相搏的怀言者部队。

扎德基尔伸手拿过通信器，下令起航。

奥蒂斯在倒塌的观测平台废墟中看着狂怒深渊号开始抬升。

战列舰的引擎将烈风吹过整个船厂。对接夹具和补给机库熔成了渣。龙门架熊熊燃烧，燃料罐爆炸开来，火焰风暴中绽放出蓝白色的火花。炽烈的大风拍打着开阔的金属广场，猛烈的大火在整个巴卡三星卫14肆虐，炙烤着阿斯塔特和怀言者的追随者们。即便有混凝铁残骸的遮蔽，灼热的风也烧焦了他的脸。他看到自己盔甲的绯红色漆在激烈的热浪中爆裂开来。

这旋涡吞没了在外战斗的所有人，人们纷纷化作阴影和灰烬，仿佛时间已然凝固，战争化作永恒。

这可不是奥蒂斯为自己设想的未来，他看着狂怒深渊号从甲板中抬升，越来越高，腹部推进器喷出气浪。

他被背叛了，不是被真言，而是被船上的人所背叛。

阴影遮蔽了这位趴在废墟中受伤的怀言者。

"你的朋友抛弃了你，叛徒崽子。"上方一个声音说道，听起来又老又糙。

奥蒂斯伸长脖子，环视四周，他的视线很模糊，难以聚焦。他隐隐意识到自己正在失血。

一个身着黎曼·鲁斯军团盔甲、身形硕大的阿斯塔特高耸在他面前，仿佛一块结实的钢板。他身上装饰着战利品、皮毛和牙齿，是奥蒂斯想象中彻彻底底的太空野狼蛮子。

"我服侍真言。"他那鲜血淋漓的嘴轻蔑地说道。

那位太空野狼将凌乱头发上的鲜血甩开，咧嘴而笑，露出了他的尖牙。

"真言去死吧。"他咆哮道。

那位太空野狼的拳套是奥蒂斯所看到的最后一件东西，随后他便失去了意识，世界陷入了黑暗。

第十一章

幸存者
余波
我会击垮他

　　顺着狂怒深渊号排放的热气流,剩下的突击艇携带着阿斯塔特打击部队逃离了巴卡三星卫14,回到了位于卫星轨道上的愤怒号上。

　　塞斯图斯在三号对接舱等候着那些大气飞船,然而却只有一艘船着陆。那艘船的外壳护罩已经严重烧伤,引擎几乎已经烧坏,它砰的一声笨重地停在了金属甲板上。

　　一艘突击艇,这位极限战士连长想着,他与萨夫拉克斯和莱拉迪斯一同等候着,那位药剂师已经准备好了他的纳瑟希姆注射器。我们遭受了多少伤亡?

　　轮机甲板水手匆忙地来回,将冷却泡沫浇在突击艇过热的表面,并拿工具进行即时维修。一位军官站在远处,拿着一个数据板,他已经在编辑初步损害报告了。

　　塞斯图斯并未注意他们,他的目光盯着登舰跳板,看着跳板缓缓打开,气压排出,嘶嘶作响。布林加和他的血爪走出了船舱。

　　这位极限战士的迎接足够诚挚。

　　"幸会,鲁斯之子。"

　　布林加咕哝了一声以示回应,他仍怀有敌意,转向一位手下。

　　"鲁奇韦德,带他出来。"

　　那位年轻的血爪毛发鲜橙,留着莫霍克发型,短短的胡须上装饰着野狼玩物,他点了点头,走回船舱。待他返回时,身边多了个人。一个面色苍白的战士跟着他,双手和前臂被精金绳捆着,他的脸上伤痕累累,一只眼睛上有一块巨大的紫黑色淤青,有布林加的拳头那么大。他弯着腰,显然很虚弱,但他仍散发着一股狂傲气息。他穿着第十七军团的盔甲,怀言者的盔甲。

　　"我们抓了个俘虏。"布林加吼道,走过三位极限战士,没再多说什么,血爪则拖着他们的俘虏。

"给我找一间隔离室，"塞斯图斯听到布林加对他的一位战斗兄弟说道，"我要搞清楚他知道些什么。"

塞斯图斯盯着前方片刻，努力克制住自己的怒火。

"大人？"萨夫拉克斯试探道，这位掌旗手显然注意到了连长的不悦。

"鲁斯之子。"塞斯图斯平静地说道，知道对方能听到他。

太空野狼们离去的声音回荡在甲板上，这是他们唯一的回应。

"鲁斯之子。"这一次他吼着，转过身，面色铁青。

布林加已经快走到甲板门口，他停了下来。

"我要你的报告，兄弟，"塞斯图斯平静地说道，"现在就要。"

他缓缓转过身，硕大的身躯迫使周围的血爪纷纷退开。他面孔上流露出的愤怒和好斗如同他盔甲上的军团标志一样清楚明白。

"突击失败了，"他低吼道，"狂怒深渊号仍然完好无损。这就是我的报告。"

塞斯图斯努力让自己的声音保持沉稳，不带感情。

"安蒂吉斯和斯克拉尔呢？"

布林加在深呼吸，愤怒不已，但提到两位连长，特别是安蒂吉斯，他的表情软化了片刻。

"我们是仅有的幸存者。"他低声回答道，继续穿过甲板门，进入最终通往隔离室的通道。

塞斯图斯驻足片刻，领会着布林加的报告。安蒂吉斯作他的战斗兄弟已经有近二十年了，他们并肩作战过无数次，曾在银河的至暗地区，为无数世界带去帝皇之光。

"您的命令是什么，连长？"萨夫拉克斯问道，一如既往地务实。

塞斯图斯迅速收起自己的悲伤，此时此刻这种情感毫无意义。

"接通卡明丝卡少将，告诉她立刻继续追击狂怒深渊号，全速前进。"

"遵命，大人。"萨夫拉克斯啪地敬了个礼，离开了码头，前往舰桥。

塞斯图斯的计划遭遇了惨败，超过百分之六十人数的伤亡是不可接受的。他只剩下极限战士荣誉卫队还驻扎在船上以备应急，还有布林加的血爪。那位太空野狼的持续挑战正发展为公开的敌意。有什么东西正在积聚，即便没有鲁斯之子动物般的直觉，塞斯图斯也能感觉得到。他在想，那场不可避免的风暴会在多久之后降临。

如今，他们已经与兄弟军团交战。基里曼才知道这背叛究竟有多深，有多少军团背离了帝皇。忠诚军团急需团结一心，而非因小小的异议内斗。当最终清算来临时，布林加和他的军团会站在哪一方？基里曼和他的极限战士将会坚定地效忠于帝皇，鲁斯也能如此吗？

塞斯图斯暂时将这些阴暗的思绪抛之脑后，知道自己思考这些问题不论对于他或是他们的任务都毫无裨益。他想到了安蒂吉斯。安蒂吉斯很有可能已经死了，他的兄弟，他最亲密的朋友，死于愚者的蠢行。塞斯图斯咒骂自己让安蒂吉斯接替了他的位置。萨夫拉克斯是一位得力的副手，他对基里曼训诫的忠诚不可动摇，但他并非安蒂吉斯那样的密友。

塞斯图斯握紧了拳。

如此恶行，必将遭到报复。

"莱拉迪斯，跟我来。"塞斯图斯连长说道，朝着布林加的那个方向走去。

药剂师紧跟上了他。

"我们去哪儿，连长？"

"我要知道巴卡三星上发生了什么，我要弄清那位怀言者对他的军团舰船和他们前往马库拉格的任务都知道些什么。"

待到塞斯图斯和莱拉迪斯来到隔离室时，布林加已经在里面了，隔离室房门紧闭，鲁奇韦德站着岗。

隔离室位于下层甲板，在这里能够明显地听到引擎的轰鸣声，感受到引擎的热量。下方劳作的水兵们唱着坚毅的海军颂歌，以助他们工作，响亮的喧嚣声透过金属传来。塞斯图斯和莱拉迪斯来到了这里，昏暗的通道中回荡着沉闷的歌声。

"让开，血爪。"塞斯图斯直接下令。

鲁奇韦德一开始看起来似乎要违抗这位极限战士，但塞斯图斯是连长，尽管来自另一个军团，然而他的地位值得尊重。那位血爪垂下目光，以示遵从，让开了路。

塞斯图斯站在房门前，按下开门图标，裸露的金属板滑开了，冒出两缕蒸汽。

房间很黑，光线很暗，流明球灯处于低照明状态。一个硕大的人影站在那里面，旁边是两个穿着长袍的萎缩形体。布林加已经在两个军团助理奴仆的帮助下脱下了盔甲。仆工们低着头，保持缄默。布林加腰部以上裸露着，只穿着灰色的作战服。他浑身都是老旧的伤疤和褪色的肉粉色边缘，那是他伤痛和战斗的历史。

他并未穿戴盔甲，硕大的肌肉组织十分明显，令人生畏，大团毛发垂了下来。布林加让塞斯图斯想起了古泰拉的野蛮人，他曾在某些远古遗物的壁画中看到过。

布林加因其打断而转过身，另一个人影被绑在金属框架上，模糊不清，随后那位太空野狼的身躯再次将之挡住。

"你想要怎样，塞斯图斯？我相信你能看到我正在忙。"布林加握紧了拳，指关节苍白。

在他跟着太空野狼及其战斗兄弟冲过三号码头的时候，塞斯图斯曾想过干预，对一个同袍军团的兄弟施以酷刑，这个想法令他感到厌恶。如今，站在隔离室的门口，他才意识到他们的处境多么绝望，胜利也许需要妥协。

至于这份妥协程度如何，最终会产生怎样的结果，塞斯图斯并不在意。事已至此。他们现在已经走上了这条路，怀言者已经成为敌人。怀言者在摧毁残月号时毫不犹豫，在巴卡三星卫14的屠杀中也从未停下以三思其行。

"我之后会再找你谈，布林加。"塞斯图斯连长说道，"在这结束之后，我要知道巴卡事件的细节。"

"好，伙计。"那位太空野狼点点头，他们之间的关系暂且有所缓和。

布林加转身继续他的工作，塞斯图斯瞥了一眼那个俯卧的俘虏。

"只做必要之事，"塞斯图斯警告道，"并且迅速了结。我会让莱拉迪斯留在这里……尽力协助你。"

那位药剂师在塞斯图斯身边不安地动了动，极限战士连长并不知道这是由于他要参与这酷刑，还是因为他要与布林加单独待在一起。

布林加回过头，塞斯图斯正要离开。

"我会击垮他的。"布林加说道，眼中闪着贪婪的光。

"我们藏在巴卡三星后，以免狂怒深渊号朝我们发射鱼雷。此时此刻，我们正处于亚空间跳跃航线上。"

卡明丝卡像往常一样坐在舰桥的指挥王座上。萨夫拉克斯也在，一如既往地挺直后背，面色严峻。塞斯图斯在将莱拉迪斯和布林加留在隔离室后便独自来到了这里。他从少将那里收到了零星的报告，那是从突击艇驾驶员那里收集来的信息，塞斯图斯从中对巴卡发生的事情有了些许了解。他们在撤离时失去了另外两个突击艇，两者都被狂怒深渊号引擎的大火所吞没，巴卡三星卫14的大部分地方已化作烧焦扭曲金属组成的冒烟废墟。舰上战术读数透露的信息也极少，除了一切都没有按照计划发展，并且一片混乱。基里曼的一项至理法令便是，任何计划，不论制订得多么缜密，在对敌作战开始之后都几乎难以维系。当然，原体也谈到过，在战争中需要保持灵活性与适应性。塞斯图斯觉得他应该更认真地听从这些话语。此外，怀言者似乎收到了阿斯塔特进攻的预警，他决心发掘这件事的根源。他暂且考虑到了愤怒号上有叛徒的可能，但迅速打消了这个想法，部分原因是这种想法只会滋生怀疑和偏执，并且会牵涉其他阿斯塔特连长或是卡明丝卡。

"我们的俘虏情况如何，塞斯图斯连长？"卡明丝卡问道，她刚检视完面前的一组图像屏幕，实施追击的所有必要准备工作都在进行，她很满意。

"布林加正在收拾他。"塞斯图斯回答道，目光紧盯着舰艏向的观察窗。

"您觉得他知道关于那艘船的一些情况，并且能让其为我们所用？"

塞斯图斯没有回应，他正想着暗淡的前路，他们的选择正如同火焰中的羊皮纸一般消逝。

"希望如此吧。"

卡明丝卡踌躇了片刻，随后再次开口："关于安蒂吉斯，我很遗憾。我知道他是你的朋友。"

塞斯图斯转过头看着她："他是我的兄弟。"

卡明丝卡的通信珠响了起来，打断了这片刻的忧愁。

"我们已经抵达了跳跃点，连长。"她说道，"如果我们现在进入亚空间，奥卡杜斯还有机会再次找到狂怒深渊号。"

"启动亚空间引擎。"塞斯图斯说道。

卡明丝卡下达了命令，几分钟后，愤怒号开始震颤，完整力场升起，准备再入亚空间。

扎德基尔在朝着面前的尸体祈祷。

这位怀言者位于狂怒深渊号下层甲板的一间小教堂内。这是一个相对朴素的房间，一个简朴的圣坛上刻着洛加的经文，巴洛克式的枝状大烛台上点着还愿蜡烛。这个房间不仅是舰船的停尸房，还是一个为人提供慰藉的地方，人们有机会在此思考原体的真言神学，思考原体的教诲、信仰和亚空间的力量。

祈祷是一件复杂之事。在粗陋的肉体层面，这只是一个人的连珠话语。不足为奇的是，帝国的征服者们并不理解信仰的真谛，他们视祈祷为原始人的东西，认为那是危险的迷信和真正启蒙的障碍而将之摒弃。他们看到圣书和圣地，并将之归于愚蠢、盲目，认为那是引起不和的无用陈规，而非将其当作信仰或是更高深的领悟。他们宣导帝国真理，以取代那些朴素的宗教，并抹除信仰曾经存在于那些世界的证据。有时候，这种抹消是以火焰和子弹实现的。更常见的，是通过宣讲者、杰出的外交官和哲学家来重新教育全体人民。

扎德基尔的信仰是他自负信念的根源，他坚信泰拉王座会被推翻，不是由战帅所运筹的武力，也不是由亚空间的住客，而是信仰。信仰的纯粹性将如一把圣矛，烧遍帝国，简单而又牢不可破，点燃无信者们的科学与经验主义的谬见塑像。

扎德基尔跪在地上，轻轻动了动，突然意识到停尸房小教堂中另有一个人。

"讲吧。"他平静地说道，仍闭着双眼。

"大人，是我，雷斯基尔。"那位指挥士官郑重地说道。

扎德基尔能够听到他鞠躬时盔甲的嘎吱声，尽管他并没有看着雷斯基尔。

"我想知道贝拉诺斯连长的命运，大人，"雷斯基尔踌躇片刻后继续说道，"他恢复了吗？"

这个野心勃勃的崽子无疑想要取代那位受伤的突击连长在扎德基尔指挥阶层中的地位，或是取得在舰队中更大的权力和影响力。这并未烦扰到怀言者舰队司令。雷斯基尔很容易操纵，他的野心远超他的能力，很容易被利用和控制。不像奥蒂斯，那位年轻人的理想主义和无惧无畏会威胁到扎德基尔，他对雷斯基尔的晋升前途很乐观。

"尽管受了致命伤，那位好连长的确正在恢复，"扎德基尔告诉他，"他的躯体已经进入了神游状态，以便痊愈。"说完这句话，扎德基尔转过头盯着指挥士官的眼睛，"贝拉诺斯的恢复需要一段时间，连长。这只会增强你在我的指挥队伍中的地位。"

"大人，我并非想——"

"不，当然没有了，雷斯基尔，"扎德基尔打断了他，露出一丝苦笑，"但你也在为我们的事业受苦，如此牺牲必会得到奖赏。你会承担起贝拉诺斯的职责。"

雷斯基尔点点头。那位吞世者打破了他颅骨侧面的骨骼，他的脸颊和下巴做了金属网强化。

"今日我们失去了许多兄弟。"他说道，朝主子面前的阿斯塔特尸骸示意。

"我们没有失去他们。"扎德基尔说道，每一个被杀害的怀言者都躺在一个停尸桌上，活着的人准备移除其盔甲，回收其基因种子，其中一个人眼睛茫然地盯着天花板，扎德基尔满怀敬意地合上了那位阿斯塔特的眼睛，"唯有他们在真言中无立足之地时，才算失去。"

"奥蒂斯呢？"

扎德基尔扫视这排死者。"他命丧巴卡，"他撒谎道，"还有学士团。"

雷斯基尔在愤怒中握紧了拳，说："他们真该死。"

"我们不会诅咒任何人，雷斯基尔，"扎德基尔严厉地说道，"连洛加也不会。帝皇的走卒自会下地狱。"

"我们应该掉头，把他们炸得粉碎。"

"你，指挥士官，无权决定这艘船应该怎样，不应该怎样。在这些忠诚兄弟面前，不要忘乎所以，贬损自我。"扎德基尔并未提高音量以表达自己的不悦。

"请原谅我，司令。我……我失去了许多兄弟。"

"我们都失去了一些东西。在我们胜利前，我们注定会失去许多。我们应当预料到情况会如此。我们不会与愤怒号交战，因为这样会耗尽我们本就不多的时间，而我们任务的成败正取决于对时机的把握。科尔·法伦不会迟到，我们也不会。此外，我们还有别的方法可以对付愤怒号。"

"你是说伏索里克？"

扎德基尔握紧了拳，短暂地流露了情感："在此称呼他的名字并不妥当。让大教堂准备好接纳他。"

"当然，"雷斯基尔说道，"那个幸存的阿斯塔特呢？"

"猎捕他，杀了他。"扎德基尔说道。

雷斯基尔敬了个礼，离开了停尸房小教堂。

确定指挥士官离开后，扎德基尔朝着阴影示意，一位隐秘的客人现身了。

古雷奥德贤者缓步走入还愿蜡烛的光芒中，机械义肢如同昆虫爪一般摆动着。

"你接收了贝拉诺斯？"舰队司令问道。

那位贤者点点头。

"全都准备好了，大人。"

"那么立刻开始他的重生。"

古雷奥德鞠了个躬，离开了房间。

现在扎德基尔真正孤身一人了，他回头看向躺在面前的尸体。在另一个房间中，和狂怒深渊号诸多死去的舰员在一起的，是敌方的阿斯塔特，死于引擎室和大教堂。他们不会接受赐福。即便是给予他们赐福，他们也会拒绝此般荣誉，因为他们并不理解祈祷和信仰的意义。他们永远不会在真言中拥有一席之地，他们已经摒弃了真言。

那些已经公然与洛加为敌的阿斯塔特，才是真正迷失的人。

一小时后，愤怒号进入了亚空间，塞斯图斯则前往隔离室。在他抵达时，他发现鲁奇韦德仍然忠实地站着岗。不过，这次那位血爪很自觉地让开了，也没有抗拒，显然，这位极限战士不容任何抗命。

隔离室和审讯室的昏暗光芒同塞斯图斯记忆中的一样，不过现在空气中有强烈的铜味和汗味。

"你有何进展？"极限战士连长问站在房间边缘的莱拉迪斯。那位药剂师面色苍白，他面向连长兄弟，敬了个礼。

"没有。"他小声说道。

"没有？"塞斯图斯困惑地问道，"他完全没有透露任何信息？"

"没有，大人。"

"布林加——"

"你的药剂师很有能耐。"那位太空野狼咕哝着，背对着塞斯图斯，他的身体上下起伏，显然审讯耗费了不少力气。当布林加转过身时，他面色憔悴，胡子和大部分躯体上都染满了鲜血，肥硕的拳头红肿着，擦破了皮。

"他还活着吗？"塞斯图斯问道，声音中透着焦虑，这并非因为关心那位俘虏的命运，而是担心他们可能会失去唯一的筹码。

"他还活着，"布林加回答道，"但是，芬里斯海洋在上，他的嘴巴可真紧。他甚至都没有透露他的名字。"

塞斯图斯感到心情低落了许多。他们快没时间了，在他们抵达马库拉格之前还需要多少次亚空间跳跃？他们还有多少机会阻止怀言者？连像狂怒深渊号这样的一艘船都能够威胁到马库拉格和军团，这样的想法实在不合逻辑。仅凭极限战士家园世界的轨道舰队无疑就能阻止它，更别提基里曼和军团正在附近的考斯集结。然而，还有别的事情正在发生，而塞斯图斯却并不知道。狂怒深渊号只是一项更大的计划中的一个棋子，他能够感觉得到，那个计划才是真正的威胁。他们需要击溃这位怀言者，并且要快，要弄清他所知道的事情，以及阻止那艘船前进的方法。

布林加可能是他所认识的肉体上最令人生畏的阿斯塔特，除了尊贵荣耀的原体。若是连他这般体格和野蛮方式都无法击溃这个叛徒，那么还有谁能？

"我们还有一条途径。"塞斯图斯说道，答案突然间明了起来，尽管这个答案意味着极大的妥协。

布林加迎上塞斯图斯的目光，眯起了双眼，试图洞悉这位极限战士的意思。

"那么讲吧。"他说道。

"我们释放莫特普。"塞斯图斯简单回答道。

布林加怒吼以示不服。

莫特普坐在愤怒号为他准备的营舍中，安静地冥想。依照命令，自从他在击败火刃号并被监禁后，他就没有离开过这间简朴的房间。他坐着，脱掉了盔甲，穿着军团助理奴仆给他的长袍，在启程前很久便处于冥想中。他的目光盯着房间中唯一观察窗的反射表面，探入灵能交心高深莫测的深渊。

当房门滑开时，莫特普并不惊讶。他已跟随着命运之线，目睹并了解了将他带到此时此刻，带到这场会面的可能性之网。

"塞斯图斯连长。"朱红色的兜帽下传来了千子的低语，他早有预见。

"莫特普。"塞斯图斯回答，对这位千子的举止有一丝惊讶。塞斯图斯并不孤单，他还带着伊克塞利诺、阿姆里克斯和莱拉迪斯。

"针对巴卡三星的突击失败了，是吗？"那位千子说道。

"敌军显然预料到了我们的意图。这是我来这里与你会面的部分原因。"

"你觉得我能给出这个谜团的答案？"

"是的，没错。"塞斯图斯回答。

"很简单，"莫特普说道，"怀言者与亚空间的住客订立了契约，它们预知了你们的进攻并警告了怀言者。"

"天界中有感知生物？"极限战士怀疑地问道，"我们怎么不知道？原体们知道吗？帝皇呢？"

"我不知道。我只能告诉你，亚空间非你我所能理解，而就我们所知，那个高深莫测的深渊中的存在，比时间还要古老。"

莫特普踌躇了片刻，仿佛突然陷入了沉思。

"你看到它们了吗，基里曼之子？"他问道，仍处于冥想状态，"多么美丽。"

塞斯图斯循着那位千子的目光看向观察窗，除了模糊的完整力场以及怪异起伏的亚空间，他什么也没有看到。

"不要让我后悔我的决定，莫特普。"他警告道，很高兴自己的战斗兄弟站在自己身后。这位极限战士连长已经解散了守门的武装兵，这真是让他们松了口气。守卫其实没有实际意义，莫特普可以在任何时间离开，不用顾及他们的存在。他没有选择离开，这一点多少缓解了塞斯图斯对接下来要说的话的顾虑。

但莫特普先发制人。

"我要被释放了。"这不是在提问。

"是的，"塞斯图斯谨慎地说道，"我们有个俘虏，需要弄清他知道些什么，却没有多少时间了。"

"我想常规方法已经失败了？"

"是的。"

"不奇怪，"莫特普说道，"在帝皇的所有子嗣中，第十七军团是最为热忱、最具激情的。单单靠酷刑无法战胜如此炽烈的狂热。"

"我们需要试试别的方法，我不愿这么做，但别无选择。"

莫特普站了起来，拉下兜帽，转身面对塞斯图斯。

"极限战士，没必要向我传达你的不情愿。我相信今天发生的事情如果会被记录，考虑到我们当前的困境，其他人也会相信你也是不得已而为之。"他平静地说道，嘴角流露出一丝微笑，随后那微笑又消失于漠然的面具之下。

"我不知道你拥有怎样的力量，兄弟，"塞斯图斯说道，"我本想让你接受审判，并为我回答这个问题。然而，事态似乎脱离了我们的掌控。"

"的确，"莫特普回答道，"我是受我的职责所驱使，和你一样，极限战士。如果我被释放，那么我必会为之尽力，并用我的全部力量完成这项任务。"

塞斯图斯点点头。他那严峻的面容显露出了内心胶着的情绪，对违抗帝皇法令的厌恶和现实的需要在抗争着。

"穿上你的盔甲，"他下令道，"伊克塞利诺兄弟和阿姆里克斯兄弟会伴你前往隔离室。"塞斯图斯正准备转身跟着莱拉迪斯离开，莫特普却再次开口。

"鲁斯之子呢？他怎么看待我的释放？"

布林加的激烈抗议仍回荡在极限战士的脑海中。

"他交给我来搞定。"

塞斯图斯和莱拉迪斯正等候着，莫特普跟着伊克塞利诺和阿姆里克斯抵达了隔离室。布林加和鲁奇韦德在布林加连长表达强烈不满后，已经怒气冲冲地离开了。

塞斯图斯朝着正走过来的战斗兄弟点点头。那两位极限战士回敬了礼，并站到了连长的身旁。

"俘虏在里面，"塞斯图斯告诉莫特普，莫特普走到门前，平静地站着，"你需要莱拉迪斯的协助吗？"

"你可以让你的医生回到他房间了。"那位千子回答道，目光盯着紧闭的房门，仿佛他能够看透其中。

塞斯图斯朝着他的药剂师点点头，示意他的职责已经结束。

若是莱拉迪斯觉得莫特普的话有所侮慢的话，他也并未显露出来。相反，他利落地向连长敬了个礼，遵照指示走回自己的房间。

莫特普按下了激活图标，房门滑开了，露出了阴暗的房间。

"一旦开始，"莫特普说道，"就不要进来。"他转身面对极限战士，"无论你听到了什么，或是看到了什么，都不要进来。"他警告道，脸上的傲慢已无踪影。

"我们会待在外面。"塞斯图斯回答道，伊克塞利诺和阿姆里克斯站在连长身后，面色严峻，"并观看你的所作所为，千子。"这位极限战士连长朝着一扇能观察到隔离室的观察窗示意，"我若看到任何我不喜欢的事情，你在能发声前就会死。"

"那是当然。"莫特普说道，平静地走入房间，房门在他身后关上了。

莫特普小心翼翼地步入阴暗中，审视着周围。暗色的液体溅洒在地板和墙上，连天花板上都有酷刑的痕迹。一身盔甲和紧身衣被扔在了一个角落。这可不是侍从们脱下的衣服，不，这是疯狂的行径：试图触及柔弱的肉体，并施加强烈的痛苦。面对此般野蛮行径，莫特普的面容僵住了。在这位千子面前，粗陋残忍的工具被丢弃在一个银色托盘上，上面也同样沾染着鲜血。一些器械上甚至还带着肉体的残痕，无疑是从那位不幸的怀言者身上撕扯下来的。在太空野狼的重拳之下，他始终拒绝松口。所以，外科医生的手法也同样无效。

"你很顽强。"莫特普说道。他靠近固定着俘虏的金属十字架，平静的语气中流露出一丝威胁。这位千子无视了他残躯上的瘀伤、割伤、凿伤和撕裂伤。相反，他盯着那双眼睛。尽管这位俘虏因毒打而有些眩晕无力，但那双眼中仍怀着轻蔑。

"你迫使我们妥协到了如此地步，"莫特普低声自言自语，逼近那个俘虏，两人的脸几乎碰到了一起，"告诉我，你藏着怎样的秘密？"

俘虏那鲜血凝结的嘴结结巴巴地道出了回答：

"我……只……效力于……真……言。"

莫特普的手伸向圣甲虫耳环，并将之摘了下来。他用拇指和食指把玩着这个小物件，将之放在了他的前额上，上面的形状是一只金眼，那是马格努斯的标志。

"不要以为，"他警告道，手指紧紧按压在俘虏的头颅上，"你能瞒得过我。"

当莫特普的手指刺入肉体时，尖叫开始了。

第十二章

海妖
尖叫与寂静
怪物来了

面对从隔离室中传出的可怕声音，塞斯图斯咬紧了牙关。伊克塞利诺和阿姆里克斯效仿着他们的连长，忍受着灵能拷问的声音，并暗地里庆幸他们不是莫特普的关照对象。

观察窗外的隔离室笼罩在阴影中，塞斯图斯只能够看到莫特普的背影。那位千子的动作几乎难以察觉，他站在那个俘虏前，相比之下，那个俘虏则在不间断地抽搐着，他的精神正饱受折磨。

有几次，在那尖叫声达到顶峰时，塞斯图斯一度想要冲进去了结这一切，他对这位曾经的阿斯塔特兄弟所遭受的精神创伤感到深恶痛绝，但他每次都制止了自己，甚至警告伊克塞利诺和阿姆里克斯不要采取行动。那两位战斗兄弟则转过身背对着观察窗，让塞斯图斯一个人观看着这场针对怀言者的恐怖酷刑。

他已经接连两次愤怒地下令让前来调查这阵声音的忧虑的武装兵离开，他们害怕在巡逻甲板上又发生亚空间袭击。

舰载通信器噼啪作响，发出了一声警告，看来他们终究还是对的。

"塞斯图斯连长，立刻前来舰桥。我们正在遭受攻击！"

尽管他很不情愿离开莫特普，留下伊克塞利诺和阿姆里克斯，但塞斯图斯别无选择，只得照办。他迅速抵达了舰桥，萨夫拉克斯迅速告知了他形势。

警报响起，几发未知的投射物从狂怒深渊号附近射出，蜿蜒穿越亚空间，朝着愤怒号而来。起初，人们以为那些投射物实际上是试图阻止追击的惩戒性鱼雷。然而在卡明丝卡少将的舵手长文克麦尔识别出其不规则的轨迹并揭露真相时，这个假设便被推翻了。

"海妖。"卡明丝卡低语着，抬头看着面前的战术显示器，上面显示着那些生物不可阻挡的前进路线，阴暗的气氛弥漫在舰桥上，少将看起来很不安，她的制服有些不整——显然警报响起时她刚在营舍中起来——这更加凸显了她的不安，"我以为这些东西只存在于虚空神话。"

"它们是天界的住客，"塞斯图斯告诉她，不安的氛围对他的影响并不大，有什么东西不太对劲，塞斯图斯连长将之归咎于亚空间妖兽的突然出现，"我们能避开它们吗，少将？"

卡明丝卡面色严肃，她正思忖着指挥王座前战术显示器上那些亚空间生物的路线。

"少将。"塞斯图斯厉声说道，将卡明丝卡从突然攫住她的阴暗心境中拉了出来。

"嗯，连长？"她倒抽了口凉气，面色苍白，坐在指挥王座上颤抖着。

"奥卡杜斯能想办法绕过那些生物吗？"

卡明丝卡摇摇头："我们处于碰撞航线上。"

塞斯图斯转向萨夫拉克斯。

"让荣誉卫队做好准备，立刻在集合甲板集结；阿姆里克斯和伊克塞利诺也过去。"他不想留下莫特普一个人，但亚空间生物威胁着整艘船的安全，他需要所有战斗兄弟来保卫这艘船。总的来说，这值得冒险。

"连长。"卡明丝卡在极限战士离开时说道。

塞斯图斯转过身看着她，注意到舵手长文克麦尔正前来帮助她。卡明丝卡瞥了一眼她的副指挥，提醒她离开。

"怎么了，少将？"塞斯图斯问道。

"如果这些生物的确源于亚空间，我们要怎么阻止它们？"

"我不知道。"这位阿斯塔特回答，随后离开了舰桥。

亚空间看起来像什么，这个问题永远无法回答。人类的思维天生无法理解亚空间，这便是只有像奥卡杜斯这样的特殊突变体才能望向亚空间的原因，而即便有第三只眼，他们也无法真正理解亚空间，仅仅能过滤掉那些会把人逼疯的部分。

逼近愤怒号的那些生物无疑像是某种蛇或是鲨鱼。事实上，它们既不是在拦截愤怒号，也不是在跟踪它，而是同时从各个方向悄悄逼近，从过去蔓延而出，从未来滑行而入，朝着维持愤怒号脆弱的时空泡会聚。

它们有眼睛，很多只眼睛。它们的躯体是非物质的扭动线条，可以成为任何形状，因为它们一开始就没有真正的形体，却始终都有眼睛。它们也有翅膀，还有尖牙利爪，以及下垂的脂肉，让它们免受亚空间风暴的核子寒冷。它们在燃烧，酸液闪烁，鳞片上掉下一块块冰。它们生于深渊，从未被残暴的现实逼迫成为一种形态。对于它们而言，始终保持如一是很陌生的概念，就像人类思维对亚空间的理解一样。

七鳃鳗般的嘴大张开来，这些掠食者接近愤怒号，强行化作合乎逻辑的陌生形体，避免被包围舰船的保护性能量场消灭。

这些掠食者的精神中充斥着对可口食物的疯狂渴求。掠食者们所食的通常只是残羹剩饭——片刻的情绪或是痛苦，强到足够在亚空间绽放并被吞噬。而此处让它们有了值得吸食一生的感觉，这足够让任何一个幽魂变得肿胀又可怕，成为一只漂浮于深渊中的鲸鱼，大到足以吞食其同类。

这艘船上闪烁着数千亮光，每一个都代表着一场潜在的盛宴，也是提供给非物质掠食者的通道。

其中一个掠食者发现了一个未受保护的精神，它缓慢费力地融入了现实的法则，挤出了一条进去的路。

在光矛甲板上，尖叫声是事态不妙的第一个迹象。

光矛是一种巨大的激光炮，它们连接着舰艇的等离子反应堆，自从在太阳系外与狂怒深渊号交战之后便一直处于沉寂状态。火炮工仍在照料这些火炮，因为激光炮喜怒无常，特别是在它们将巨量的能量导入激光矛的时候。火炮工们一直在忙于解决聚焦镜的瑕疵并清理激光炮的导管，只要有任何瑕疵导致过多能量折射向了错误的方向，就会导致武器哑火。

一个工人从内壳高处掉了下来，他本来正在校准一面巨大的镜子。随着一道沉闷的响声，他落到了地上，工头确信他已经死了。这种声音他已经听过许多次了。

工头并不急于查看那个跌落的工人情况如何。死亡意味着麻烦。少了一个工人，因此他得从舰上的其他地方调来另一个人，而愤怒号已经损失了许多人，并且他们还处于深渊之中。

对于一个人而言，死于深渊是很不幸的。有人说，如果你死在亚空间中，那你永远也无法离开那里。即便舰队禁止宗教信仰，也无法阻止像这样的虚空迷信。

然而，那个死者并没有死。当工头来到那具躯体旁时，他看到那人在呜咽不已，就像是淹死的动物一样，他躺在地上扭动着，手腕和脚踝在颤抖，仿佛在试着矫正身姿。

看到那个人还活着，工头露出了不悦的神情，因为他无疑很快就会死去，而把他送到医务室又会给火炮舰员们带来不必要的麻烦。

拱道中的空间在扭曲，陷入了黑暗，掠食者杀了进来，随后尖叫声开始了。

光矛甲板上一片惨状，这是场彻彻底底的大屠杀。

警告图标闪遍全舰，夹杂着关于怪物和死者复生的信息的狂乱通信声，随后通信很不祥地中断了。塞斯图斯正在集合他的战斗兄弟对甲板进行侦察，他率领全副武装的荣誉卫队前往光矛甲板，在那里，他们目睹了这般惨状。

刹那间，这位极限战士连长在想，他是否一直都是错的，帝国真理是否错的，那些原始信仰中的地狱是否真的存在，并且在光矛甲板得以显现。他打消了自己的异端怀疑，用自己钢铁般的决心和对罗保特·基里曼的忠诚将之碾碎。即便如此，他所目睹的事物与他努力试图相信的信念相互斗争着。水兵们的脸被撕开，神情恐惧，埋在一堆堆破碎的肢臂中。

幽灵般发光的黑色线条包裹着血腥狂欢者的脊柱。那些线条连着光矛甲板的天花板，那里一团漆黑，一个由眼睛和嘴巴组成的翻腾之物在叽叽呱呱、咯咯发笑，它操纵着光矛甲板的舰员，将他们投入苦难的深渊。

塞斯图斯是一位阿斯塔特。他见过极其恐怖的事物：无固定形状的异形吞噬自身，准备战斗；昆虫般的怪物瓦解为翻腾蛮人的恐怖虫群；整个世界遭到感染，行将死亡；整个恒星在一个种族的死亡阵痛中沸腾。但他从未见过像这样的东西。

"自由开火。"他怒号道。

下令后，一阵激烈的爆矢火力倾泻而出，射穿了那些肉团，并在其内部爆炸。瑟斯托尔挥舞着他的重型爆矢枪，猛烈的火力加入其中。

可怕的尖叫声充斥着这块狭窄的空间，回荡在他的战斗头盔中，限音器努力降低那些受诅咒的水兵发出的可怖哀号声。

那些悬挂着亚空间生物的线条开始被阿斯塔特的子弹一个个斩断，引发了猛烈的爆炸。它发出不悦的咆哮声，露出一排排精细的针状尖牙和一根幽灵般的厚舌头，仿佛在品尝精华。那根舌头如同闪电一般猛击而出，刺穿了瑟斯托尔的胸甲。他在痛苦中怒吼着，在死亡阵痛中，他扣下了武器扳机，重型爆矢枪猛烈射击。荣誉卫队四散开来，流弹扫过甲板，瑟斯托尔颤抖抽搐，他被刺穿他的亚空间孽物舌头抬离了地面。

"烧了它！"塞斯图斯在绝望中呐喊，"烧光它！"

莫拉尔拿着喷火枪走上前，朝着隧道倾泻着熊熊燃烧的白热钜素。瑟斯托尔和那个生物的舌头遭到了净化之火的焚烧。那个亚空间孽物摇摇晃晃，在愤怒中尖叫着，面对这次攻击不断退缩。莫拉尔将炽烈的热浪向下横扫，烧掉了接合在一起的死去水兵的肉团。

随着那个亚空间孽物的退却，塞斯图斯注意到，在它身后，一块块脓液溅在了甲板上。

如果它会流血，那么我们便能杀死它，塞斯图斯想。

"随我前进，"塞斯图斯连长呐喊道，"勇气和荣誉！"

"勇气和荣誉！"他的战斗兄弟们怒吼回应。

布林加在愤怒号提供给太空野狼的临时营舍中沉思着，他听到了传遍全舰的警报声，并集结起了他的战士。

他和他的血爪追踪骚乱声来到了下层光矛甲板，他们进入昏暗中，对眼前的场景毫无准备。这里尸横遍野，地上满是鲜血。

然而，这场血腥的屠杀并未令这位太空野狼连长犹豫。那是个梦魇般的生物，牙齿撕咬着大块肉体。野狼们逼近那个发着光的鲨鱼状恐怖怪物，那怪物转过身，无唇的巨嘴上染满了鲜血，肿胀的腹部充斥着血水。

"怪物来了。"布林加低声说道，一阵陌生的情感传遍脊柱。

他迅速恢复了勇气，露出尖牙，发出呼号。

太空野狼们拔出剑刃，冲向那个生物。

莫特普在隔离室中打了个趔趄，看到自己孤身一人，他并不意外。他已经击溃了那个叛徒，尽管这并不容易。他感到头盔下的自己满头大汗。他走进邻近的走廊，呼吸沉重。那个怀言者最终透露了自己的名字，他叫奥蒂斯，而他已经所剩无几，只剩一个流着口水的肉体。他那由经年累月的狂热灌输所训练而成的防御很难被攻破，但最终，当他的防御崩溃时，他的下场就很惨。他现在只剩下一个躯壳，语无伦次，无法再抵抗，无法再做任何事情。

莫特普精疲力竭，当他侦测到船上有反常的存在时，他发出呻吟。他积聚起剩余的体力，前往光矛甲板。

莫拉尔死了，他的躯体一分为二，躺在甲板上。阿姆里克斯伤势严重，但仍活着。他靠在一个金属拱门下的一个支柱上，躯干上被扯下了一块肉。

塞斯图斯身后的走廊中，一块黑暗的肉团在翻腾，在荣誉卫队抵挡第一个亚空间掠食者的同时，半液化的肉体激流涌入通道。那块肉团上出现了眼睛，盯着阿斯塔特。

塞斯图斯转过身，吼出警告，随后他的爆矢枪开火了，枪口火焰照亮了周围的黑暗。一根又黑又长的舌头从那个生物张开的嘴中探出，盲目地向他抽打，塞斯图斯扑闪躲开。正尽力照料受伤的阿姆里克斯的莱拉迪斯则没那么幸运。一块薄膜击中了他，痛苦传遍了他的全身。这位药剂师发出尖叫，他的肉体突然变干裂开，拳头状的种子从肉体纤维中溢出。

那些种子绽放开来，嗡嗡作响的小翅膀切开外壳，又长又尖的下颚刺了出来。莱拉迪斯在这场爆发中被开膛破肚，随即殒命。

塞斯图斯一声呐喊，拿起爆矢枪。他精确射杀了朝他嗡嗡飞来的昆虫状生物，稳住呼吸瞄准，并空手抓住了最后一只虫子。在那只昆虫咬穿他的拳套陶钢前，他把它打碎在了墙上。

两只亚空间生物挡在两侧，极限战士们被压缩成了一个紧密的圈。

在塞斯图斯用爆矢枪持续射击第二个亚空间之魔的同时，他听到萨夫拉克斯吼着罗保特·基里曼的名字，其中同时夹杂着他武器的还击声。等离子射出的燃烧火光照亮了他的侧脸，塞斯图斯知道他们的另一位特殊武器手皮塔伦仍与他们同在。枪口火光持续闪烁，列克西纳尔和伊克塞利诺的爆矢枪仍在射击，嘴中喊着战吼。

战斗声响彻不绝，亚空间掠食者们逐渐逼近，它们穿梭扭动，难以置信地躲开了极限战士们最猛烈的齐射，在被击中时发出尖啸。

塞斯图斯检查了下爆矢枪的弹药读数，他剩下的子弹坚持不了多久了。他和他的战斗兄弟各自为战，无法消灭像这样的生物。塞斯图斯别无选择，他做出了决定。

"所有人跟我来！"他喊道，"以基里曼之名，集中火力。"

极限战士们毫不犹豫地将火力集中在了一个亚空间生物身上。那个怪物并未预料到这突如其来的猛攻，被打了个措手不及。它拼命试图闪避开来，却被爆矢子弹齐射所击中。超热等离子烧焦了它的侧面，塞斯图斯的一轮精确齐射击中了它的眼睛。这个可怕的生物发出一声哀号，从愤怒号的现实空间泡中被驱逐了出去，震颤着消失了。然而，胜利是有代价的，第二只生物毫无阻拦地冲向了极限战士的位置，极限战士们突然间遭到了三个怪物的围攻。

塞斯图斯和他的战斗兄弟们一齐转过身，嘴中喊着轻蔑的战吼，随时准备献出生命。

皮开肉绽、鲜血的恶臭，以及皮开肉绽、骨骼碎裂的声音，这一切都没有发生。

那些亚空间生物张开了嘴，准备吞噬阿斯塔特们，却被一道炽烈的绯红色光芒击中，整个走廊沐浴在耀眼的光辉中。那些怪物在他面前退缩了，无力地拍打着空气，积聚的光芒在灼烧它们。

"亚空间孽物！"塞斯图斯身后有一个声音啐道，回荡着力量，"滚回深渊，离开这个地方。"

塞斯图斯遮住双眼，抵挡这耀眼的光芒，他看到莫特普走向了他们，蔚蓝色的灵能光环在他的盔甲躯体上流动，伸出的手中拿着一把金色的长矛。

"快趴下！"他喊道，极限战士们纷纷趴到了地上，响起一阵陶钢撞击声。

那把长矛如同一道神圣闪电越过他们头顶，刺穿了第一个亚空间怪物，撕碎了其扭动的侧面，甲板上洒满了黑灰色的血块。

那怪物的死亡呐喊回荡在拱道中，金属支柱尖啸不已。随后它消失了，留下一阵光化恶臭。

剩下的怪物顶着那位千子释放的激烈能量，朝他冲来，却被蹲伏着的塞斯图斯及其荣誉卫队所射出的猛烈齐射击退。

"打瞎它们。"莫特普喊道，从空中拉回长矛，他的拳套仿佛有磁力一般。

极限战士们遵命照办，瞄准着充当那些鲨鱼般掠食者眼睛的丑恶黑球。随着子弹击中目标，射碎那些黑球，走廊中响起了更多尖叫声。莫特普再次投出长矛，又一个怪物被驱回了非物质界。

最后一个掠食者扭转自身，开始变形。它长出了新的眼睛，滴着灼热的脓水，从塞斯图斯以为的头部末端伸出了褶皱的卷须，并变成了坚硬的关节臂，尖端则是利爪。蛇一般的舌头在嘴中甩动着。

一阵火力击中了它，将之炸成了一团血块，洒在甲板上。

一阵怪异又清晰的寂静填补了爆矢枪声和尖叫声散去后的虚空。应急灯发出的红光取代了枪口火焰和灵能烈火组成的单调的战斗颜色。

塞斯图斯审视着他的战斗兄弟。阿姆里克斯仍靠在那根支柱上，受了伤但还活着。莱拉迪斯和莫拉尔却牺牲了，他们的临终时刻充满了鲜血与痛苦。其他人都幸存了下来。萨夫拉克斯疲惫地点点头，表示确认。

塞斯图斯沉重地呼吸着，面对胜利，他的内心涌起一阵奇怪又压抑的喜悦，他回头看向莫特普。

那位千子踉踉跄跄，绯红色的光芒消失了。

"它们走了。"他低声道，重重地倒在了地上。

第十三章

洛加的遗产
提议
荣誉决斗

　　随着斯克拉尔逐渐深入狂怒深渊号,他周围的世界变得愈发奇怪。这艘船的大小如同一座城市,而和城市一样,它也有隐藏的奇异角落,也有美丽整洁的景色和凄凉腐朽的场所。

　　尽管这艘船是新打造的,却让人感觉十分古老。其部件花费了数十年的时间在火星的铸造厂中进行建造,在这艘战列舰完工发射前它们就已经拥有自己的历史了。它也有一种气质,一种难以捉摸的感知,从其钢铁墙壁中散发而出,像蛛丝一般依附于走廊和管道上。

　　斯克拉尔经过一个支撑梁,把链锯斧警惕地挡在身前。他看到了机械神教造船工刻下的二进制署名。这条钢铁通道看起来就像是富丽塔顶的大道,女像柱和圆柱支撑着低矮的天花板;这里有一个棚屋群,也许曾是建造这艘船的仆工们的住所,他们的破屋废弃在两个发电机外壳之间——这艘船实在复杂广阔。这位吞世者看到了许多只可能是用于偶像崇拜的房间,里面有祭坛,还有一排排写着洛加真言的祈祷书。在一个巨大的人造圆形剧场中,是一个由石头和深红钢铁打造的神殿,圆柱和带有雕刻的三角墙营造出中世纪的氛围。紫焰火盆照亮了宽大的入口。斯克拉尔觉得自己看到了有东西在里面移动,他小心翼翼地避开。

　　斯克拉尔可没时间分心,狂怒深渊号的人正在追捕他,即便在这样一艘巨大的舰船上,这场追捕也不会永无止境。在他移动时,热熔炸弹和穿甲手榴弹带撞在盔甲上哐当作响,提醒他得尽快将之投入使用。

　　在斯克拉尔停下试着弄清方位的一瞬间,他想起了安蒂吉斯。

　　极限战士认为自己是哲学家,是国王,是银河系合法统治阶级的一员。他们并不欣赏像斯克拉尔军团这样在战火中才能找到纯粹意义的战士。他们最关心的事情是在马库拉格周围缔造他们自己的帝国。安蒂吉斯所展现出的战士精神是由单纯的使命感所驱使的，尽管他已战死沙场。

斯克拉尔沉默片刻，为安蒂吉斯的逝去哀悼，并向他的英勇壮举致敬，与此同时，他许诺必要为其复仇。

一扇由黑木雕刻而成的巨大双开门挡住了这位吞世者的去路。斯克拉尔不能在这个障碍前回头，这扇门和他在狂怒深渊号上看见的许多事物一样很不协调。他推开了这扇门，门内有光，但依然寂静，于是，他进入了这个又长又低矮的房间。这是一个放满工艺品的陈列馆，墙上挂着挂毯，展示着怀言者的胜利与历史。他看到一颗彗星坠落在了怀言者的家乡寇其斯，一个金色的孩童从撞击点的大火中走出。他看到了神殿，其尖塔迷失在红云之中，一列列朝圣者队伍无穷无尽。这是一个充满悲剧的世界，镀金的宫殿和教堂失去了光泽，过去宗教领袖的每一个雕像都失去了一只胳膊或是一只眼。在这个堕落世界的中央，是其救世主抵达的燃坑，仿佛那是唯一的希望之地。

天花板上是一张难见边际的壁画，描绘着洛加对寇其斯的征服。这是一片被原体清洗的腐败之地，原体的形象则闪烁着理性和统御之光，身着长袍的先知和祭司们纷纷拜倒在他的面前。大军止戈散马，人群在仰慕中欢呼雀跃。在博物馆尽头，故事结束了。寇其斯复兴，学士英雄洛加则写下了他的历史和哲学。斯克拉尔知晓这个结局的真相，帝皇来到这个世界找到了洛加，正如他来到吞世者被遗忘的家园世界，并将安格隆任命为军团原体一样。

油画、壁画和挂毯让位给了展示于基座上和悬挂于拱顶上的战利品。斯克拉尔无视了它们，继续前进。

"你之所见正是我们的军团之魂，兄弟。"一道声音突然从陈列馆的通信广播器中传出。

斯克拉尔靠在了一堵墙上，那上面画着洛加与一群干瘪的老头儿在寇其斯的圆形剧场中辩论的场景。

"我是怀言者的舰队司令扎德基尔。"那声音说道，而斯克拉尔则以沉默回应，"你登上了我的船。"

"叛徒杂种，你们整个军团都只会缩在后面放空话？"斯克拉尔厉声说道，无法再克制愤怒。

"你这么说可真奇怪，吞世者。"扎德基尔的声音回答道，并未理会那份轻侮,"你称我们为叛徒,然而我们始终忠于我们的原体。"

"那么你们的主子也是个叛徒。"斯克拉尔咆哮着回应,并在阴影中搜寻任何动静,任何他被跟踪的迹象。

"你们自己的主子,安格隆,称他为兄弟。那么洛加怎会被视为叛徒?"

斯克拉尔的目光扫视四周,试着找出拍他的摄像机,或是广播扎德基尔声音的通信广播器。"那么他就背叛了我的原体,以及他的军团。"他说。

"安格隆是个奴隶,"扎德基尔说道,"这个事实令他感到耻辱。他唾弃自己的本质,以及别人看待他的方式。这正是他的愤怒,以及所有吞世者的愤怒的来源。"

确定周围没有人之后,斯克拉尔开始小心翼翼地沿着陈列馆移动,找寻除了那扇双开门之外的其他出路。他不会因扎德基尔的话语而动摇,相反,他用内心积聚的炽热怒火来激励自己。

"我在巴卡三星上看到了那种愤怒的回音,"扎德基尔说道,"那愤怒被施加在了仆工们身上,你和你兄弟们的手上浸满了他们的鲜血。"

斯克拉尔停了下来,他以为没有人知道他在船坞实施的杀戮。

"安格隆试图在这方面拉拢他的兄弟,不是吗?"扎德基尔坚持不懈,他的话语就像是柔滑的利刃,穿透了斯克拉尔的防御,"帝皇谴责并禁止了这种行为,他奴役了你们和你们的奴隶原体。除了奴隶,安格隆还能是什么呢?他赢得了天使或是基里曼所没有的嘉奖吗?安格隆所获得的奖赏能与奥特拉玛帝国或是多恩对帝国皇宫的管理权相比吗?不,他只听命于他人,为他人而战。这样的人,不就是个奴隶吗?"

"我们不是奴隶!我们永不为奴!"斯克拉尔愤怒地呐喊道,将他的链锯斧砍入博物馆的一个石柱中。

"这是真相,"扎德基尔执着地说道,"但你们并不孤单,兄弟;你们并非唯一被抛弃的军团,"他继续道,"我们怀言者曾崇拜他,崇拜帝皇,将他视为……一个……神!他却以责备和训斥来嘲弄我们的神学,正如他嘲弄你们一样。"

斯克拉尔无视了他。他对自己军团和原体的信念不会轻易动摇。这个怀言者的言辞毫无意义。职责与怒火,这才是他试图逃离这个房间时的专注所在。

"看看你面前吧,吞世者,"扎德基尔再次开口道,"在那里你会找到你想要的答案。"

斯克拉尔情不自禁地看向了前方。

在一个华丽的玻璃柜中，是一把安格隆挥舞过的链锯斧，由黑曜石和黄铜所打造。齿轮是闪耀的黑石，某种丑陋的蜥蜴皮包裹着斧柄，他本能地意识到，那便是黄铜之牙，原体曾经用过的武器。

这把武器，如此豪阔，简单又粗暴，它曾取下了斯堪德拉恩族异形女王的首级，也曾在追随帕西法厄破坏大王的绿皮兽人群中披荆斩棘。一个充斥着部落疯子的野蛮世界曾抗拒帝国真理，而他们仅仅在看到安格隆手中的黄铜之牙后便放弃了抵抗，臣服于吞世者。在安格隆现在用的两把斧子——血父、血子打造之前，黄铜之牙不仅仅是武器，还是安格隆的无情与独立的象征。

"黄铜之牙被赠予洛加，象征着我们的联盟，"扎德基尔告诉他，"安格隆已宣誓效忠于我们的事业，连同所有吞世者。"

斯克拉尔注视着那把链锯斧。在他的骷髅头盔下，内心的无情狂怒使得粗大的血管从前额凸出。

"吞世者，真言已述，在银河命定之际，你和你的所有兄弟都会加入我们。帝皇必败。他并不了解宇宙真正的力量，而我们则信奉这力量。"

"怀言者，"斯克拉尔说道，嘴唇轻蔑地一撇，"你的话太多了。"

这位吞世者一拳打破了玻璃柜，握住了黄铜之牙。他毫不犹豫地按下了这把链锯斧斧柄的黄铜按钮，齿轮飞速旋转起来。对于斯克拉尔而言，这把武器太过沉重，很难平衡，只有安格隆的伟力才能够将其运用自如。斯克拉尔倾尽全力也只能端平这把链锯弯刃，并将之扔向最近的墙壁。

黄铜之牙砍入了一幅壁画中，那幅画将洛加描绘为愚昧之人的教导者，数千无知的灵魂沐浴在他的启蒙光环之中。那幅画被砍碎了，脱离了斯克拉尔之手的那把武器则刺入其中，咬穿了下面的金属，火花四溅。

"你完蛋了，扎德基尔！"斯克拉尔在链锯斧的尖啸声中高呼，"帝皇会知道你们的背叛！他会派你的兄弟来抓捕你！他会派战帅来的！"

这位吞世者扑向博物馆墙壁上砸开的破口，落入由电缆和金属组成的黑暗乱团之中。

在他身后，通信广播器中传来了扎德基尔的笑声。

扎德基尔关掉了位于神殿后方的小型安全控制台上的图像屏幕。"告诉我，牧师，一切都准备好了吗？"

伊克萨隆身着全套甲胄以及深红色的法衣，点了点头，朝着一个圆圈示意，那个圆圈是由寇其斯的土壤与那个极限战士安蒂吉斯的鲜血所混合而成的糨糊画成的。

那个阿斯塔特毫无生气的躯体躺在中央，他周围的地板上涂满了用他的鲜血画出的符号。他的头盔也被摘下了，脑袋向后垂着，目光呆滞，嘴巴大张，仿佛对在他死亡状态下实施的仪式表示敬畏。

"依您之命，准备好了。"伊克萨隆说道，这位牧师的语气中透露他乐在其中。

扎德基尔露出浅笑，随后因一阵拖脚走路声而抬起头。一位佝偻的老人走上了神殿入口的台阶，地板上的蜡烛闪烁着，他戴着兜帽，穿着长袍，走过支柱。

"星语者基尔斯赞。"扎德基尔说道。

那位星语者摘下兜帽，露出了一双因灵魂绑定而变得空洞的眼窝。

"为您效劳。"他嘴唇破裂，声音嘶哑。

"你了解自己的角色？"

"我深入研究过，大人。"基尔斯赞回答道，紧紧倚靠在那根用黑木打造的粗糙拐杖上，拖着脚步走向安蒂吉斯的尸体。

基尔斯赞跪在地上，手放在那具尸体上。这位星语者感受到了那具尸体最后的余温，露出了得意的笑容。"一个阿斯塔特。"他低语道。

"没错，"伊克萨隆说道，"他的头皮已被移除。"

"那么我们可以开始了。"

"在这结束后，我需要剩下的尸骸。"伊克萨隆补充道。

"别担心，牧师，"扎德基尔说道，"他的尸体会给你用来进行手术的。基尔斯赞，"他补充道，目光转向星语者，"你可以继续了。"

扎德基尔将一本书扔到基尔斯赞面前。基尔斯赞感受着那本书的边缘，手指划过封皮和古老的牛皮纸，深吸那满含力量的麝香味。他那蜘蛛般的手指因一生目盲而敏感无比，他的手指划过墨迹，阅读起来十分容易。这些文字十分独特，他很了解。

"这是……何等秘密！"他在敬畏中低语，"这是由您亲手书写的，司令。这是谁授予您的？"

"他的名字，"扎德基尔说道，"叫伏索里克，而我们即将履行与他达成的契约。"

接下来的几个小时，亚空间狂暴不已。它受了伤，渗出不完整的情感形体，仿佛某种未消化物：太过分散并不纯粹的仇恨、没有对象的爱、虚无的沉迷、毫无形式的遗忘。

亚空间在震动，在翻腾，仿佛是迫不得已，或是紧抓着某种心爱之物。愤怒号在层层现实中涌起的巨浪中翻滚着，保持舰船完好的纤细的理性锚线行将断裂。

震动停息了，回归湍流的掠食者闻到了愤怒号中亚空间鲨鱼尸骸的味道，它们匆匆沉入深渊。愤怒号继续前行，跟随着狂怒深渊号身后的漩涡。

"有什么变化吗？"塞斯图斯一边走向萨夫拉克斯，一边问道。

这位掌旗手站在医疗舱外，看着平卧在一块金属板上的莫特普，他仿佛在沉睡。

"没有，大人。他自从战后倒地起就没动过。"

极限战士连长刚刚接受了愤怒号医疗人员的护理，他此前一直没有意识到自己的胳膊受了伤，直到他前去帮助莫特普时才感觉到。由于莱拉迪斯已经牺牲，他所接受的治疗很简单，但令人满意。剩下的阿斯塔特的尸体，包括两名血爪，被带到了舰船的停尸房中。

塞斯图斯对他在光矛甲板所目睹的事物以及那位千子所释放的力量仍然感到震惊。莫特普毫无疑问运用了灵能。这将他引向了另一个完全不同且更加紧迫的问题：布林加。

布林加也在光矛甲板，尽管塞斯图斯到战斗结束时才意识到他的存在，那时布林加和他的血爪已经驱逐了三个亚空间孽物。芬里斯符文牧师的技艺体现在了暴牙斧的锻造之中，这都是他们的功劳。在甲板中心会合后，布林加第一次简要透露了那些生物是多么容易被他的斧子斩断，继而逃离太空野狼的怒火。塞斯图斯相信有些描述经过了渲染，如此才能得以成为一个传奇，但他并不怀疑布林加话语的真实性。

　　这不重要了。无论那位狼卫打算对莫特普怎样,塞斯图斯都不会放任不管。眼下,塞斯图斯连长有更大的事情要关注——那个叛徒被击垮了,萨夫拉克斯在隔离室中发现了他那破碎的躯体,但不论他透露了什么秘密,只要莫特普无法恢复意识,他们便无法知道。这仿佛是种残忍的讽刺。

　　"你知道在芬里斯,我们是怎么处理巫师的吗,极限战士?"

　　听到这声音,塞斯图斯转过身,看到布林加站在他身后,透过玻璃怒视着莫特普。

　　"我们斩断他们胳膊和腿的肌腱,然后扔进大海,交给仁慈的芬里斯母亲。"

　　塞斯图斯挡住了这位太空野狼的路。

　　"这里不是芬里斯,兄弟。"

　　布林加露出苦笑,仿佛面对着某个羸弱的记述者。

　　"是的,这里不是。"他说道,迎上塞斯图斯的目光,"你认可了这位亚空间弄潮儿,并因此两次玷污了我的荣誉。我不会让他继续留在这艘船上,也不会让此等行为不受惩罚。"

　　这位太空野狼从他的胸甲上扯下了一个护身符,扔到了极限战士的脚边。

　　塞斯图斯抬起头,迎上这位狼卫的目光。

　　"接受挑战。"他说道。

　　布林加在愤怒号下层甲板的角斗坑中等待着。老狼上半身赤裸着,穿着灰色的训练马裤和炭灰色的靴子。他绷紧肌肉,扭转双肩,准备迎敌。

　　在这个通常用于武装兵练习徒手战斗的训练场周围,是仅剩的阿斯塔特:极限战士荣誉卫队——除了阿姆里克斯,他仍在恢复伤势——以及少数血爪。卡明丝卡少将作为一舰之长,是现场唯一一位非阿斯塔特人员。她禁止其他任何舰员观看这场决斗。让舰员知道舰队中的其他阿斯塔特同室操戈是最糟糕的事情,她可不想让舰员们目睹这场景,影响士气。

　　她看着塞斯图斯走下金属阶梯,迈入舞台,在他进入角斗坑时,那些阶梯便缩回了墙中。这位极限战士的衣着和布林加相仿,但他训练马裤的颜色是他军团所用的蓝色。

　　看到他的对手上场,布林加热切地挥舞着链锯剑。

在场的阿斯塔特出奇地沉默，连通常好争斗的血爪们都住了口，静静观看着。

"这太疯狂了。"卡明丝卡嘶哑地说道，压制着她的愤怒。

"不，少将，"高耸在她身旁的萨夫拉克斯说道，"这是解决方法。"

这位极限战士掌旗手迈向前。作为军阶第二高的阿斯塔特，他的职责便是陈述规则并宣布决斗开始。

"这是来自极限战士军团的利西马科斯·塞斯图斯和来自太空野狼军团的布林加·斯特姆德伦之间的荣誉决斗，"萨夫拉克斯的声音清晰嘹亮，如同鸣响的号角，"决斗武器是链锯剑，决斗目标是从对方躯干上取得第一滴血，或是将对方制服。肢臂或是眼睛损伤，以及割伤喉咙前部也算。不穿盔甲，不带火器。"

萨夫拉克斯停顿片刻，确保两位阿斯塔特都做好了准备。他看到自己的连长兄弟正掂量着手中链锯剑的重量，调整着握姿。布林加并无进一步举动，而是蓄势待发。

"赌注是千子军团的莫特普舰长的命运。预备！"

两位阿斯塔特相互致敬，各自放平链锯剑，进入战斗姿态：布林加双手握剑，略微偏离中心；塞斯图斯低着身子，剑尖指向地面。

"开始！"

布林加一声怒吼冲向塞斯图斯，将他的愤怒化作一记肩撞。塞斯图斯猛地扭转身子，躲开了冲撞，但因为之前战斗的伤势，他行动仍有点迟缓，身侧遭到了撞击。一阵疼痛令他身体麻木，他的骨骼和头颅在震荡，但他稳住了脚跟。

塞斯图斯处于防御姿态，遭到了猛烈的打击，他的链锯剑与布林加的武器咬在了一起，尖啸不止。齿轮剥落，火星四溅。极限战士双手握剑抵挡着布林加，但太空野狼利用他的体格优势迫使塞斯图斯单膝跪在了地上。

"我们现在不是在集合大厅了，"布林加咆哮道，"我不会留情。"

"我也不需要你留情。"塞斯图斯驳斥道，将剑刃扭开，同时利用布林加的势头让他失去了平衡。

塞斯图斯迅速移入，利用这优势往低处一刺，试图擦伤布林加的躯干，令其流血，结束决斗。然而，老狼很狡猾，他剑锋一转，挡开了那一击，随后又是另一次肩撞。这一次没有了第一次的突然和猛烈，但仍然令塞斯图斯的躯体震颤不已。塞斯图斯踉踉跄跄，布林加猛地挥下武器，意欲斩掉塞斯图斯的脑袋。但塞斯图斯翻滚开来，布林加的剑刃齿轮砍入了角斗坑的金属地板中，打在了此前吞世者决斗流下的旧血迹上。

塞斯图斯翻滚起身。两位阿斯塔特决斗者之间保持着一点距离，他们绕着对方，警惕地评估着对方的力量，探寻破绽。

布林加并未久等，他一声咆哮，扑向塞斯图斯，挥起链锯剑。

塞斯图斯用剑刃迎击，两把武器相撞，支离破碎，链锯齿轮从各自的外罩中爆了出来。

布林加扔掉破碎的链锯剑柄，朝着塞斯图斯的下巴挥出一记猛烈的上勾拳，几乎打碎了塞斯图斯的下颌；第二击则如同活塞一般打破了塞斯图斯的耳朵；第三击打入了塞斯图斯的腹部，将他打飞。布林加那好斗的咕哝声变得遥远沉闷，塞斯图斯仿佛沉入了水中，正努力弄清自己的方位。

塞斯图斯隐隐意识到自己倒地了，他模糊地感觉到，自己倒在角斗坑的坚硬金属地板上时，手中握住了什么东西。

骤然间，塞斯图斯感觉自己难以呼吸，他突然意识到布林加正掐着他。奇怪的是，塞斯图斯感觉自己听到了哭泣声。他眨了眨眼，骤然清醒，并用拳头猛击布林加的前臂，同时踢向布林加的胸骨。这足以让那位太空野狼松开手。塞斯图斯一头撞向布林加的鼻子，一串鲜血和黏液流了下来。

塞斯图斯再次感觉到了身下地面有东西，他躲开了布林加的野蛮一挥，并猛击向布林加的臂下。塞斯图斯的速度不够快，没有躲开对手的反手挥击，他的侧脸挨了一下。他再次感到头晕目眩，眼前开始出现黑点，他要昏厥了。

"投降。"他低声说道，跪下身，眩晕无力，他那伸出的手中紧抓着链锯剑的齿轮，指着太空野狼的躯干。

布林加停了下来，拳头紧握，气喘吁吁，低头看向塞斯图斯指向的位置。

这位太空野狼的腹部划开了一条猩红的口子，是他对手手中小小的尖刃所为。

"躯干出血。"萨夫拉克斯宣布，语气中略带宽慰，"塞斯图斯赢了。"

第十四章

猎捕
一击
我们皆孑然一身

亚空间中，时间毫无意义。几周变成了几天，几天变成了几小时，几小时变成了几分钟。时间是流动的，能够扩张也能够收缩，能够倒转也能够停止，在这高深莫测的深渊中，虚无无垠，万物无尽。

离开了陈列馆，扎德基尔的笑声仍在身后回荡，斯克拉尔逃进了黑暗之中。

蹲伏在黑暗中，唯有狂怒深渊号的嘎吱声做伴，斯克拉尔感觉就像是过去了好几年，然而事实上可能只过了几周甚至几小时。起伏、移动、嚎叫、排放，这艘船就像是某个原始野兽，一头扎入了天界的潮流中。每个表面都在散发知觉：金属上的水汽、空气中的鲜血和油污。发电机的热量化作呼吸，鼓风炉的火焰化作愤怒与仇恨，舰体的嘎吱声则是愉悦或恼怒的沉闷呻吟。也许这种意识一直都存在，只是缺乏形体。也许火星技师们所打造的结构框架仅仅是为已有知觉的宿主提供了一个躯壳。

斯克拉尔觉得这是自己的思维因被猎捕了太久而开始变疯的前兆，偏执的细爪刺痛着他的头颅，用幻象感染着他的大脑。

在陈列馆被发现之后，他便潜入了地下，在狂怒深渊号的内部电路系统中探索，试图生存。驱使他的并非懦弱，这种情感对于阿斯塔特而言如同诅咒：一位吞世者不会有这样的情感。恐惧对他们而言毫无意义。不，这是出于一种渴望，渴望重组、计划并达成某种不引人注目又能有所影响的小规模破坏。在这片热火之中，他经过了钢铁拱道、震动的巨大引擎，以及电缆森林，这些电缆十分粗厚，他不得不用链锯斧砍过去。他正是在这个制造地狱中找到了庇护。

下层甲板遍布骸骨，被活塞压成了灰，但有些仍然完好。这些是在狂怒深渊号诞生时被遗忘的死者，或是被吸入了机器，或是迷失在了舰船的迷宫深处，渴死，饿死。

在他逃入这片坩埚的同时，斯克拉尔看到了很多东西。黑暗还有热浪和无尽的工业喧嚣在玩弄着他。灼热的双眼会注视着这位吞世者，随后又会融入墙中。一幅场景在他面前展开，边缘探入黑暗：这是一片由血腥肋骨和骸骨宫殿组成的庞大土地，软骨堆积如山，荡漾的肌肉平原中开凿的迷宫。人形生物在鲜血河流中翩翩起舞，整个世界随着古老的呼吸上下起伏。

随后这幅场景消失，黑暗取而代之，于是他继续前行。

在这灼热的深渊中，斯克拉尔得以喘息片刻。

他的孤独冥想可能持续了好几天，他倾听着舰船上下颠簸的声音，整理着自己的思绪和决心，避免屈服于疯狂。幽暗之中，斯克拉尔听不到通信，感觉不到追踪他的巡逻队，也不知道他是否仍在遭到猎捕。

斯克拉尔缩在一个刚好能容纳下他的动力盔甲的狭窄空间中，周围是一团管道和电缆。这位吞世者猛地清醒过来，他的主动睡眠状态解除了，斯克拉尔意识到前方导管中出现了一个阴影。有人来了。

仆工的经过并非不同寻常，但也很少见。斯克拉尔曾在他们维护舰船时听过他们可悲的呜咽声，并对此十分反感。真是一群可怜鬼！他得耗费很大的决心才不会冲出隐蔽处，把他们像牲畜一般屠宰掉，否则就会引起警报，并引发新一轮猎捕。他需要思考，计划自己的下一步。斯克拉尔不具有基里曼或是多恩之子的战术敏锐性，他是一个纯粹的战争工具，残忍又高效。然而他现在需要一项策略，为此他需要时间。先存活，然后破坏，这是他的咒语。

这个信条随着那个阴影化作虚无。这次不是仆工，他既没有呜咽，也没有号叫，更没有哭泣，他静默无声。这是别的东西，踏在金属上的巨大脚步声回响着，正在搜寻斯克拉尔。斯克拉尔从狭窄的空间中抽出身，融入黑暗中，他看向身后逐渐积聚的幽暗，继续深入狂怒深渊号。

"他们一直紧跟着我们，大人。"雷斯基尔说道，他正注视着拳套中导航者埃斯西姆娅的报告。

扎德基尔对愤怒号继续跟踪他们进入亚空间这件事的态度很乐观，他注视着舰船星语团室墙上的潦草字迹。

这是一个简朴的房间，里面没有什么显眼的装饰，只有一张窄窄的小床，一个用于写作的简朴讲台。在这里，功能至上。

"伏索里克与我们同在，"他道出了那个古老生物的名字，对他们订立的契约满怀信心，"一旦他现身，伪帝的走卒就会认识到这场追击的愚蠢。迄今为止，他们遭遇的恐怖与伏索里克造访时的折磨相比不值一提。"

"是，大人。"雷斯基尔谦卑地说道。

"我们必定会完成任务，雷斯基尔，"扎德基尔继续说道，"正如此人注定会为此牺牲。"舰队司令翻过一具星语者的死尸。那具尸体躺在房间中央的一摊血泊中，那是一副女性的面孔，却在沉重的恐惧和痛苦中龇牙咧嘴，难以辨别，坑一般的眼窝中是黑色空洞的眼球。

即便是对于那些称亚空间为盟友的人而言，通信也很困难，狂怒深渊号星语团的信息愈发不可靠，难以识别。然而，扎德基尔在占卜方面颇有些技巧，他在死去星语者的符号译文中仔细解构着微妙的含义、细微变化的感觉与语境。

"有什么进展吗？"雷斯基尔问道。

"也许吧。"扎德基尔说道，感觉到了指挥士官声音中绝望的语气，"一旦我们抵达马库拉格星系，我们就不再需要他们了，"他补充道，"你无须害怕我们会在非物质界中盲目挣扎，雷斯基尔。"

"我无所畏惧，大人。"雷斯基尔断言，他挺直了身，表情严肃。

"那是当然，"扎德基尔平静地回答道，"也许除了我们的侵入者，你的内心仍然对安格隆之子怀有恐惧吗？你对我们往昔兄弟的怒火所造成的刺痛仍然记忆犹新吗？"

雷斯基尔几乎下意识地抬起了他的拳套，放在粗糙的脸颊修复物上，但随后又缩回了手，仿佛突然被烫伤。

"这便是那个侵入者仍在这艘船上四处游荡的原因吗？"扎德基尔逼问道。

"我们控制住他了，"雷斯基尔咆哮道，"要是他现身，我会知道的，我会亲自把他的脑袋刺在尖钉上！"

扎德基尔在墙上密集潦草的字迹中找出了一个形状，刻意无视了指挥士官迸发的激情。

"这儿。"他嘶哑地说道，终于找到了他所找寻的含义。

那位星语者用她的鲜血写下了这条信息，符号日志的羊皮纸页上已经写满了猩红色的数据，并飘散到了房间地板上，如同血腥的叶子。

"这个王冠是寇其斯，"扎德基尔说道，指着一个脏污的图符，"这些附属标记表明这项命令来自一位军团高官。"他补充道，戴着拳套的手扫过一连串雷斯基尔无法理解的符号。

星语者鲜少通过文字或是语句交流；相反，他们有着广泛的符号目录，这样更容易进行灵能传输。每一个符号都有其含义，符号越多就越发复杂。怀言者舰队有自己的密码，这个王冠以寇其斯王冠作为原型，代表着军团的家园世界以及军团的领导层。

"两只眼，一只目盲，"扎德基尔说道，"那是科尔·法伦的战团。"

"他对我们有所要求？"雷斯基尔问道。

扎德基尔从这团血污中找出了另一个符号，大部分符号是从无脑图像和不合逻辑的胡言中迸出的清晰诗句，这是一条盘绕的蛇——考斯星系的抽象几何代码。

"他的侦察兵确认了极限战士正在考斯集结，"扎德基尔回答道，"所有人，只有少数象征性的荣誉卫队不在场。"

"那么我们将一举消灭他们。"指挥士官自信地说道。

"正如真言所述，兄弟。"扎德基尔回答道，从这团潦草字迹中抬起头，露出一丝苦笑。他检查完了星语者的信息，并擦掉拳套上干涸的血迹。

"一切都已准备就绪。"他自言自语，想象着他们的凯旋荣光，以及他，扎德基尔，所能赢得的赞誉，"汝之真言，定能实现。"

塞斯图斯利用训练和冥想来打发时间，部分是为了让自己的大脑在愤怒号穿越亚空间时不要闲着，但同样也是为了在与布林加的残酷决斗后修复身体。

在战斗期间，有什么东西占据了那位太空野狼的身体，塞斯图斯在布林加的每一道打击中都感受到了，也在他的每一声战吼中听到了。它与亚空间掠食者占据火刃号舰员形体时的感觉变化不同。不，这是某种并非只存在于瞬息间，而是更具本质性的东西，仿佛组成黎曼·鲁斯军团的部分基因编码以某种方式暴露了出来，脱离了控制。

原始的野蛮，这便是塞斯图斯的感觉，那位太空野狼的面容上流露出了一股动物般的嗜血倾向。与亚空间有关？塞斯图斯一直能感受到亚空间的存在。显然，舰员们也是，但他们受到的影响似乎更大。过去几周，武装兵巡逻队的数量翻了一番。巡逻队的轮班也增加了，延长了暴露在亚空间中的时间，而即便是在愤怒号完整力场的保护泡中，人们也遭受着亚空间的伤害。

在光矛甲板的袭击之后，发生了十七例与亚空间有关的死亡事件，而整个光矛甲板在那场恐怖袭击之后便被熔接封闭了。无论如何，在与怀言者舰船交战时遭受的损害已经使得那些武器系统无法运作，而愤怒号上无人愿意再次踏足那些血腥的大厅。随着亚空间引发的精神病症状逐渐显现，自杀和表面上的意外事故变得很常见，有个水兵甚至遭到了谋杀，而行凶者仍然在逃。

至于狂怒深渊号上，则没什么太大的征兆。它继续穿行于天界之中，并不介意愤怒号的跟随。塞斯图斯并不喜欢这份平静，因为麻烦总是会随之而来。

塞斯图斯连长的一侧太阳穴感到一阵刺痛，他在痛苦中咧起了嘴。

"您似乎心事重重，大人。"萨夫拉克斯说道，在塞斯图斯对面以战斗姿态伫立着。他以内行的精准手法挥舞着格斗棍棒，同时环绕连长。

两位阿斯塔特在舰上健身房中面对着彼此，穿着马裤和松散的背心，进行日常的训练仪式。依照惯例，格斗棍棒是当前这一节的武器选择。

塞斯图斯的身体已经因掌旗手的十几轮精确打击而青肿麻木。萨夫拉克斯是对的，他的心思在别处，仍在角斗坑中面对着布林加。

"要不，我们换成木剑？"萨夫拉克斯提议，朝着一个武器机仆手中的一对短木剑示意，那个机仆的正面胸甲就像是挂架，上面挂着许多训练武器。

塞斯图斯摇了摇头，做出作战手势，表示他已经训练够了。

"今天差不多了。"他说道，放下棍棒，伸手拿过一个军团奴仆递来的毛巾，擦拭自己裸露的胳膊和脖子。

"我不喜欢这样，萨夫拉克斯。"他坦承，并将格斗武器递给接近的机仆。

"您对训练纲要不满意？"掌旗手问道，不像安蒂吉斯，他无法看透连长话语中深层次的含义。

"不，兄弟，是这份平静令我烦恼。我们几乎没有从狂怒深渊号上看到任何威慑手段，已经快两周了，至少在这糟糕的天界中，我能感觉到差不多过了两周。"

"与其说是烦恼的原因，这难道不是个利好吗？"萨夫拉克斯问道，他开始一系列拉伸运动，放松格斗后的肌肉。

"不，我不这么认为。马库拉格愈发接近，而我们似乎愈发难以找到阻止怀言者的方法。我甚至不知道他们的计划，该死的莫特普在昏迷中。"塞斯图斯停下自己的动作，看向萨夫拉克斯的双眼，"我有点失去希望了，兄弟。我内里部分相信，他们之所以不再试图消灭我们，是因为他们不需要这么做，我们已经不再对他们的任务构成显著威胁，如果我们有过的话。"

"相信帝皇的力量，连长。相信帝皇，我们方能取胜。"那位掌旗手热切地说道。

塞斯图斯深深叹了口气，感觉肩上担子很重。

"你说得没错，"塞斯图斯说道，萨夫拉克斯也许没有安蒂吉斯那样的直觉和共情能力，但他那严厉的务实思想是疑虑之海中不可动摇的岩石，"谢谢你，萨夫拉克斯。"他补充道，用手拍了拍掌旗手的肩膀，点头回应。

塞斯图斯脱下了浸满汗水的背心，并穿上了长袍，走过健身房，前往前厅，军团的军械奴仆正在那里等候着他。

"如果您没其他事的话，连长，我就继续我的日常训练了。"掌旗手说道。

"好吧，萨夫拉克斯，"塞斯图斯回答道，仍然很忧愁，"我得去见另一个人了。"他低声自语。

布林加一屁股坐在卡明丝卡少将提供给他的营舍中。他孑然一身，周围都是空空的麦芽酒桶，血爪们待在各自的营舍中，高声打着嗝。在输掉荣誉决斗后，他来到了这里，一言不发，也不理会太空野狼同袍们的任何安抚之语。这位老狼的态度很明显，他想要一个人待着。但不是所有人都明白这一点。

布林加在他的忧思中抬起头，看到塞斯图斯走进了昏暗的房间。

"狼蜜酒都喝完了。"他含糊地说道，尽管这位太空野狼有预置胃和鲕粒肾在共同发挥作用，但他仍然醉得不轻。这种原产自芬里斯的饮料，其酿造目的便是提供能战胜阿斯塔特基因强化体格处理能力的毒素，尽管只是暂时的。

"我就不用了，朋友。"塞斯图斯回答道，带着嘲弄般的亲切语气，尽管他仍忧虑不安。

布林加咕哝着，起身踢翻了一个空空的大啤酒杯。这位老狼脱掉了盔甲，只穿着毛皮和粗糙的灰色长袍。魔符和符文护身符在他多毛的胸脯前碰撞作响，链锯齿轮的伤痕仍然清晰可见，尽管已经痊愈。

"你看起来恢复得不错，极限战士。"这位狼卫怒气冲冲地咕哝着。尽管在亚空间中航行了好几个小时，布林加的好战也丝毫未减。

实际上，尽管塞斯图斯体内的拉瑞曼细胞正以极快的速度加速痊愈过程，但他的下巴和腹部仍然感到疼痛。他只是点点头，无意流露自己的不适。

"现在都结束了，"他说道，"你是一位值得尊敬的战士，布林加。更重要的是，你是我的朋友。我知道你会尊重决斗的结果。"

那位太空野狼正四处找寻着更多麦芽酒来喝，他停下来，用仍然完好的那只眼睛盯着塞斯图斯。他低声咆哮，刹那间，塞斯图斯以为布林加会挑起又一场打斗，但随后他放松了下来，发出一声刺耳的叹息。

"啊，我会遵守承诺的，但我警告你，利西马科斯·塞斯图斯，我不会与亚空间弄潮儿打交道。让他远离我，否则我会用刀刃砍下那巫师的舌头，"他做出承诺，靠近身，胡子的沙沙声是这位太空野狼嘴巴在动的唯一迹象，"如果你再挡我的道，那就不会再以荣誉决斗来决定他的命运。"

塞斯图斯踌躇了片刻，表情严厉地面对布林加的激烈言辞。

"好吧，"塞斯图斯回答，随后又补充道，"我需要你投入这场战斗，布林加。我需要你的武力，以及你的钢铁勇气。"

那位老狼嗤之以鼻，神情略显轻蔑。

"但不需要我的忠告，嗯？"

塞斯图斯正准备回嘴，布林加继续说道："你有我的武力，也有我的勇气，够了。"他朝着塞斯图斯挥了挥手又说："现在，别管我了。我相信这儿应该还有喝的。"

塞斯图斯深吸了一口气，转过了身。没错，布林加会投入战斗，极限战士拥有布林加的支持，但他所失更甚——一个朋友。

塞斯图斯没有多少时间来为与布林加友谊的终结而感到惋惜，他前往舰桥，在愤怒号的一个走廊中，他的颈甲接收终端收到了一条信息，噼啪作响。

"塞斯图斯连长。"卡明丝卡少将的声音传来。

"请讲，少将，这里是塞斯图斯。"

"您需要立刻前往隔离室。"她说道。

"什么事，少将？"塞斯图斯回答道，对少将的简洁言语流露出了一丝恼怒。

"莫特普大人醒了。"

塞斯图斯一离开，布林加便找到了最后一桶狼蜜酒，并开始狂饮，他的胡子上沾满了泡沫和液体。他对那个千子的苏醒并不在意，他忧郁地坐在那里，亚空间航行对他的影响比他想象的要大。

一片阴霾占据了他的视野，他能够闻到寒冷的芬里斯海洋的味道，听到海浪拍打的声音。

布林加用手背擦了擦眼睛，想起自己站在崎岖的冰川上，手中只有一把燧石刀，穿着一条遮羞腰布的场景。

这不是惩罚，他回忆了起来，认出了过去的这个地方，这是奖赏。唯有最坚忍不拔的芬里斯年轻人才能够参与这场试炼。这被称为"初血试炼"，但太空野狼很少谈论这场试炼，它也不太需要一个名字。

面对芬里斯冬天的凄凉白夜，布林加找到了一个早已死去的冰雪掠食者的骸骨，并将之固定在他的刀上，组成了一把矛。他耐心潜行，跟随着猎物在冰原上留下的踪迹。

在布林加杀死那头猎物的过程中，猎物发起了一场激战。芬里斯最温顺的生物也是愤怒的怪物。在吃掉猎物的肉体后，他剥了猎物的皮，并将那张皮当作斗篷披在身上，仿佛那只野兽的部分精华仍然存活在他身上。没有那只野兽的毛皮和肉体，他活不过第一个晚上。随后，他将那只野兽的骸骨削尖成更多的刀刃，以防自己的刀遗失。他用其肌腱编织出了一根线，用其内耳的一小块骨头做了一个钩，来钓海里的鱼。他将那只野兽的腭骨劈成了两半，用作棍棒。

布林加朝着狼牙堡一路跋涉，利用冬天太阳的微光照亮他的路，走下冰川。在这片剃刀般崎岖的破碎之地上，冰雪崩塌令他掉入了一个镰齿兽的兽穴，他用自己的腭骨棍棒一路杀死了满身鳞片的掠食者。他继续前进，一只寒霜猞猁伏击了他，但他将那只扭动的猞猁摔在了地上，咬破了其喉咙，自己也浑身是血。这趟旅途很漫长。他扔出一把骨刀，杀死了一只天刃鹰。他翻山越岭。

终于，当他看到前方狼牙堡的大门时，布林加明白了初血试炼所给予他的教诲。这并非关乎生存，或是战斗，或是要求阿斯塔特具备的决心。任何坚持到初血试炼的未来的太空野狼都已经展现出了这些技艺和品格。初血试炼所要传递的信息更难习得。

"我们皆孑然一身。"布林加低语道，喝光了最后的狼蜜酒。

他的思绪又回到了初血试炼。他想起了那只出现在他前路悬崖上的毛发蓬乱的巨大黑狼。那头狼注视了他很长时间，他知道那是一个狼人——神话中的掠食者，据说生于芬里斯的大地，专门剔除那些弱者。那个狼人并未接近他，但布林加感觉到那狼人的眼睛注视了他许多天。他好奇它的目光是否离开过他。

那个狼人现在正坐在他面前，黑色的眼睛注视着布林加。布林加迎上其目光，看到自己的脸庞映射在那只野兽的瞳孔中。

"你孑然一身，"他说道，"我们都是群体动物，但那只是……那只是表面。我们依附于群体，因为如若不这样，那么军团也将不复存在。我们皆孑然一身，所有人都是。这艘该死的船上也别无他人。"

那个狼人并未回答。

"只有你和我。"布林加沙哑地说道。

那个狼人摇了摇身子，仿佛狗在甩干皮毛。他高声咆哮，四肢趴在地上，大小有如一匹马，脑袋与太空野狼齐平。

那个狼人低下头，用下巴从地上捡起了某个东西。它轻甩脑袋，将之扔到布林加脚边。

那是一把爆矢枪，手柄上装着布林加在初血试炼后抵达狼牙堡时带着的骨刀碎片。他的鱼钩挂在枪末端的一根动物肌腱做成的皮带上。天刃鹰的利爪和寒霜猞猁的牙齿装饰着这把武器，复杂精细的镶嵌图案描绘着芬里斯雪白冬季中的一匹黑狼。

"啊，"布林加说道，他捡起那把武器，"原来在这里。"

命运是潜在的现实和可能的未来相互交织而形成的线网，可能性在分叉的线条和悖论中流动。命运并非固定的，它纯粹作为一系列结果而存在，即便是极小的行动，也会产生后果和影响。

莫特普在他的精神中注视着无数条命运之线。他专注于寂静的隔离室中的慰藉，幻象自发地涌入他的脑海。光辉的权力之山在他面前升起，星系在远方翻腾，无尽的银河中尽是燃烧的光点，无垠的现实层掉落下来，每一层都充满了生命。莫特普看到无尽的城市如雨后春笋般涌出，然后又再次凋零，被比普罗斯佩罗更伟大的尖塔所取代。莫特普的记忆展现于天际，化作整个世界。

他完全进入了冥想催眠状态，看到了宏伟的帝皇皇宫，金色的城墙在泰拉的太阳之下光彩照人。他看到金碧辉煌的大厦被拆毁，炮铜钢铁取代了艺术装饰。皇宫成了一座要塞，火炮如同黑色的手指，指着从天空中燃烧着降落的敌人。积土和鲜血沾染了其光辉。军团相争，同室操戈，变幻不定的怪兽在其邪恶主子的命令下冲出黑暗。

战争机器在天空中翱翔，它们这些伟岸的存在遮蔽了烟雾弥漫的太阳。武器轰鸣，被鲜血浸染的天空电闪雷鸣。笑声响彻天际，人类帝皇望向天空，阴影遮蔽了猩红色的地平线。耀眼的光芒烧灼着莫特普的虹膜，如同爆炸的恒星一般闪耀。当他回过头时，战场消失了，帝皇也不见了。剩下的只有隔离室，以及飘出莫特普意识的意念的回响。

"你好，塞斯图斯。"他说道，注意到那位极限战士来到了房间中，同时掩盖住自己在命运催眠状态之后的迷茫和不安。

"很高兴你还与我们同在，兄弟。"塞斯图斯说道，他之前一直站在门口，但现在走进了房间，站到了莫特普的面前。

莫特普转过头面对着塞斯图斯，略微颔首。

"我看你还是不想好好招待我。"

在这位千子苏醒之前，塞斯图斯便下令，一旦莫特普醒来并确认有了生命迹象后，就立刻把他带到隔离室。塞斯图斯现在对于莫特普的能力已不再怀疑，这意味着他已经违抗了尼凯亚敕令，意味着他连通了亚空间。至于亚空间是否可以为他所用，或者是否应切断亚空间，塞斯图斯尚不明确。

"你来了解我从奥蒂斯兄弟那里搜集的信息。"莫特普陈述道，很乐意引导这场交谈。

塞斯图斯觉得他的预知能力令人不安。

"别担心，塞斯图斯，我没有试探你的精神，"那位千子感觉到了他的阿斯塔特兄弟的不安，于是补充道，"还有什么原因会让你如此急迫地来到我身边？"

"奥蒂斯，这是他的名字？"

"没错。"莫特普回答道，他摊开长袍，坐在房间内的床铺上。他的阿斯塔特盔甲在医疗舱中时就已经脱下，与他的其他装备一起被放在那里。然而，塞斯图斯注意到，莫特普仍然戴着那个圣甲虫耳环，在房间的灯光下，那个耳环在他的兜帽深处闪闪发光，而莫特普在整场交流中一直都戴着兜帽。

"你还了解到了什么？怀言者有何计划？"

"福马斯卡是一切开始的地方。"莫特普简单地回答道。

塞斯图斯露出难以置信的神情。

"马库拉格的第二颗卫星。那是一块荒凉的石头，上面什么也没有。"

"恰恰相反，极限战士，"莫特普反驳道，同时低下头，"一切都在福马斯卡上。"

"我不明白。"塞斯图斯说道。

莫特普抬起头，他的双眼闪着猩红色的火焰。"那么让我来展示给你看。"他说道，塞斯图斯向后一缩，莫特普则向前一跃，摊开的手掌抓住了极限战士的脑袋。

第十五章

亵渎

交心

死亡幻象

斯克拉尔冲过黑暗和热浪,他现在正往上走,利用管道和任何能够利用的手段隐藏他爬上狂怒深渊号甲板的踪迹。令人难以置信的是,他最终来到了他几周前逃离并抛下安蒂吉斯让他等死的地方。斯克拉尔回到了那个神殿。

斯克拉尔也找到了安蒂吉斯的遗骸。

安蒂吉斯身着盔甲,暗蓝色的陶钢几乎被红色的鲜血所覆盖,斯克拉尔只能通过其战团标志认出这是安蒂吉斯。他现在只剩下一堆残肢了,面前这个盖着棺罩、由沉默的侍从照料的尸体几乎难以辨认。

斯克拉尔听说过,一些野蛮世界的居民会肢解他们的敌人,或是将人类献祭给他们的异教神。吞世者有他们自己的战士传统,其中大多很血腥,但与他在野蛮人那里见过的宗教残尸相比不值一提。看到阿斯塔特,特别是自诩具有智慧的怀言者做出这样的行径,斯克拉尔感到震惊,就像当初看到狂怒深渊号倒戈,向帝国舰队发难一样。

银河变化得如此之快。扎德基尔许多天前在陈列馆所说的话语还在他的脑海中回荡。

斯克拉尔看到有阿斯塔特进入了房间,他缩入阴影深处。他认出了一个战士,他早前逃离时在神殿中与他战斗过的。看到那个怀言者的脸庞上附着金属部件,他感到满意,那正是他之前打破的下巴和颧骨。

一位身着黑甲的牧师伴随着那个战士雷斯基尔。那位牧师是军团的煽动家,他戴着骷髅样式的战斗头盔,呼吸器连接着颈甲,同时还拿着一把牧杖,那是他职位的象征。

雷斯基尔默默地给侍从们下了命令。那些侍从仿佛出于直觉般明白了命令,他们简单鞠了个躬,将安蒂吉斯的遗骸抬到钢铁棺罩上。他们合力将安蒂吉斯抬到肩上，并在牧师的带领下离开了房间。

雷斯基尔在他们身后逗留了片刻，探查着阴影，有那么一瞬间，斯克拉尔以为自己被发现了，但那位怀言者最终转过了身，跟随着尸骸离去。

斯克拉尔放松了紧握链锯斧的手，跟上了他们。

斯克拉尔保持着一定距离跟随敌人，沿着一条排布着雕像的道路走去，他猜测这条路通往舰艏。他此前曾在这艘船的前部区域行进，但他更偏好于隐藏在艉部引擎甲板的工业混乱之中，然而，为了更进一步地了解敌人，这值得冒险。斯克拉尔继续追踪，发现自己来到了黑暗之中，周围只有壁龛中的烛光。

斯克拉尔专心致志地观察着，他看到那几个抬棺者正对着一扇防爆门祈祷——确切的言语难以听清，但他们的崇敬态度显而易见——随后他们步入了那个昏暗的房间。

斯克拉尔利用阴影作为隐蔽，潜入了房间。随着他的深入，他意识到这是一个解剖室。一张外科手术桌占据了房间中央，周围环绕着一排排座位，却空无一人。无论这里进行着怎样的仪式或实验，他们都是在暗地里实施的。

那位牧师的盔甲上穿着黑边法衣，他示意侍从们上前。

这些卑劣的家伙身着长袍，弓腰驼背，他们一齐鬼鬼祟祟地走到桌前。轻柔的嘶嘶耳语刺透了寂静，他们拿起安蒂吉斯尸骸的各个部分，放在了手术桌上。看到如此可憎的亵渎行为，斯克拉尔感到作呕，他怒火中烧。他被以这样的方式肢解，安蒂吉斯仿佛只是待拆的机器，只是屠夫砧板上待宰的肉。

一阵寒冷抑制住了斯克拉尔内心的怒火，仿佛他的血液被抽干，并用冰取而代之。那感觉就像是一层尘埃覆盖在了他的身上，令他骤然窒息。

斯克拉尔干过可怕的事情——洗劫斯科拉姆格勒，焚灭埃塞利昂舰队，让许多无辜者丧命于此，甚至在巴卡三星，他也曾为了平息自己的杀戮欲而残忍屠戮，但如今的场面有所不同。他们这是蓄意地精确、系统化且仪式化地肢解另一位阿斯塔特，如此富于侵略性，如此根本上的破坏，安蒂吉斯的精髓将会永远迷失。他不再像所有战士一样拥有荣誉，战死沙场——那样至少还有尊严。不，这是失常的行径，无情又可怕。想到一位阿斯塔特同袍被一位战斗兄弟如此羞辱……斯克拉尔要调动全部决心才能克制住自己介入，并为如此玷污行径杀光他们所有人的冲动。

那位牧师走上前，靠近手术桌，侍从们顺从地后退，牧师则拾起了安蒂吉斯的一只胳膊，检查着。

"没有头？"他问道，放下那只胳膊，转过身面对他的怀言者同袍。

"伏索里克需要头。"雷斯基尔回答道。

"我明白了，现在我们全知全能的主上要求我们束缚这具尸体，以博得亚空间的更多关注。"那位牧师的语气近乎轻蔑。

"注意你的措辞，伊克萨隆，"雷斯基尔厉声说道，"你要搞清楚谁才是这艘船的主人。"

"冷静，马屁精。"牧师伊克萨隆的回嘴化作咆哮，"你的忠诚众所周知，你的野心也一样。"

雷斯基尔正准备回应，却被打断了。

"住口！在你谈及谁是主子时，想想那些被抛弃在巴卡三星之人的命运，想想奥蒂斯。在这个地方，"他说道，摊开手臂，面向整个恐怖的手术室，"是你在求我。扎德基尔的干瘪星语者已经利用机会与伏索里克订立了契约，现在我会在剩下的遗骸中尽力占卜。别再说话了，我需要专注，你在考验我的耐心，雷斯基尔。"

雷斯基尔被这番激愤言语震慑住了，他退回了阴影中，让牧师工作。

斯克拉尔怀着令人憎恶的满足感观察着，但也对怀言者队伍中明显的不和感到好奇。

"战士之手，"伊克萨隆说道，戴着拳套的手指划过安蒂吉斯的手掌，他继续着病态的检查，"强大又极具直觉，但我需要更多信息。"牧师朝着这位前极限战士的躯干示意，"划开他。"

牧师在查看那个器官，它看起来像是鲕粒肾，或者是生食器。伊克萨隆冷酷地注视着那个器官，随后将之放下。他继续他的仪式……

"马库拉格毫无怀疑，"他嘶声道，努力从中获取含义，他用一根手指划过血污，补充道，"这里，是我们的路径，前路宽广。"

"考斯呢？"雷斯基尔在黑暗中问道。

"不明，"伊克萨隆回答道，"科尔·法伦并无障碍，除了他自己制造的。"牧师再次看向安蒂吉斯打开的胸膛，"第三肺上有血脉。那里代表着基里曼，他仅仅是一个人，一个对他的命运一无所知的人，而非原体。"伊克萨隆的声音中满怀恶意。

牧师看向更深处，目光停留在安蒂吉斯的一颗心脏上片刻，随后他突然抬起头。

"有人！"他咆哮道。

雷斯基尔举起了爆矢枪，做好准备，并朝着颈甲中的应答器吼道。

"在解剖室里，快！"

四个怀言者冲进了房间，拔出了武器。

"散开，"雷斯基尔吼道，"找到他！"

斯克拉尔退出了房间，冲回他来时的路，并离开了烛光闪烁的道路，他踢开了一个维护门，落入了混杂的电线与电路中。他一路向前冲，用舰船本身来隐藏自己。他想要感受愤怒，那会让他感到舒适，但他无法获得这种情感。他只感到麻木。

幻象侵入塞斯图斯的脑海，他感觉到一切有形的现实都在他的周围崩塌。骤然间，他悬浮于现实空间深处，福马斯卡在下方旋转着，其漫长的轨道清晰可见。银色的鱼雷突然击中了这颗卫星表面的关键点，微小的爆炸清晰可见，冲击波以毁灭性的力量缓缓荡漾开来。塞斯图斯看到了卫星地壳上出现的小小裂口，并逐渐扩大为巨大的裂隙，如同参差不齐的大嘴。福马斯卡在闪烁震动，仿佛一颗跳动的心脏在释放出最后一次不可阻挡的脉动。这颗卫星爆炸了。

在一阵阵冲击波中，残骸四散开来，微小的小行星在附近马库拉格的大气层中焚灭。悬在行星上层大气的一支舰队被摧毁了。令人不可思议的是，塞斯图斯听到了下方家园世界上居民的尖叫声，福马斯卡的死亡残骸化作过热的岩石，倾泻而下。

有什么东西在残骸场中移动，没有被马库拉格地表轰鸣的防御激光炮发现。那个黑暗的影子愈发逼近，突破了行星的大气层。视野中的画面变为了工业巢都，一阵气云在街道上翻腾开来，吞没了尖叫的人群。

画面再次改变了，显示出其他舰船，那是远征军的伟大舰船，位于考斯的轨道上，被一阵游离的流星雨所击中。塞斯图斯在惊骇中看着那些舰船在这场风暴中支离破碎，他军团的艺术化"U"字熊熊燃烧。流星雨击中了考斯，穿透了行星大气层，他的战斗兄弟们正在下方集结。塞斯图斯在痛苦中呼号着，带着无能为力的狂怒，朝着永远也听不见的原体和兄弟高呼着绝望的警告。

景象又变了，现实空间的虚空变成了金属。塞斯图斯仿佛在以亚音速飞行，他穿过一艘船的隧道和房间，穿过管道，掠过拥挤的发电机，越过庞大的等离子引擎之火，最终来到了一个军械甲板。看似无害地摆在一堆军火弹药之中的，是一个致命的弹头。不知怎的，他立刻就知道那是一枚病毒鱼雷，是马库拉格的死刑生效执行令。

一个世界的杀手——

它出现在了塞斯图斯的脑海中，奚落他，刺激他。

塞斯图斯朝着这股末日预感、这般深不可测的绝望怒叱，他高声咆哮，喊出他想到的唯一能抵御这种感觉的名字：

"基里曼！"

塞斯图斯回到了隔离室，看到莫特普坐在他的对面。那位千子面色憔悴，浑身是汗。

随着记忆恢复，塞斯图斯跟跄着后退，艰难地从枪套中抽出他的爆矢枪，摇摇晃晃地指着莫特普。

"你对我做了什么？"他嘶声说道，摇了摇头，努力摆脱那些飘浮不散的画面和感觉。

"我向你展示了真相，"莫特普气喘吁吁，靠在房间的墙上，"通过与你分享我的记忆，奥蒂斯的记忆。这与生食器没有什么区别，尽管对记忆的吸收是通过灵能而非生物层面进行的。"

塞斯图斯仍然瞄准着那位千子。

"这是真的吗？"他问道，"我所目睹的，是真的吗？"同时，他收起爆矢枪，抓住了莫特普的喉咙。

"是的。"那位千子哽咽着啐道。

塞斯图斯紧抓着他良久，想着自己也许会掐死这位阿斯塔特同袍。塞斯图斯深深呼了口气，放开了莫特普。那位千子弯下腰，咳嗽着，同时吸气，揉着喉咙。

"他们的计划并非进攻考斯，或是摧毁马库拉格。他们想要征服两者，并让军团屈服，否则，他们将彻底击垮军团。"塞斯图斯说道，思绪与恐惧如若泉涌。

莫特普抬起头望着这位狂乱的极限战士，点了点头。

"而福马斯卡的毁灭便是一切的开始。"

"那艘船，"塞斯图斯谨慎地说道，开始平静下来，"那是狂怒深渊号，对吧？而那个病毒弹头则是用来灭绝马库拉格人民的。"

"你看到的正是我所看到的，也是奥蒂斯所了解的。"莫特普确认道，他重新恢复了镇定，坐直了身。

塞斯图斯目光迷离，他正努力领会自己所了解到的一切，并克制着侵入性的灵能体验导致的呕吐的冲动。他回头望向莫特普，流露出怀疑的神色。

"你为何在此，莫特普？我是说，你来此的真实原因是什么？"

那位千子盯着塞斯图斯片刻，随后拉下了他的兜帽，深深叹了口气。

"我目睹了命运之线，极限战士。早在我们与狂怒深渊号接触之前，在我们还在范吉利斯上时，我就知道，我的命运与这艘船相连，这项任务，你的任务，很重要。"

"我的军团遭受着灵能突变的诅咒，但我们的原体马格努斯教导我们利用它，与亚空间交心，并将之打造为真正的力量。"莫特普并未理会在他谈及天界时塞斯图斯脸上渐生的厌恶，他继续说道，"尼凯亚并非一场会议，极限战士。那是一场审判，不只是针对我的原体马格努斯，而是针对整个千子军团。帝皇的敕令让他受到了伤害，就像是父亲的反对和惩罚伤害到孩子一样。"

"我在范吉利斯上告诉你，我希望提升我军团在基里曼之子眼中的声誉，这在一定程度上是真的。我只是想要打开你的双眼，让你看到灵能的潜力，以及这是一项怎样的恩赐，它是一件可以用于抵御敌人的触手可及的武器。"

面对莫特普的热情论说，塞斯图斯面色严峻。

"你在光矛甲板上拯救了我们所有人，"塞斯图斯说道，"也许在我们与火刃号作战时你也是这么做的。但是，你的野心过于膨胀了，莫特普。我制止了布林加，但从此刻起，你要留在隔离室中。如果我们取得了成功，抵达了马库拉格或是其他某个帝国据点，你会在那里接受审判，决定你的命运。"

塞斯图斯站起来转过身，在他准备离开房间时，他停下了。

"如果你再像那样入侵我的大脑，我会亲自处决你。"他补充道，然后离开了，房门在他身后滑上。

"你的大脑何其狭隘，"莫特普嘶声说道，目光聚焦于反光的房间墙壁，"你对未来是何其无知。"

第十六章

舰队
科尔·法伦
风暴爆发

"那,"奥卡杜斯说道,"便是马库拉格。"

导航者收到了来自少将的指示,在他们航行于亚空间中时,他应该就他们的进程进行例行报告。尽管天界透镜依然模糊,但极限战士家园世界的出现值得注意,因此他唤来了少将。

观测舱和舰桥位于愤怒号的同一层甲板上,距离很近。这个房间通常是用于正式集会的,土星舰队的军官们能在此一同处理公事,这里巨大的透明穹顶所呈现的太空视野能营造出庄严感。当然,在亚空间中,这里是严格禁止进入的,观察眼也是处于永久关闭的状态。

观察眼现在打开了,但穹顶仍然拥有大型过滤器,将除了最常规的光波长以外的一切都阻挡在观测舱外。

卡明丝卡少将在导航者面前转过身,顺着奥卡杜斯的目光,望向镜面外奥卡杜斯所看到的一层阴霾。即便有过滤,看向亚空间对于她而言也相当危险。

"如果你能像我一样看见虚空中的奇观就好了,"奥卡杜斯嘶声说道,语气中满怀敬意,"那些有相应能力之人,才能看到银河的美。"

"我很高兴我看不到。"卡明丝卡说道。她透过过滤器和镜面反射看到的景象极其扭曲,但她能看出悬在舰船上方的一块新月状光团。尽管并没有参考依据,但她仍感受到了距离的遥远。

"马库拉格,"奥卡杜斯低语道,"看看它是何等闪耀,那是这片深渊中最明亮的星座。那些在其地表辛勤劳作的灵魂,他们的生命火花熠熠生辉。奥特拉玛是这整个星域中人口最密集的星系,其公民生气勃勃,充满希望。那便是我所说的美。那是一座灯塔,在恶毒又凄凉的天界潮流中闪闪发光。"

卡明丝卡透过过滤器的微小孔洞注视着亚空间的朦胧镜像。古老的太空旅行者故事中有很多内容涉及裸露的亚空间对人类精神所产生的影响。据说，疯狂是最仁慈的命运，突变、折磨人的自生癌症，乃至被某种邪恶存在附身等现象都十分普遍。卡明丝卡感受到了一丝脆弱，她很高兴这里只有那位导航者。

"这就是你唤我来的原因？"卡明丝卡问道。她既没有时间，也没有兴趣就非物质界进行哲学讨论。她的心思在其他事上——莫特普的苏醒，以及塞斯图斯与那位千子的会面。她希望会有些好消息。

"不。"奥卡杜斯简单地回答道，打断了少将的思绪，并指向亚空间中另一片不同的地区。那是一团暗淡闪烁的峭壁，如同深入黑暗的无尽崖顶。在那悬崖上方，有一道红色的条痕。

"我对天界潮流一窍不通，导航者。"她厉声说道，对奥卡杜斯的怪癖感到厌烦，而这点在所有的导航者大家族中十分普遍，"我看到的是什么？"

"像这些悬崖一般的构造在深渊中很常见，"奥卡杜斯解释道，并未在意卡明丝卡的不耐烦，"我正操纵舰船远离那些悬崖，并且我确信我们的猎物走的是同一条路线。然而，在悬崖上方的构造，更加令人忧虑。"

"也许是另一个世界？"卡明丝卡问道，"在这银河边缘附近有许多新的定居点。"

"我这么猜想过，但那不是一颗行星。我相信那是另一艘船。"

"第二艘船？"

"不，我觉得是一支舰队。"

"他们在跟踪我们吗？"卡明丝卡问道，心中涌起一阵恐惧。

"我无法分辨。这里的距离是相对的。"导航者坦承道。

"可能会是极限战士吗？他们的军团正前往考斯。"

"有可能。我猜，考斯可能是其目的地。"

"如果不是极限战士的话，那会是什么，导航者？"卡明丝卡并不喜欢接下来的事态发展，心中的结变成了拳头。

"那可能是另一支军团的舰队。"奥卡杜斯说道，意味深长。

"你是说更多的怀言者？"

"没错。"导航者犹豫片刻后回答道。

怀言者的科尔·法伦大人满脸愤怒。"他落后了。"他说道。在伪帝号上，科尔·法伦和他的战士们正势不可当地朝着奥特拉玛进发，这艘巨大的旗舰率领着一支由战列舰、巡洋舰、护航舰和护卫舰组成的令人生畏的舰队，航向他们的命运。

这位军团的总指挥官、洛加的宠将全身甲胄，不可一世。他端坐在一个黑铁王座上，如同一位全能的暴君，监督着他的阴毒伟业。还愿链从他的肩垫连到胸甲，上面装饰着微小的银色颅骨和供奉的偶像。在那宽厚的双肩后面，安装在他的盔甲背包上的，是一个拱形带刺的钢铁光环。固定在他脖子周围的结实的金属颈甲形成了一道盛气凌人的高领，上面刻着军团的标志。洛加书信中的教义则刻在科尔·法伦盔甲的各个面上。带钉肩甲上展开的羊皮纸如同参差不齐、写满文字的三角旗，印章和牛皮纸碎片如同补丁一般覆盖着他的胫甲。

总指挥官的眼中燃烧着一种无情的热忱，它点燃了整个房间，仿佛他的怒目所及之人，若是辜负了期望，就会被正义之火焚灭。他声如洪钟，激情四射，他的真言便是原体之令。这将会是他的光辉时刻，正如真言所述。

六位怀言者战团长站在科尔·法伦身后，甲胄皆光彩照人，他们是伪帝号这个巨大的会议厅中最耀眼的存在。在他们上方，庞大的穹顶上挂着冒烟的香炉。地板上则是一个巨大的图像屏幕，显示着奥特拉玛周围的星图。

"我们最近的报告表明，扎德基尔正遭到追踪，"明睁之眼战团长费尔斯卡雷尔说道，"他有可能只是在谨慎行事。"

"他拥有狂怒深渊号！"科尔·法伦怒吼道，"他应该能够干掉任何挡在他路上的人。扎德基尔最好知道我们失败的后果。"

燃烧之手战团长德诺斯走上前。"洛加给予了扎德基尔舰队司令一切殊荣。"他说道，为了体现他的战团名字，德诺斯的拳套始终包裹在臂甲喷气口喷出的火焰之中，"如真言所述，我们定会成功。"

"不，"科尔·法伦慎重地说道，"我们会遭受巨大的损失。考斯与极限战士会陨落，这是注定的命运，但我们的军团仍有可能损失许多兄弟，而如果扎德基尔不能完成他的任务，那我们定会损失巨大。"

"大人，扎德基尔无疑会决定自己的命运，不是吗？我们只需关注我们自己舰队的进程。"说话的是绯红面具战团长鲁基斯。他的头盔面甲被打造成了一副令人生畏的红皮咆哮怪物的模样。

"我不会让我们的兄弟辜负我们，"科尔·法伦嘶声说道，他专注于星图和狂怒深渊号所报告的进程，"我本不想在这个事情上出手的，但似乎当前态势让我们别无选择。真言就扎德基尔的成功述说了许多，并且这也关系到我们的成功。为了实施在考斯的战争，我们不能冒任何风险，明白吗？"

战团长们用沉默表达了他们的认同。乌黑之蛇战团长斯科林索斯在他和他的兄弟们表明了同意之后便打破了沉默。斯科林索斯的食管在伟大远征早年间被碾碎了，彼时怀言者仍然赞颂着帝皇。他的声音通过胸口的声音合成器传出，嘶嘶作响，考虑到他所受的创伤，他的战团尊称倒是十分恰当。"那么我们如何协助舰队司令呢？"

"有些新述的真言，"科尔·法伦说道，"你们仍不知晓，这与我们航行的亚空间有关。即便狂怒深渊号的航程比我们早了许多天，我们也能联系上扎德基尔。特内布伦战团长？"

特内布伦战团长在他的主子身后恭敬地鞠躬。虚空战团也许是怀言者军团中最不受尊重的战团，因为它是迄今最小的战团，只有不到七百名阿斯塔特。其历史鲜有荣光，往往是作为预备队在后方执行任务。虚空战团及其战团长特内布伦并不埋怨这份索然无味又不光彩的使命，因为他知道，他的战团真正的任务在于为军团创造并测试新的武器和战术。人们注意到，洛加最近给予特内布伦的命令便与怀言者开发并利用的灵能资源有关。

"我相信您需要使用祈求者？"特内布伦问道。

"还剩下多少祈求者？"科尔·法伦问道，他在王座上动了动身子，还愿链叮当作响。

"一百三十位，大人，"特内布伦回答道，"伪帝号上有七十位，塑形术士号上有三十位，其余的分布在舰队各处。我已确保他们处于准备状态，一小时内便能够唤醒。"

"让他们做好准备，"科尔·法伦下令，"我们能够承受多少损失？"

"超过一半便会让突袭考斯的伪装暴露。"特内布伦谦卑地回答道。

"那么做好承担损失的准备。"

"明白，大人。您要他们做什么？"

科尔·法伦恼怒地按压着指关节，噼啪作响。他本来希望一切进展都能比现在更加顺利。扎德基尔的任务本来是很容易的。突袭考斯的任务则更加复杂，更容易出错。如果扎德基尔无法完成他命定的使命，那么在考斯的问题便会被无限放大。

"给我一场风暴。"总指挥官阴沉地说道。

特内布伦带着科尔·法伦来到了伪帝号的祈求者室。总指挥官已经将其他战团长打发回了各自的岗位上，无视了他们对自己大胆的策略的惊讶。伪帝号是一艘强大的旗舰，几乎能够比肩宏伟的狂怒深渊号。他们花了一些时间走过试验场和仪式厅，怀言者们在场地中用爆矢枪和剑刃磨炼着他们的战斗技巧。在这里，在舰船的每个表面，真言无处不在。舱壁和支撑肋骨上刻着文句，讲坛上，洛加书写的巨著俯瞰着大厅和神学堂，卷帙浩繁，整艘舰船沉浸在原体的智慧与热忱中。

这艘船曾被称为欣喜之王号，这曾是一艘崇拜帝皇的舰船，正是帝皇在寇其斯找到了洛加，并将怀言者置于他的麾下。如今这里是一座神殿，崇拜更愿接受、更懂赏识的偶像，人类的伪帝则从其走廊中被剔除。

特内布伦来到了一间又窄又高的房间，这房间就像是一道钢铁峡谷，这里就是祈求者们的居所。祈求者们在墙上的玻璃泡舱中沉睡，每一个泡舱都由一组庞大的生命支持系统供给氧气和营养物。他们赤裸地蜷缩着，抽搐着，肿胀割裂的头颅中蕴含着巨大的力量，他们看起来像在做梦。他们的眼睛和嘴巴都长得闭合上了，有的人甚至完全没有面貌，他们的躯体已经抛弃了呼吸、进食，或是外部体验的需要。

三位怀言者智库向他们的战团长敬了个礼，特内布伦则检视着一个图像屏幕中的生命迹象，那个屏幕附属于房间中央的个人生命支持系统。在科尔·法伦走进来时，智库们深深鞠躬，并在他面前沉默地下跪。

"起身。"他说道，智库们遵命起身。

"一切都准备好了吗？"他问战团长。

特内布伦查阅着图像屏幕中的数据，然后转向科尔·法伦，点了点头。"呼唤风暴，"他吼道，"让敌人毁于怒风。"

战团长再次点头，并上前命令他的智库启动挂在祈求者泡舱上的沉思机。科尔·法伦不再多言，让特内布伦履行职责。

墙上的祈求者们动了起来，仿佛他们的梦变成了梦魇。

在风暴爆发之际，扎德基尔来到了舰桥上。

下方的舰桥沐浴在闪烁的警示灯光中，仿佛被闪电击中了。三个主图像屏幕上闪着亚空间的复杂符号地图，显示出舰船正处于激流之中。舵手长萨尔科罗夫朝着舰桥舰员吼着命令，舰员们躬身在屏幕前，脸庞沐浴在滚动数据散发出的绿光中。

"亚空间在动荡！"扎德基尔嘶声说道。

"也许不是。"伊克萨隆低语道，这位牧师已经让雷斯基尔前去追捕那个偷渡者了，自己则被唤至舰桥，站在指挥王座旁，"祈求者们刚刚复苏，这也许是天界当前混乱状态的前兆。我相信有更高的力量在发挥作用。看来，对方对我们完成这项任务的能力所怀有的信心在减弱。"伊克萨隆小心隐藏着这份挖苦之意，但对于扎德基尔失职的暗指仍很明显。

舰队司令无视了其中的暗讽。此时此刻，他更关心这场亚空间风暴及其源头。

"科尔·法伦？"他猜想。

"我想不出还有谁会出手帮我们，除了我们的总指挥。"

扎德基尔面露讥笑，脑海中冒出一个想法。

"是特内布伦，毫无疑问，他正试着为虚空战团夺取更高的地位。"

"他向来野心勃勃。"伊克萨隆表示同意，语气平静。

扎德基尔坐回指挥王座。

"阻止特内布伦的那一丝胜利实属粗鲁，"扎德基尔讥笑道，"而他的胜利将会在我们的面前黯然失色。舵手长萨尔科罗夫，"他厉声说道，"朝马库拉格继续前进。让亚空间夺走愤怒号吧。"

愤怒号猛烈颤抖着，塞斯图斯被甩到了墙上。风暴波击中时，他正在返回舰桥，准备与卡明丝卡和其他阿斯塔特会晤。随着愤怒号猛烈摇摆起来，残骸在走廊中飞溅，医疗舱一片混乱，绝望的护工们努力抓住伤者，武装兵们撞在舱壁上，水兵们摔死在地上。一阵可怕的金属呼啸声从引擎区传来，舰船正努力摆正自身。塞斯图斯通过地板能感觉到舰船结构的张弛，仿佛这艘舰船在压力下即将断成两截。

塞斯图斯一路冲过混乱，抵达了舰桥，防爆门打开让他进入。舰员们紧靠在各自的岗位上，舵手长文克麦尔狂乱地下着命令，平静的怪异机仆正运行着应急协议。整个舰桥进入了朱红级警戒状态，沉浸在绯红色的光芒中，看起来血光闪闪。

"导航者奥卡杜斯，报告！"卡明丝卡厉声说道，她紧抓着指挥座的侧面，摇晃的愤怒号快要将她甩下去了。

"是一场风暴，"奥卡杜斯的声音通过舰桥通信广播器传来，他听起来很紧张，"突然出现的。"

"规避。"卡明丝卡下令。

"少将，我们已经身处其中了！"导航者回答道。

"损害管制各就各位！"卡明丝卡吼道，"关闭反应堆区，清空火炮甲板。"

塞斯图斯来到少将身旁。"这是怀言者干的！"他在警笛声和舰员疯狂报告声组成的喧嚣声中喊道。又一道风暴浪波击中了愤怒号，爆裂的管道喷出蒸汽，舰员们被甩飞，一个图像屏幕断开了束缚，随着一阵火花和破碎的玻璃落了下来，砸到了舰桥中央。

"奥卡杜斯，我们能开出去吗？"卡明丝卡问道，盯着极限战士。

"我看不到尽头，少将。"

"塞斯图斯连长？"她问那位阿斯塔特。

"如果我们在此漂流，然后开出去，那么狂怒深渊号会逃走。"塞斯图斯断言，"我们别无选择，只有冲过去。"

卡明丝卡严肃地点点头。如果他们失败了，那就意味着这艘船的毁灭，以及万余舰员的殒命。她的命令将决定他们所有人的命运。

"启动引擎，调至全功率！"她下令，"让我们突破这场风暴！"她怒吼着，眼中闪着火花，"我们会教亚空间害怕我们！"

隔离室内，莫特普能够听到外面的混乱声。他对此置之不理，凝视着锃亮反光的炮铜色墙壁。他引导自己的力量，命运之窗向他打开。惊慌弥漫于愤怒号上，他看到了火焰，男男女女在燃烧，数千灵魂牺牲于充满希望的胜利祭坛上。他们化作了他精神之眼中的幽灵，他们的忏悔灵魂被贪婪的亚空间所吞噬，散作原子，唯剩残渣。

死亡等着这艘船。那是他的死亡，对此事实的确信令他平静而非恐惧。他在无数命运之线中的位置已然确定。

场景改变了，莫特普的精神离开了愤怒号，进入了翻腾的深渊。新的场景出现了，狂怒深渊号在雾霭中隐现。那艘船十分庞大，仿佛一座侧躺的城市，朝着愤怒号坠来。数千炮口如同行将咆哮的嘴巴一样张开，蓄势待发的巨型激光炮和火炮炮管如同舌头。狂怒深渊号的外表极其丑恶，仿佛暗红色的钢铁怪物，然而其雄壮之美掩盖了它的其他地方对美的亵渎。

莫特普进一步飘过深渊，穿过虚假的现实。随着他精神之力的扩张，他能够体验到亚空间，深渊那无尽的韵味、声音和感觉都在呼唤他。试探的卷须刺痛着他的理智，这位千子试图脱离。他无法脱离，惶恐如潮传遍全身。莫特普迅速控制住自身，立刻意识到自己处于危险之中。亚空间看到了他，试图撕裂他的精神。

亚空间向他展现了毁灭之景，普罗斯佩罗的尖塔在燃烧，他的军团被卷入了亚空间。在另一个场景中，他跪在一个黑铁王座前，在怀言者的标志下祈求。尖叫声充斥着他的耳朵，其中夹带着野狼的呼号。

莫特普重新掌控自己。他在自己的精神中打造出了一只巨眼的图像，那只眼睛散发出猩红色的光芒，莫特普利用这只巨眼引导自己远离天界的掌控，就像是跟随灯塔回到安全港。他最终回来了，耗尽了所有的意志、所有的力气。他倒在了房间地板上。他的脸颊靠在寒冷的金属上，尽管地板十分坚硬，但这是他感受到的最令人慰藉的事物了。尽管命运之线向他展开，但他抵挡住了。在他渐渐失去意识时，莫特普知道那些幻象意味着什么了。那些东西并不只是让人坠入疯狂，而是更加险恶，更具侵入性。那是诱惑。

"他们完蛋了。"扎德基尔说道，露出恶毒的微笑，他抬头看向中央图像屏幕，代表愤怒号的标志旁滚过警告数字，他不动声色，扎德基尔的神情看起来并非得意扬扬，而是若有所思，"我们收到他们引擎的读数了吗？他们是否仍能进行虚空航行？"

"没有读数，"萨尔科罗夫回答道，"风暴太过强烈了。"

"我看够了，"扎德基尔说道，他的回答很简短，"继续全速前进。"

"您不会要等到我们确定愤怒号毁灭吧？"伊克萨隆问道，他的语气中显然怀着一丝对扎德基尔命令的质疑。

"不，我不会。"舰队司令回答道，"我们的任务是及时抵达马库拉格，支援科尔·法伦的突袭。我不能在此为了确认必然之事而逗留。我们得离开这片区域，回到航路上。返回你的房间，牧师。让祈求者们注意愤怒号的死亡阵痛。即便是在这样一场亚空间风暴中，这么多的死亡也会激起波澜。"

"悉听尊便，大人。"伊克萨隆鞠了个躬，离开了舰桥。

狂怒深渊号迅速驶回了原来的航向。科尔·法伦的计划奏效了，他们并未遭受到风暴的伤害。至于这场风暴是否也会让愤怒号付出代价，舰队司令并不关心。

小气之人也许会对主子的干预感到恼火，但扎德基尔充满信心。让那些狭隘之人操心这些事吧。真言会如其所述那般展现，其他的一切都无关紧要。

第十七章

策略
离开亚空间
福马斯卡在望

亚空间怒视着愤怒号的左舷，塞斯图斯转过了头。

亚空间的力量照耀着金属舰体，仿佛愤怒号是纸做的，无法抵挡深渊之光。随着人们的精神被剥离，塞斯图斯听到了尖叫和笑声。他扑到一根鱼雷管口的外罩上，不愿直视。他身旁的萨夫拉克斯和伊克塞利诺兄弟也移开了目光。

塞斯图斯几乎在他刚抵达舰桥后便离开了。他召集了他的极限战士兄弟巡逻走廊，很清楚是什么东西在等候着他们和愤怒号的舰员。荣誉卫队的剩余成员和布林加的野狼两队人马在甲板和走廊中行动，努力维持士气，并抹杀掉他们发现的任何精神病痕迹。

塞斯图斯希望阿斯塔特的存在能够发挥作用，现在对帝皇天使的需要胜过其他任何时候。

"仿佛亚空间对他们唯命是从。"伊克塞利诺吼道，透过乌鸦型盔甲的鼻锥，他的声音很尖细。

塞斯图斯并未回答，因为他知道自己战斗兄弟话语中蕴含的是可怕的真相。他傲然迈过走廊，天界的地狱之光是猩红色的，穿透了他的眼睑。他的剪影倒在了熊熊燃烧的场景之中；男男女女跪倒在地，哭泣尖叫；一道枪声响起，一位军官拔出他的副武器饮弹自尽；一位女性的声音夹杂其中，背诵着土星舰队规章制度中的文段，努力逼退疯狂。

幻象突入这位极限战士的脑海：仁慈的帝皇在他的黄金王座上伟岸无比、雄伟的帝国皇宫，还有泰拉和银河黑暗中的启蒙灯塔。随后他看见泰拉在燃烧，大陆剥离，一道道红色的岩浆在翻腾，喷入太空。

他是一位阿斯塔特，他更为强大。

"不要屈服于疯狂，"他朝着仍能听见的人高喊，"坚持住，听从帝国真理。"

一瞬间，亚空间仿佛吞没了他们，但随后幻象消逝了，尖叫声退去了。舰船再次恢复平静，愤怒号已浮现于彼端。

塞斯图斯气喘吁吁，炽烈的光芒已经消散，留下痛苦的余晖。他迅速调整自己，睁开双眼，看到兄弟们仍在他身旁。阴影也回归了，吞没了死者。塞斯图斯朝着萨夫拉克斯和伊克塞利诺缓缓点头，然后打开了颈甲中的通信系统，同时审视他周围的杀戮惨状。

"少将，你还在吗？"

一阵停顿后，通信连接器噼啪作响，卡明丝卡的声音传了回来。

"我们穿过了风暴，"她说道，也同样气喘吁吁，"您的计划成功了。"

"需要医疗队和舰队丧葬队立刻前往我的位置。"塞斯图斯告诉她。

"好的。"

"少将，"塞斯图斯补充道，"一旦恢复过来，我需要你来会议室。"

"当然，大人。我立刻就去。卡明丝卡完毕。"

半小时后，舰员们开始组织轮班，回收尸体和伤者，卡明丝卡则让舵手长文克麦尔前去巡查舰船受灾最严重的区域，并进行损失报告。

在通常情况下，卡明丝卡会亲力亲为，向舰员们展示他们的领袖对降临于他们身上的死亡和可怕悲剧的关注。然而，更要紧的事情需要她的关注，她可不会无视阿斯塔特的请求。

因此，她依命前往会议室。会议室中，其余的阿斯塔特正等候着她。

"欢迎，少将。"塞斯图斯说道，他正站在椭圆桌的边缘，萨夫拉克斯在他的右边，其他战斗兄弟位列他周围。太空野狼布林加与他的战士则坐在对面，并未向少将致意。

"请坐。"塞斯图斯连长严肃地说道，他挤出一丝微笑，试图缓和自己的情绪。

现在，会众已到齐，塞斯图斯扫视房间，看向在场每个人的眼睛。

"毫无疑问，"他开口道，"怀言者已经与亚空间同流合污，他们已经彻底迷失了。"

塞斯图斯道出了每个人内心已然知晓的事实，一副副坚毅的面容迎上他的目光。

"有如此黑暗的盟友供他们差遣，再加上狂怒深渊号，他们是十分强大的对手，"塞斯图斯继续说道，"但我们仍有一丝希望。我已经发现了怀言者计划的本质所在，以及他们实施计划的方法。"

听到这番话，布林加抽搐了一下。这位太空野狼显然知道极限战士用于发掘这条信息的方法，他也知道后来莫特普的苏醒。那位千子的缺席从侧面证明了他在这件事上的参与。

"要知道，"塞斯图斯开口道，"怀言者的计划极其大胆。要突袭马库拉格，敌人在投入兵力之前必须考虑几个因素，"他解释道，"首先，位于高轨道上的行星舰队由好几艘巡洋舰和护航舰组成。对于敌人而言，要突破这支舰队，同时不承受极大损失并不容易，不论其有何决心，装备多么精良。然而，若是敌人成功了，那么他必须面对来自地面的静态轨道威慑武器——马库拉格的防御激光炮炮组。"

"而狂怒深渊号打算完成这项壮举？"布林加嘲讽道，"不可能。"

塞斯图斯点头同意。

"若你在一小时之前问我，我也会这么认为，"塞斯图斯坦承，"怀言者的策略有两项关键要素。这项策略始于福马斯卡，怀言者计划利用旋风鱼雷摧毁福马斯卡。"

"我对奥特拉玛知之甚少，"布林加低吼道，"但福马斯卡是一颗死寂的卫星，为什么不用旋风鱼雷直接攻击马库拉格？"

"直接突袭马库拉格是自杀行为。马库拉格的防御激光炮会在他们的舰队着陆前便使之瘫痪，任何击败基里曼的企图都将不可行，"他解释道，"福马斯卡毁灭所产生的残骸会间接达成他们的目的。军团会调离部队前去协助身陷卫星死亡产生的小行星风暴中的马库拉格，而怀言者会在军团分兵之际发起攻击，出其不意。"

"我见过，"布林加说道，"在普罗克苏斯 XII 上。一颗小行星因为离得太近而瓦解。那是一颗蛮荒的行星，上面的那些人民以为世界末日来了。烈火从天而降，每一道撞击都像是原子弹爆炸。这不会摧毁马库拉格，但会杀死数百万人。"

"这还不是全部，"塞斯图斯继续说道，"狂怒深渊号会利用残骸作为掩护，越过马库拉格周围的预警站和卫星，并接近以有效投放病毒弹头。只有那艘船才足够强大，能够承受不可避免的来自防御激光炮的火力风暴。病毒打击几乎会造成全部人口的死亡。基里曼和军团将会被分割，一些部队可能会在马库拉格遭到消灭，同时怀言者的其余舰队将会发起攻击。我不确定如果我们遭到这样一场打击还能否恢复，如果敌人成功了的话。"

"那么，我们该怎么做？"狼卫问道，声音沙哑。

"我们正在接近马库拉格，很快将会离开亚空间。"塞斯图斯说道，卡明丝卡点头确认了他的话，"我们的敌人也一样。我们需要纪律、诡计和对时机的把握。"塞斯图斯停顿了下，再次扫视房间，目光最终落到了卡明丝卡身上，"最重要的是，我们需要牺牲。"

空间裂开，狂怒深渊号喷涌而出，在马库拉格太阳的光芒下徐徐移动。

一群掠食者跟着这艘船闪烁而出，如同跃动在舰艇周围的海洋生物。它们困在了现实的诅咒之中，蜷缩翻腾，消失不见，没有了亚空间作为维系，它们的灵能也消散了。

狂怒深渊号的状况看起来比离开图勒星时更糟糕。护航舰中队的攻击摧毁了其舰背和舰腹表面的一些炮组，其舰体上也坑坑洼洼的，那是战斗机机组发疯后撞击留下的痕迹。然而，这些伤痕并未减弱这艘猩红巨舰的磅礴气势。它花了整整一分钟的时间才从亚空间裂隙中浮现，整个过程中，亚空间裂隙里都充斥着进入现实空间的舰体板和引擎整流罩。

马库拉格周围的每个预警站都立刻识别出了这艘巨舰，并要求其表明身份。他们没有收到任何回答。

马库拉格的图像填满了狂怒深渊号舰桥的中央观察窗，周围则是关于这个星系的战术读数，整个星系遍布预警站和军事卫星。

"那就是了。"扎德基尔说道，"令人憎恨，不是吗？就像是挡在未来之路上的一颗巨石。"

古雷奥德贤者站在扎德基尔身旁，机械义肢如同昆虫的肢臂，干瘪的手臂交叠在胸前。

"这无法唤起任何情感。"贤者平淡地说道。

扎德基尔嗤之以鼻，对这位毫无感情的机械神教人士态度轻蔑。

"作为一个象征，它无与伦比，"他说道，"它代表一个停滞的宇宙的王权、权势之人的无知。极限战士能够对他们所统治的世界做任何事情，而他们却选择了缔造这个虚假过去的陈腐回音。"

古雷奥德仍然无动于衷。他是前来目睹行将终结世界的鱼雷的发射的，这是由服务于奥姆尼赛亚的火星机械科学所释放的强大毁灭之力。这位贤者站在已陨落于巴卡的贝拉诺斯曾经的位置上。

"我猜你的出现意味着我的前突击连长已经恢复了？"扎德基尔厉声问道，对古雷奥德不愿涉入他自我沉醉的荣光中而感到恼怒。

"他在断断续续地做梦，大人。当假死膜失效时，他醒了过来，令人出乎意料，我不得不采取更激进的方式挽救他。"贤者说道。

"在跃迁完成之前不要让他再次苏醒。一旦福马斯卡被摧毁，我们便会加入科尔·法伦的地面部队。贝拉诺斯将是侵略军的一员。"

"是，大人。"古雷奥德说道，毫无惧意。

扎德基尔的注意力转回了观察窗。

现在一切都就位了。他将率领这场即将被历史永远铭记的突袭。

片刻后，舰桥通信单元噼啪响起。

"等候你的信号，舰队司令。"科尔·法伦的声音从考斯传到了这个星系。即便是在这相对较短的距离上，也只有最先进的系统才能够让两艘船在不需要星语者的情况下继续通信。

"来了，"扎德基尔说道，注意力转向另一个图像屏幕，"武器长马尔福里安。"他说道，等候着武器长那灰白面容的回应。

"遵命，大人。"马尔福里安回应道。

"打开前方鱼雷口，装填第一拨旋风鱼雷，"扎德基尔下令，乐在其中，"一切始于福马斯卡。让我们释放毁灭的武器，开启人类的新纪元。"

萨尔科罗夫朝着舰桥舰员厉声下令，并派出传令兵，狂怒深渊号已准备进入战斗状态。导航舰员开始将舰船指向福马斯卡，舰艏如同狙击手一般瞄准了要击杀的目标。

那颗卫星就在屏幕上。那是熔岩积聚的深谷纵横大陆，其间分布着翻腾的海洋。

"古代马库拉格的原始人认为福马斯卡是神的眼睛，因愤怒而布满血丝。"

扎德基尔说道，更多的是在对自己说，而非那位不懂欣赏的贤者，"有时候，熔岩场扩张时，他们会认为神眼已经睁开，注视着他们，就像是注视猎物。他们预言，终有一天，神会从天而降，吞噬所有人。那天已经到来。"

"舰队司令。"伊克萨隆的嘶嘶声通过舰桥通信传来。

"怎么，牧师？"扎德基尔厉声问道。

"祈求者们躁动不安，"伊克萨隆告诉他，"亚空间中有动静，似乎我们的追击者尚未放弃战斗。"

"确保他们不会干涉我们，"在扎德基尔能够回答以前，科尔·法伦在长波通信中发出咆哮声，"我正让舰队编为突击阵形，基里曼现在知道我们来了。完成你的任务，扎德基尔。"

"如真言所述，"扎德基尔回答道，"理应如此。"他转向马尔福里安，"你的状况，武器长？"

"还有几分钟，大人，"马尔福里安回答道，"鱼雷口遇到了一些问题。"

"一旦准备好发射旋风鱼雷就立刻通知我。"扎德基尔下令，对这预料之外的延误，他流露出不耐烦的语气。

"大人，"舵手长萨尔科罗夫插嘴道，"愤怒号正转为横向，他们正在为武器充能。"

扎德基尔呼了口气，恼怒不已。他早就应该拔掉这根刺的。

"马尔福里安，"他朝着通信器吼道，"一旦帝国的走狗进入射程就立刻施行所有瞄准方案。愤怒号配不上在历史中牺牲这等荣誉，然而我们赐予他们这份荣誉。"

愤怒号出现在了左侧图像屏幕。它的一侧已经失去了一半的火炮，一串残骸从破损的引擎和货物区翻滚而出。舰体因亚空间的打击而伤痕累累，上面遍布着天界掠食者的牙印。

扎德基尔看到这艘残舰时露出了恶毒的微笑，他不胜欢喜。

"让我们解决它。"

愤怒号从亚空间中颠簸而出，并立刻进入了战斗状态。舰艉推进器熊熊燃烧，曾经强大一时的帝国舰船直朝着等候的狂怒深渊号驶去。能量转移到了左舷，这艘巨舰沿着舯部中轴线艰难缓慢地转向，直到将其仍能运作的舷炮对准了敌人。

蔚蓝色的光束照亮了愤怒号的侧面，几秒内，炽烈的光矛怒火便释放出来。爆炸在狂怒深渊号的装甲舰体上荡开，同时伴随着撞击护盾所产生的巨大爆闪。这些创伤对于这艘怀言者巨舰而言仅仅是对一只野兽的刺痛，它则以毁灭性的齐射作为回击。

狂怒深渊号舷炮的绯红色光芒喷薄而出，愤怒号已经在移动了，试图将其光矛正横于敌舰舰艏。帝国舰船的护盾在这拨攻击面前瓦解了，舰艉甲板遭到了致命的打击，爆炸炸飞了块块残骸，舰员们喷涌而出。然而，愤怒号仍然坚挺，其最后的下降机动令其躲开了致命的弹幕。鱼雷从舰艏呼啸而出，紧接着光矛射出了第二轮齐射。狂怒深渊号再次遭到了攻击，舰背火炮转向瞄准。燃烧弹将愤怒号正在转向的舰艏击中了，使其变形，敌方完全展开的舷炮在其舰体装甲上打出参差不齐的洞。

强大的狂怒深渊号对这只顽强的小黄蜂感到恼怒不已，它转向将自己的全部武备对准了它。愤怒号遭受的损伤令其速度减缓，但即便如此，它如果想的话，还是能够逃离的。然而，那艘帝国舰船坚守着阵地，想傲然地进行最后一战。光矛闪烁，愤怒号将其所有的火力都朝着怀言者倾泻。但这并不够。狂怒深渊号现在已经转了过来，并释放出毁灭的武器。

扎德基尔在舰桥上观看着这场短暂的战斗。愤怒号就在他们的视野中，狂怒深渊号的力量则供他差遣。

"粉碎他们！"他吼道。

马尔福里安回答确认。片刻后，光与火充斥着图像屏幕，狂怒深渊号的火炮摧毁了那艘帝国舰船。那艘船的引擎已然熄灭，舰体上撕开了巨大的裂痕，整艘船缓缓漂荡，被拉向福马斯卡的重力井。愤怒号陨落了，火星间或闪烁着，冷却管泄漏喷出缕缕雾霭，一幅阴森残酷之景。

"我对基里曼之子的期待本来挺高，"扎德基尔坦承，"如此孤注一掷的计划怎么可能成功？极限战士死不足惜。"

"扎德基尔大人。"萨尔科罗夫再次开口道。

扎德基尔转过头看向他。

"怎么了，舵手长？"他厉声说道。

"是穿梭机，大人，"萨尔科罗夫解释道，"正前往左舷。"

扎德基尔有些困惑。

"有多少？"

"十五个，大人，"萨尔科罗夫回答道，"太近了，无法使用光矛。"

扎德基尔踌躇了片刻，仍对帝国人这最后一赌感到迷惑。他迅速想到了答案。

"他们试图通过鱼雷口进入战舰。"他说道。

"我是否该下令关闭鱼雷口，扎德基尔大人？"

"下令，"扎德基尔厉声说道，"并启动舰背火炮。击落他们！"

第十八章

夹击

渗透

黑暗的梦境

随着穿梭机开始震颤，布林加露出了微笑，一连串对抗措施和防空火力击打着船体。

鲁奇韦德和血爪们跟他一起坐在狭窄的乘员舱中。他们绑在穿梭机的长椅上，肩膀、胸膛和腰部都紧绷着。引擎在尖啸，外面爆炸产生的断断续续的闪光在船舱中洒下明亮的光。这艘小船拥有装甲，但它们的设计并未考虑到会承受如此猛击。每一个螺栓和支柱都在高速飞行中承受着压力。

"听到了吗，小伙子们？"布林加在喧嚣声中咆哮道，十分轻松自在。

他的血爪们，乃至鲁奇韦德，看起来都很困惑。

"这是战斗的呼声，"布林加自豪地告诉他们，"这是芬里斯母亲的武力，是战火的襟怀！"

这位狼卫呼号着，血爪们也跟着一齐呼号。

观察口外，其他几个穿梭机疾驰过虚空，飞向狂怒深渊号。他们在这场自杀式攻击前便做好了部署，愤怒号的佯攻给他们创造了逼近目标所需的时间，为他们在被炮火撕碎前抵达那艘船张开的鱼雷管口提供了机会。

舰背火炮炮塔震动着，狂怒深渊号正试图歼灭攻击者的部队。在第三个穿梭机上，塞斯图斯看到三艘姊妹船在一阵防空炮火中爆炸。它们支离破碎，极高的速度骤然止住，仿佛帆船撞在了某个崎岖悬崖线的岩石上而解体。海军武装兵的尸体从乘员舱中飞出，暴露在虚空中，在一阵痛苦的痉挛中冻僵。

这位极限战士连长麾下有三位战斗兄弟：列克西纳尔、皮塔伦和伊克塞利诺，他们身着盔甲，让船舱十分拥挤。众人无动于衷地盯着太空，爆炸的闪烁光芒透过观察口传来，装甲船体在震颤。他们动着嘴唇沉默地立下临战誓言。

塞斯图斯也一样，他看到又有三个穿梭机被激烈的炮塔火力撕碎。

"快啊，"他敦促着，紧咬牙关，他们愈发接近鱼雷口张开的大嘴，"快啊。"

"一分钟后撞击！"穿梭机驾驶员通过通信器说道。

"离母亲的爱还有一分钟！"布林加喊道，紧紧握住了暴牙斧。他们登陆时要十分迅速，敌方部队可能已经就位，准备击退任何登舰者。片刻间，他在想塞斯图斯是否穿过了这股枪林弹雨。他将之抛诸脑后，再次高呼战吼。他们快到了。

"她在那里等着我们！芬里斯母亲，战争之母！"

"战争之母！"血爪们喊道，"战争之母！仇恨之母！"

在离鱼雷口还有几米时，一发流弹击中了穿梭机的左翼，令其疯狂旋转，失去了控制。爆炸产生的碎片击碎了前部观察口，强化玻璃破裂的声音在运兵舱中都能听见。一片热金属刺穿了驾驶员的脖子，他当场死亡，随后寒冷的太空冻住了飞行座椅上的他和绝望的副驾驶。布林加的穿梭机急剧下降，远离了鱼雷口，朝着另一片虚空而去。

一个穿梭机爆炸了，机鼻被狂怒深渊号火炮甲板射出的一发炮弹削去。城市般大小的舰船表面峰谷交叠，剩下的飞船绕到了战列舰腹面下方，飞速掠过。

塞斯图斯看到又一艘飞船爆炸了，爆炸产生的裂片切碎了其前部。那艘船开始下降，引擎无力地燃烧着，消失在了一片绯红色的舰体后。

前方，鱼雷口正在接近。

"加速！"塞斯图斯朝着头盔通信器吼道。

熊熊燃烧的穿梭机引擎声音愈发响亮。

塞斯图斯往观察口迅速一瞥，看到了第三个穿梭机，它正急剧侧倾，试图躲开防空火力，同时朝着战列舰快速前进。制动引擎点燃刹车，但其速度减缓得太慢，撞上了鱼雷口旁的舰体。肥硕的金属船体在撞击后变形裂解。破碎的尸骸飞入虚空，他们全都穿着极限战士的蓝色盔甲。

萨夫拉克斯和阿姆里克斯都死了，塞斯图斯感到一阵苦涩。

穿梭机猛地扭动身子，冲入了迅速缩小的鱼雷口。狂怒深渊号吞没了他们，塞斯图斯觉得自己听到了他们的穿梭机撞上封闭舰体时引发的爆炸。

"准备！"飞行员喊道。

金属摩擦轰鸣，塞斯图斯在重力椅的安全带中甩动着，感觉安全带紧压着他的胸甲。

一阵可怕的扭曲呼啸声充斥着这位极限战士的耳朵，如同金属地震。

"断开中央连接！"飞行员说道。

乘员舱顶部的舱门滑开了，白色的蒸汽充满了穿梭机。"正在加压！"飞行员喊道。

塞斯图斯知道接下来会发生什么，他敲下胸口的图标，解开安全带。安全带迅速松开，他站起了身，战斗兄弟们就在他身旁。伊克塞利诺、皮塔伦和列克西纳尔，其中两个人身上挂着爆矢枪，另一个人则拿着一把等离子枪——希望够用。塞斯图斯检查了爆矢枪的子弹，并拔剑出鞘，按下激活钉，狂躁的能量贯通剑刃。

"勇气与荣誉！"他喊道，他的战斗兄弟们则以战吼高声回应。

爆炸门闩引爆了，声音如同枪响，第二个舱门被炸开了，又长又黑的鱼雷管在他们上方展开。

塞斯图斯冲入短短的连接管道，穿过舱门，进入了鱼雷管。管道向上倾斜，其宽足以允许一位阿斯塔特低头前行。布满棱纹的金属内部结着冰。穿梭机将空气注入了管道，空气中的水蒸气迅速冻结。

"前进！"塞斯图斯连长下令，并朝前行进。

随着塞斯图斯带队深入鱼雷管，轰鸣的炮声和炮弹撞击声隐隐回荡在狂怒深渊号的结构中，仿佛欢迎他们登舰的骇人合唱。

塞斯图斯看到了前方的光，那是来自锻造厂的火焰。他将爆矢枪举到面前，准备开火。那道光是透过一道重型舱门上厚厚的强化玻璃窗传进来的，这道门封住了鱼雷管的尽头。

"炸药！"他下令。

伊克塞利诺和皮塔伦迅速回应，在舱门的弱点处安放了一组穿甲手榴弹。炸药安放好后，阿斯塔特们一齐后退。在离入口一两米的地方，塞斯图斯吼道："动手！"

沉闷的爆炸声传遍鱼雷管，回荡在凹形管内部，舱门在一阵火星中脱落。

在新兵时习得，并在伟大远征期间磨炼的战斗协议和策略在塞斯图斯的脑海中循环着。极限战士们冲上舰船，发现自己正身处一层军械甲板的巨大作业区中：鱼雷吊车、弹药和燃料箱，龙门架交叠在洞穴式的空间中，这里满是大汗淋漓的仆工。

阿斯塔特们散开来，战术精确。塞斯图斯与列克西纳尔向前突入，那位战斗兄弟用等离子枪支援着在近距离迅猛作战的塞斯图斯连长。

一群甲板水手拿着重型工具朝他们冲了过来。塞斯图斯低身躲过他们笨拙的攻击，并迅速起身，用一记凶猛的交叉打击砍倒了两个人，随后又一头撞死了第三个，用爆矢枪的怒火又干掉了两个。一道光化学强光引发了他战斗头盔的升温警告。一束等离子点燃了一个燃料箱，橘白色的火焰绽放开来，夹杂着翻腾的烟雾。一队正在冲锋的武装兵被烈火焚灭，上方匆忙架起的重机枪也惨遭湮灭。

伊克塞利诺和皮塔伦的爆矢枪左右开弓，制造出了一片致命的交叉火力，撕碎了胆敢冲入其中的全部敌人。他们在甲板上稳步前进，以残酷的效率消灭目标，但这些目标仅仅是水兵和武装兵。塞斯图斯知道怀言者的阿斯塔特正在赶来。他们得迅速行动，在真正的威胁到来之前让旋风鱼雷瘫痪。若无法毁灭福马斯卡，怀言者就无法完成他们的计划，无法逼近马库拉格并释放病毒株。

塞斯图斯那机敏的大脑正处理着未来的战术任务，他差点让一个朝他冲来的拿着动力锤、满脸伤疤的军官得手。这是一个阿斯塔特，但是他穿的战甲是一种不完全的盔甲变体。他的下半张脸大部分毁容了，并已用金属格栅取代，下巴和颧骨上布着深深的粉色伤痕，就像是肥硕的血脉。

"在真言之力前战栗吧！"他吼道，强化体发出的金属声十分响亮。

塞斯图斯用动力剑挡开了那根棒槌的敏捷一挥。微电弧在两把武器之间跃动，电光石火间，两把武器缠在了一起。塞斯图斯脱离开来，并举起了他的爆矢枪，戴着格栅面罩的怀言者则一击将那把枪打飞。尽管塞斯图斯的盔甲承受住了那一击，但痛苦仍然传遍了他的手指，肩膀也变得麻木。

"洛加将引领我们走向胜利。"那个怀言者咆哮道，热忱让他的挥击更有力，却降低了他的精度。

塞斯图斯躲开了一记试图了结他的猛击，同时将他那炽热的剑刃挥向那个怀言者裸露的脑袋。利剑切穿了肉体、骨骼和盔甲，那个战士猛然倒下。

"要知道,基里曼才是正义的一方,"塞斯图斯吼道,咬牙忍住痛苦,拿回了他掉落的手枪。重新武装后,他冲入逐渐积聚的火焰风暴,专注于杀戮。

"他们在哪儿?"扎德基尔质问道。

"在整个火炮甲板。"马尔福里安的一个下属回答道,武器长缺席了,扎德基尔猜想他要么死了,要么失去了行动能力,"报告称他们是阿斯塔特。"

"他们会去鱼雷弹头那里。"扎德基尔自言自语。

舰队司令将注意力转向舵手长:"萨尔科罗夫,我们是否已进入发射位置?"

"是的,大人,但我们无法在甲板处于战斗中时发射鱼雷。"

扎德基尔低声咒骂。

"雷斯基尔!"他朝着王座通信器吼道,愈发恼怒。

指挥士官在片刻后现身回应。

"我现在取消对那个入侵者的追捕。集结你的兄弟,立刻前往军械甲板。消灭你在那个甲板上发现的任何阿斯塔特,明白吗?"

雷斯基尔回答确认,通信连接中断了。

"如果攻击要延迟,那我就返回私室了。"古雷奥德贤者说道,他已经退入了黑暗之中。

"做你该做的。"扎德基尔低语道,他的恼怒十分明显,平静的外表已经瓦解,"伊克萨隆!"他朝着通信器吼道,脑海中形成了一个计划。

"大人。"牧师的嘶嘶声传来。

"唤醒祈求者。"

现在已经没有必要保留祈求者了。狂怒深渊号已经抵达了目的地,任务结束了。他们的角色是协助操控亚空间,并击退针对这艘船的攻击。扎德基尔的命令意味着他们将被利用至毁灭。

营养液被替换为灵能活性药物。安全带断开,脑皮层刺激物噼啪作响,祈求者们被从昏迷状态唤醒到半睡半醒的状态,感觉和梦魇都变得同样真实。一些嘴巴和喉咙仍能运作的祈求者在他们从安全带中滑到地上时发出呜咽和呻吟声。一些人在抽搐,陌生的脉冲传遍他们的肌肉。有一两个人心脏最终停止了跳动,死了。

伊克萨隆的战斗头盔上戴着一个猩红色的大兜帽，这是他的牧师服装的一部分，是为了防止过量的灵能污染他的精神。他小心翼翼地走在唤醒的祈求者之间，检视着读数，并检查那些吞咽的舌头。他一个个关掉了抑制电路，那是防止祈求者的精神反噬狂怒深渊号的一圈圈灵能活性材料。沉思机接通了这些卑劣之人的意识，向他们传输舰船、等离子光矛后方，以及军械甲板下方的轮机舱的图像。

最终，麻醉剂和脑波镇定刺激物的供应切断了，祈求者们开始执行他们最后的沉默指令。

塞斯图斯朝着一个龙门架倾泻爆矢火力，在他的怒火面前，尸横遍野。极限战士在主军械甲板找到了立足点，但塞斯图斯仍未发现太空野狼的踪迹。他希望他们没有遭遇和萨夫拉克斯一样的命运。在他的记忆中，莫特普向他展示的地图景象十分清晰。用于攻击福马斯卡的旋风鱼雷群就位于甲板末端，无疑正在运往鱼雷口的途中。病毒弹头则存放在舰壳的空投室中，那里无路可达。他们只能在关键时刻出手阻止怀言者。

安装在上方一个装载平台上的一门双联炮喷吐出怒火，片刻间压制住了极限战士。塞斯图斯的战斗兄弟们在一对空加油车和一个鱼雷吊车的外壳后重整队形。

列克西纳尔的拳套握着等离子枪，他滑到塞斯图斯身旁。

"现在怎么办，连长？"他问道，上方的火力增强了。

塞斯图斯记起了一片开放的甲板，然后是狂怒深渊号舰艏巨大的金属壁面，其中夹杂着装载机械和鱼雷管。他想象出另一边的杂乱工业区，包括堆满军火的大箱以及高耸的武备室，那里储存着更多军械。

"我们得清理这层甲板，然后前往军火库，部署热熔炸弹。"他回答道。

"布林加怎么办？"列克西纳尔问道，同时利用敌方齐射的间隙朝着装载平台迅速射出一发超热等离子。尖叫声淹没于肆虐的战斗喧嚣之中。

"一旦我们摧毁旋风鱼雷，我们就同剩下的人会合，并尽可能地造成破坏。"塞斯图斯在列克西纳尔缩回掩体时说道。

列克西纳尔点头表示明白。

塞斯图斯通过头盔通信器在单独频率中以奥特拉玛的作战语言向皮塔伦

和伊克塞利诺传达了同样的命令。那两位战斗兄弟位于连长位置的侧翼，他们面前的大型军火箱被持续的火力凿破了。

塞斯图斯瞥向那两辆加油车之间，身着暗红色的工作服和训练服的狂怒深渊号舰员遭受了猛烈的打击。数十人死在了鱼雷舱门的周围，或是从龙门架和吊车上被击倒。阿斯塔特们造成了敌军的重大伤亡，但敌军正在重组，援军迅速弥补了他们的损失。

没时间耽搁了。

"跟我来，"塞斯图斯喊道，"战斗队形西塔－艾普西隆，马库拉格至上！"

他跃过加油车，爆矢枪闪耀着，激光枪的火力溅洒在他的胸甲上。塞斯图斯举剑致敬，剑刃直立在他面前，让射向战斗头盔的能量波发生了偏转。两把爆矢枪开始扫射，十字形的枪口闪着火光，伊克塞利诺和皮塔伦以交错的战斗队形前行于塞斯图斯的左侧。列克西纳尔则占据了右侧，他的等离子枪有节制地进行连续射击，以防这把致命武器过热。

在甲板最后三分之一处，他们散开了，分别进入了杂乱的工业机器间的一条通道。武装兵调动起来，拿着电击锤和长长的带钉链条朝着塞斯图斯冲来。塞斯图斯连长将他们纷纷砍倒，嘴里念着基里曼的名字。在杀戮中，他注意到了军械甲板的入口门，纳闷为何怀言者的阿斯塔特仍未现身。

"会合并杀向旋风鱼雷。"塞斯图斯通过头盔通信器下令，并冲入军火库的迷宫中。

他的战斗兄弟们遵命，快速机动，一齐朝着一对旋风鱼雷聚集。

上方的龙门架上洒下枪林弹雨，大部分是激光和实弹，射入吊车和一堆堆机器中。塞斯图斯看到一发幸运的子弹从列克西纳尔的胸甲上弹开，他踉跄不已。上方某处的一门重型加农炮的第二轮连射扫过了他的腿部胫甲，他倒下了。塞斯图斯透过眼角看到一群武装兵正朝着那位俯卧的极限战士聚集。一发激光弹擦过了塞斯图斯的肩甲，他一边跑一边转身，同时将一个新弹匣插入爆矢枪中，并朝着武装兵猛烈射击。两个武装兵消失在一片血雾中，另一个则倒在了地上，捂着肚子上湿漉漉的洞口。塞斯图斯并未看到其他人。列克西纳尔正试着站起身，此时一发子弹击中了一辆仍在运作的加油车。随之产生的爆炸烈焰吞没了那位阿斯塔特，冲击波将他冲飞到了甲板上。

塞斯图斯连长移开目光，低语着战斗誓言，重新专注于前方。

"部署燃烧弹。"塞斯图斯下令,他们最终抵达了第一批旋风鱼雷所在地。皮塔伦从盔甲上解开一枚热熔炸弹,解除固定炸弹的磁力锁。伊克塞利诺则用爆矢枪提供火力掩护。

"布林加!"塞斯图斯通过头盔通信器喊道,他蹲在伊克塞利诺身旁,绝望地试图取得联系,"布林加,回答。"

通信系统中死气沉沉。他要么死了,要么在舰船上无法联系到的地方。

"炸药已部署。"皮塔伦报告道。在他转向连长的时候,一发重型子弹击中了他的脖子,射穿了颈甲。他一只手紧捂着伤口,另一只手拿着热熔炸弹引爆器,单膝跪地,鲜血沿着他的胸甲流下。

皮塔伦体内的拉瑞曼细胞正努力减缓流血的速度,并加速凝结,但他的伤势很严重。即便是阿斯塔特的强化生理机能,也无法挽救这位战斗兄弟。

"拿着它。"皮塔伦说道,满嘴鲜血发出汩汩声。

塞斯图斯拿过了引爆器,手握住了皮塔伦。

"你会荣得敬意……"塞斯图斯的声音渐渐减弱,他周围的空气突然变冷,植入战甲中的感受器显示温度急剧下降。在这骇人的一瞬间,他以为这层甲板已经减压,他们将被虚空夺走。

寒冷之中传来尖叫声,仿佛有一千个声音,回荡在塞斯图斯的脑海中。

这不是探入舰船冻结他们的虚空,这是更糟糕的东西。刺人的利爪如同冰刃一般试探着他的精神防御,这让塞斯图斯想起了早前在愤怒号上与莫特普的遭遇。

"灵能者!"他突然明白了,发出嘶声,"灵能者!"这次他喊了出来,提醒伊克塞利诺注意,"我们遭到了攻击。"

狂怒深渊号的一个舰员跌跌撞撞地走入开阔处。他的一只手松散地拿着一把自动枪,手臂垂于身侧。他的另一只手似乎在试图扯出自己的舌头。

塞斯图斯射中了那人的胸膛。他猛地弓背跃起,扑倒在甲板上。随后他转过头看到伊克塞利诺缓缓举起了爆矢枪,对准了他自己的脑袋。

"不。"塞斯图斯喊道,他的战斗兄弟被叫醒。

"我脑袋中有声音……我无法让它们停下了。"伊克塞利诺透过通信器低语道,仍在与自己的爆矢枪抗争。

"抗拒它!"塞斯图斯朝着伊克塞利诺吼道,感觉自己的理智正被亚空间的无形力量缓缓吞噬。他们现在必须离开。塞斯图斯连长抓住了伊克塞利诺的胳膊，他周围的世界开始变得模糊，他将伊克塞利诺拉向入口的门。

"快。"塞斯图斯低语道，地板在他脚下改变，墙壁开始熔化。

尽管塞斯图斯奋力拼搏，但他仍然无法阻止自己坠入疯狂。他记得的最后一件事便是拳头紧按引爆器，以及一片火海。

"他们以为这艘船是活的。"扎德基尔低声说道，他站在指挥王座前，"这艘船已经成为他们的一部分很久了，祈求者们将之视为自己身体的延伸。不，这艘船才是宿主，而他们则是寄生虫。他们的精神都不可能再完好无损。敌人在被我们杀死之前便会被逼疯。"

"您的命令，舰队司令？"指挥士官雷斯基尔的声音通过王座通信器传来，打断了扎德基尔的独白。

"你们已经夺取了军械甲板的外部区域？"他问道，想象着雷斯基尔的战士隐藏于走廊交叉口中。

"是的，大人。"雷斯基尔回答道。就在他们进入军械甲板之前，指挥士官和他的战士被命令夺取出口，扎德基尔可不想让他的部队被困在灵能攻击中。

"不过，一场大规模爆炸摧毁了三号入口的大部分，我们至今仍无法突破。"雷斯基尔补充道。

"那些阿斯塔特有可能逃离甲板？"即便是通过通信连接，扎德基尔声音中的恼怒情绪也十分明显。

雷斯基尔停顿了片刻，思考着他的回答。

"没错，有可能。"

"找到他们，雷斯基尔，否则就不要回我的舰桥。"扎德基尔骤然切断了通信连接。

舰队司令转向集结在他身后的第二支怀言者部队。

"夺取军械甲板，以及左舷和右舷入口。进去回收我们剩下的旋风弹头。"

"是，大人！"集结的怀言者齐声说道。

"现在就去！"扎德基尔怒吼道，身后传来咔嗒作响的靴子声，怀言者们开始行动。

必须阻止那些入侵者。尽管有灵能攻击，但扎德基尔必须确保了结后患。

针对福马斯卡的轰炸必须顺利进行,否则,剩下的计划便无法实施。他不会让自己因失败而在科尔·法伦的怒火面前丧命。成功是必然的。真言所述,必将如此。

在帝皇的伟大远征重新发现他们以前,马库拉格的当地人便相信残酷的地狱的存在。每一层地狱都属于某种特定的罪人,他们全都遭受着与他们的罪过相称的惩罚。一位死者走得越深,他的惩罚就越发恐怖多样,罪孽最深重的罪人——背叛了马库拉格战王以及自己家庭的叛徒们——则身处一系列折磨的中心,那些折磨,活人无法想象,圣贤也不愿揣测。

这些信仰随着帝国真理以民间故事和寓言的形式存留了下来。马库拉格的地狱层级成为史诗传奇、警世故事和粗鲁的诅咒的主题。

此时此刻,塞斯图斯正身处留给懦夫的地狱。

"跑啊!"教官喊道,"逃离一切!牺牲一切,只为逃跑!快跑啊,你一辈子都是这样!永远别停下!"

塞斯图斯满目泪水,什么也看不见。他的双手双脚被剁成了碎片,朝着他尖叫。在他身后,一颗微型太阳在朝他翻滚而来,他的躯干和腿部后方的皮肤起了疱。那颗太阳残酷无情,永不停歇,沿着一条巨大的环形轨道而来,周围是花岗岩壁,其光芒在悬于上方洞穴天花板的钟乳石上闪烁。

地上满是利刃,那是逃离战场的败北士兵丢弃的剑刃。随着那颗火球逐渐接近,罪人们开始逃跑,为了逃离火焰,他们用剑刃撕碎了自己的肉体。他们的惩罚便是永远在逃跑。

塞斯图斯想起,马库拉格上的训练士官曾讲述过这层地狱,那是在基里曼的军团从几百位祈求者中选中他,他成为极限战士以前的模糊记忆。它位于地狱的中层,因为尽管马库拉格人鄙视懦夫,但这只是一种可悲的罪孽、失败的罪孽,无法与靠近地狱中心的谋杀和背叛的罪孽相提并论。地狱中心的惩罚更加深重,不仅仅是为了受苦,不仅仅是为了知道失败的分量,还是为了警示,即便是懦夫,他的罪孽也不过如此。

塞斯图斯失足跌倒了。钢刀刺入了他的双手、双膝和胸膛。利刃划过他嘴唇的软皮,他尝到了鲜血的味道。他在咳嗽,渴望终结。他感觉自己已经在这里待了好几年了,那颗无情的太阳在驱赶着他。

那位教官是马库拉格的一位训练士官，也是他孩童时命令他前进去战斗的那个人。塞斯图斯想起了对失败和辜负强者的恐惧。他站起身，不知怎的，他的肉体仍在尖叫。

"我不是懦夫，"他喘着气，"拜托……我不是懦夫。"

教官的鞭子挥了下来，那是来自那颗太阳的一条火舌，在塞斯图斯的背上打下了一道红黑色的痛苦伤痕。"你差点害死你的战斗兄弟，因为你害怕取代他的位置！"教官喊道，"你宣告了同袍战士们的死亡，因为你害怕失败！现在你却在乞求结束对你的正义惩罚！这一切不正是懦夫的行径？而你还穿着基里曼的军服！你给你的军团带来了何等耻辱！"

"我从未逃跑过！"塞斯图斯喊道，"一次也没有！我从未退却！我从未逃离敌人！恐惧从不是我的选择！"

"你否认吗？"教官喊道。

"我否认！我否认你！帝国真理不容地狱的存在！唯一的地狱是我们自己给自己打造的！"

"再过一生，利西马科斯·塞斯图斯，你便会崩溃！"

那颗太阳怒号着逼近，它在膨胀，变成愤怒的橙色。太阳的表面闪着黑点，火舌舔舐着塞斯图斯，烧灼着他的脚掌和后腿。一条火舌缠绕在了他的脸上，烧穿了他的皮肤、脸颊、鼻子和耳朵，他发出呻吟。钩子钩住了他的腿骨，他的一只手也被卡住了，一根倒刺矛头刺穿了他的手。

"我不是懦夫！"塞斯图斯喊道，他将自己扯离了满是利刃的地面，肌肉和鲜血洒落在地，"我无所畏惧！"他转过身，抬起残脚，走向那颗太阳的核心。

卡明丝卡少将坐在她的指挥王座上，后面是通往愤怒号舰桥的防爆门。它已经关闭，将舰桥与损毁舰船的二次爆炸相隔绝。又一声巨大的爆炸响彻舰艉深处的发电机。愤怒号正在解体。福马斯卡微弱的重力井正缓缓将之拽入死亡螺旋。他们将毁灭在那荒凉的岩石上，如果灾难性的反应堆熔毁没有先将舰船完全摧毁的话。

他们飘浮在虚空中，完全受重力摆布，卡明丝卡却感到异常平静。然而，在她的意识边缘仍有一丝潜在的不安，仿佛她此前经历的那种感觉还在，但她已经适应了。

在塞斯图斯提出他的计划，谈到牺牲时，卡明丝卡便知道，这将会是她的最后一项任务。她穿戴着少将的全套服装，并指示所有舰桥参谋都这么做。这将会是这最后一战中的荣誉之举。他们将与狂怒深渊号这样的庞然大物作战，并且败北，但就像苍蝇骚扰野牛一样，这也许能吸引敌人足够久的注意，让帝皇的天使们去做他该做的。

"舵手长，"卡明丝卡说道，她的双眼盯着前方图像屏幕中的太空，来自她舰船的破碎残骸缓缓飘过，"解散舰桥舰员，包括你。你们将立刻撤离愤怒号，坐上救生舱。在虚空中，愿命运青睐你们。"

"我很抱歉，少将。我不能代表其他舰员，我不会遵守这道命令。"文克麦尔回答道。

卡明丝卡旋转指挥王座，目光冰冷地瞪着她的舵手长。

"我是你的舰长，你要按我的命令行事。"她说道。

"我请求留在愤怒号上，与舰同在。"文克麦尔回答道。

顷刻间，卡明丝卡看起来仿佛对文克麦尔的抗命怒不可遏，但舵手长脸上坚毅的神情消解了这份冰冷。

卡明丝卡向文克麦尔和她的舰桥舰员敬了个礼。

"你们给予了我莫大的荣耀。"卡明丝卡正要露出自豪的微笑，突然不安的感觉变得强烈，她意识到那是从舵手长身上传来的。

"不，少将。"文克麦尔回答道，从她周围舰员那显而易见的举止来看，他们全都同意，"我们才感到荣耀无比。"

文克麦尔举起手，施以海军回礼，突然间她捂住了自己的肚子，并面露苦相，倒在了甲板上，猛烈抽搐。

站在一旁的舵手康特立刻过去扶住她。

"文克麦尔军官。"卡明丝卡喊道，从王座上站起身，想去帮助她的舵手长。她看到文克麦尔的呼吸在她面前化作了一团薄雾，她停下了脚步，一阵强烈的寒意充斥着舰桥，仿佛这里骤然间变成了冷藏室。

文克麦尔抽搐挣扎着，卡明丝卡双眼大睁，拔出了她的海军副武器。

无论是否有武装，都不重要了，一切为时已晚。

莫特普正在隔离室中冥想，他的目光盯着魔杖上的反射镜面。突然间，他呆滞的神情消失了，再次恢复了意识。

是时候了。

这位千子站起身。他的看守允许他穿戴战甲，沉重的盔甲靴子声回荡在金属地板上。他走近闭锁的房门，抬起一只手。他发出嘶声，念出怪异的咒语，房门在莫特普张开的手掌前消解成了原子。这位阿斯塔特走了出来，立刻感受到了一阵深沉的空虚感。走廊中全无生命。他知道愤怒号上只有少量舰员，但这种情况有异，虚无感中有种异界的气息。莫特普拉起灵能兜帽，并将之紧扣在颈甲上的圣甲虫搭扣上。他将魔杖拿在面前并激活。这根小小的魔杖再次伸长变成了一把矛，噼啪作响的小股能量覆盖其上，仿佛在与周围的空气发生反应。莫特普确信，他所在的这艘幽灵船中有一个鬼魂。

这位千子平静地走在通往舰桥的狭窄通道中，他知道自己的命运正在舰桥上等候他。命运之线十分明晰。这是他选择的道路，尽管有别人试图改变他的思想，想让他陷入神圣的疯狂。

莫特普来到了舰桥，没有遇到一个生灵，仿佛舰员们已被完全吞噬。他做出快速的劈砍动作，封闭的防爆门打开了，排出一小股气压。

这位千子走进舰桥，面前是一片屠杀过后的惨状。

墙上和天花板上是怪异的骨骼条纹，这些伴随元素来自被杀害的舰员，整个舰桥变成了恐怖的藏骨堂。

莫特普无视了向他的鼻腔袭来的屠宰场般的恶臭，尽管他还戴着战斗头盔，在警告灯的闪烁下，舰桥中湿漉漉的红色显得十分鲜明。他看到了卡明丝卡少将，她正坐在地上，手里拿着一把手枪。

"离开她。"她低声说道，嘴唇上是点点鲜血。

站在他们二人面前的，正是舵手长文克麦尔，脸上露出一副疯狂的笑容。她浑身是血，靴子中的脚趾向下弯，擦过地板，像个毫无生气的牵线木偶。

"快离开！"卡明丝卡再次敦促道，她努力站起身，朝着曾是她的副指挥的可憎之物射光了子弹。

那个文克麦尔傀儡猛击而出，少将死了，那怪物的手臂缩了回去，闪着鲜血。

"寄居其内的怪物，"莫特普平静地说道，迈步向前，积聚起他的灵能意力，"出来吧。"

文克麦尔傀儡朝他咧嘴而笑。

"我乃是赤红之眼的仆人，我乃是全知马格努斯的臣下，"莫特普说道，走上前，再次紧握他的长矛，"出来吧。"

怪异的寂静如同帷幕一般降临，莫特普头盔中的温度读数显示为零下。他看到自己拳套上积聚起了微小的霜锥，在他前进时，白色的薄层缓缓凝结在他的胸甲上。

文克麦尔傀儡仍然没有回答。

"我知道你在这儿！"莫特普呐喊道，声音回荡在舰桥，"你一直都在这儿！你无法躲过我，我拥有马格努斯之眼！"莫特普将长矛指向文克麦尔，仿佛她是一只准备攻击的野兽。

"出来吧。"他嘶声道，文克麦尔的脸上闪过一丝熟悉感，但迅速被痛苦淹没。

那个曾是舵手长的怪物张开了嘴巴，下巴膨胀，露出了一张空荡荡的深红大嘴。怪物将鲜血喷涌而出，莫特普满身都披覆上了恶心的血块。面对这股猩红潮流，这位千子并未退缩。

空气中响着断骨的声音，文克麦尔的脊柱从背上撕开，在头顶拱起，如同蝎子带着刺的后腹。

一个赤裸裸的肌肉形体显现出来，如同血腥的花朵一般绽放开来。文克麦尔的双手变成了利爪，强化的肌肉组织在她破损的身体中肆虐扩散。湿漉漉的粉色肌肉在膨胀，上面形成了一层坚硬的黑色甲壳。曾经的文克麦尔成了某个涌入现实的怪物的导管，它急剧增大，俯卧在地以适应舰桥的空间。肥硕的脑袋上伸出突起的角，眼睛则如同焦油坑，恶毒地闪烁着。那几乎毫无面相的脑袋上开了一条缝，如同手术刀的切口，其中张开了一张大嘴，露出一排排锋利的牙齿。镰刀般的利爪从猿猴般肿胀的手臂上伸出，擦过地面。又长又健壮的尾巴从背后伸出，背后则是坚硬的肌肉藤蔓和扭曲的脊柱。

"你来了……"莫特普说道，抬头看向这个高耸的可憎之物，"伏索里克。"

这是一个亚空间之物，一个具现后的恶魔，它盯着千子，散发出邪恶的气息。

"我已饱腹，"那怪物发出汩汩声，嘴巴变形发声，口中流下鲜血，"但总能吞下更多。"

莫特普那时便知道这个怪兽已经在船上待了好几周了，吞噬灵魂，积聚力量。它便是莫特普脑海中的诱惑，差点让他陷入疯狂。它煽动起了那个太空野狼对莫特普的憎恨之火，助长了夺去许多舰员性命的疯狂。

莫特普舞动着他的长矛，能量电晕噼啪作响。

"进食时间结束了。"他郑重宣告。

第七层地狱，离诅咒之心只差两步，是为叛逆者准备的：那些摆脱了自然秩序的人，那些违抗强者，或是拒绝接受他们在这个世界中的位置的人。在过去的岁月中，那些武装反抗马库拉格战王的人会来到这里，还有那些背叛父母的孩童，以及各种离经叛道之人和煽动者。

这是一台机器——一台由巨大、复杂、无尽的齿轮组成的钢铁构造物，在整个第七层中翻腾。叛逆者没能认识到自己要成为一台宏大机器中的一部分，因此第七层地狱的目的便是教导他们明白自己的位置。罪人将会成为那台机器的一部分，弯曲拉伸，成为零部件。这台机器让他们永无安宁，永远在扭曲他们，用活塞刺戳他们，直到他们放弃自己的个性，放弃终结痛苦的希望。第七层地狱不只是惩罚，还是教训，它会在教导中粉碎其门生的精神。

塞斯图斯的脊柱在向后弯曲，金属尖刺刺入他的手腕，穿透他手臂和胸膛的肌肉。金属融入他的后脑，每隔几秒都会将之向后一折，齿轮从后方击打着他。

这层地狱暗无天日，鲜血淋漓。罪人到处都是，他们的躯体被机器扭变了形，变成了由软骨和骨骼构成的齿轮或凸轮，面容难以辨认。少数人是新来的，他们的躯体仍在反抗。他们在尖叫，骨骼刺穿皮肤，肌肉开裂。

"塞斯图斯！"上方有人喊道。塞斯图斯试图回过头，金属按压着他的头皮，他面露苦相。

是安蒂吉斯。那位极限战士已经脱去了盔甲，四肢张开被钉在了一个齿轮上。他的肢臂被迫环绕着齿轮的圆周，他的胫部和前臂都已被扭弯，看起来随时都会粉碎。在那个大齿轮中有一个小齿轮，固定在他的背后，缓缓扭曲他的脊柱。他的躯干已经歪曲了，他的头已经偏向了一侧肩膀。

"安蒂吉斯！"塞斯图斯喘着气，"我以为你死了。"

"我是死了，"安蒂吉斯说道，他的痛苦有了短暂的停歇，随后再次开始，

"你也是。马库拉格之父在上,这痛苦……我无法再承受了。只要能有些许……些许新的死亡,些许湮灭。"

"这里是叛逆者的地狱。"塞斯图斯说道,他的脑海中感受到一阵恐慌,他前臂和胸膛中的尖刺开始拉扯,将他的手臂拖到身后,"我们不是叛逆者,我们始终都是马库拉格的忠诚子嗣!我们效力于帝国真理,直到终结!没有什么比职责更为重要。"

"你的职责在泰拉,"安蒂吉斯说道,"你乘一艘舰船,离开了你的岗位。你带领我们所有人实施前往马库拉格的任务,并且让其他人送命!没有任何职责要求你集结舰队而抛弃泰拉。这是你的个人远征,塞斯图斯。这才是你的反叛。"

"我对马库拉格和我的战斗兄弟负有职责。我所做的一切,都是我的军团所要求的!忠诚驱使我向前!"

"是对你自己的忠诚,塞斯图斯。"安蒂吉斯的头猛地向后仰,他发出尖叫。他的双眼向后翻,呼吸艰难。一位阿斯塔特能够承受足以杀死普通人的痛苦,但就算是安蒂吉斯,忍耐力也是有极限的。

"兄弟!"塞斯图斯喊道,"坚持住!不要离开我!抗争到底!"

塞斯图斯的这部分机器嗡嗡作响,能量传导至引擎中,发出嘎吱声。他感到自己的手臂在被向后拉,后背感到了尖锐的压力。他的脑袋也被迫向后,前后拉扯,被紧紧地压入他的脊柱顶部。

他胸膛上承受的压力极大。阿斯塔特的肋骨融入了胸骨中,塞斯图斯能够感受到这些骨骼正在摩擦,行将裂成两半。痛苦增强了,这位极限战士什么也感觉不到,粉身碎骨已是必然。

"我不是叛逆者!"塞斯图斯喊道,莫名的力量坚定了他的决心,"我只为军团效力!我的军团便是我的生命!我不属于马库拉格的这片地狱,因此这片地狱并不真实!我不是叛逆者!我抗拒你们所有人!"

某处,一位教官转动了一个生锈的轮子,机器开始因能量而震颤。

塞斯图斯的胸膛裂开了,他发出尖叫,热浪呼啸着穿透他的器官。他的腿疯狂地踢着,双臂则被折断。他的脖子断了,但那份痛苦并未消逝,而他的躯体正被迫适应机器的运作方式。

"我抗拒你们。"塞斯图斯喘出了最后一口气。

第十九章

狼群精神

伏索里克

重逢

布林加四肢着地，趴在冒着气的狼群尸骸中。他已经用牙齿和利爪将他们撕碎了，带着毛发的口鼻上沾染着他们的鲜血。他们曾向他发出挑战，而他证明了自己才是支配者。在芬里斯的冰雪平原上，他那狂野的双眼扫过银色的海洋，大海如玻璃一般平静。他闻了闻空气，某种气味在寒冷的微风中朝他飘来。长长的狼耳竖了起来，听到了扰动苔原的微弱声音，他看到上方有一个身影，在白雪中稳步走上一个崎岖的山峰。

另一头狼仍然活着，在跟踪他。

布林加发出一声威吓的号叫，声音回荡在高耸的山峦间。另一头狼回应了他的挑战。

那头狼慢跑进他的视野，布林加后背上的毛发立了起来。他更小一些，身形精瘦。红棕色的毛皮覆盖着他的狼身，血红色的爪子抓着地面。布林加朝那个接近的红狼发出吼叫，一道深沉的号叫回响在他体内。那位挑战者走下平原，他们开始环绕彼此，备受尊敬的老灰狼对阵年轻的红狼。死亡是唯一的结果，唯一不确定的是这场决斗是否会同时要了双方的性命。

布林加的狼牙上仍然挂着条条狼肉。鲜血的味道令人陶醉，那气味点燃了他狂野的感官。随着一声怒吼，他扑向另一头狼，肆无忌惮地抓咬。他的攻击如此激烈，以至那匹红狼暂时失去了平衡。他在布林加的嘴中扭动着，爪子疯狂刮擦，并朝着灰狼的后背咬了下去。两头野狼相互脱离，都浑身鲜血，满腔愤怒。这一次，红狼发起了进攻，迅速扑了过去，爪子擦过布林加的侧面。老灰狼在痛苦中尖叫着，四肢滑过冰雪平原，随后重新发起冲锋。

红狼在布林加冲来时用爪子划破了他的口鼻，但老灰狼并未退却。布林加无视痛苦，下颌紧咬住红狼的脖子。红狼的爪子刮擦着他的侧面，后腿在绝望中踢腾。布林加能够听到对手狂乱的呼吸，皮毛感受到了热量，以及在寒冷中凝结的水蒸气。随着一道恶狠狠的咕哝声，他咬断了红狼的脖子。红狼在死前发出尖叫，瘫在了布林加的嘴中。老狼甩开那具尸体，发出胜利的号叫。

银色的海洋再次出现在了他面前，布林加感觉大海在呼唤他。厚厚的白雪飘在那富有光泽的镜面上，落在布林加站的地方，盖住了死去野狼所洒出的鲜血。老灰狼正打算跑开，一个阴影出现在了冰雪平原上。他抬起头，片刻间，他看到的只有厚厚的雪层。随后，一个身影缓缓现身。那是一头黑狼，有布林加两倍大，弓身坐着，平静地看着他。那头黑狼并未做出挑战的姿势，布林加从其气质和举止中也没有看出威胁，他只是看着。灰狼以前见过这只黑色野兽。他缓缓靠近，十分警惕，黑狼站起了身，灰狼则停了下来。黑狼的目光直刺入布林加，他张开嘴巴，仿佛要呼号。

"看看你周围。"那头黑狼说道，尽管他说的是人类的话语，但灰狼布林加能够听懂。

"看看你周围，布林加，"那头大黑狼再次说道，"这里不是芬里斯。"

布林加从梦中醒来，却直落入梦魇。鲁奇韦德死在了他的脚边，这位血爪的喉咙被撕开了，他的尸体旁积着一摊鲜血。布林加的嘴中尝到了铜锈的味道，他立刻知道是自己杀了鲁奇韦德。透过眼角，他看到了其他灰甲战士，意识到自己杀害了所有同胞。他闭上双眼，不再直视这幅惨状，希望这是自己的幻想，但当布林加再次睁开眼睛时，他意识到并非如此。

布林加摇晃着站起身。他所记得的最后一件事便是正在接近狂怒深渊号，他们的穿梭机被击中了，撞入了一片黑暗。其他事情他都不记得了。他出现在了自己所想象的芬里斯，他知道这是某种灵能谎言。想到自己遭到了巫术的操纵，布林加握紧了拳头。他的战斗兄弟们为此丧命，他则遭到了诅咒。

布林加恢复了理智，他看向四周。这个房间极其昏暗，但给人感觉很高大。这是某个军械库，他的面前是一台无畏机甲。他一开始感到惊讶，下意识地向后退，手伸向暴牙斧。当他意识到那台强大战争机器的石棺是空的时，他放松了下来。旁边是又一台无畏机甲，同样挂着，为即将永远埋葬其中的战士做好了准备，他们将为军团效力至死。

这个军械库很大，储备充足，一箱箱军火堆叠成一排又一排，还有一排排爆矢弹夹、燃料电池和手榴弹带。然而，吸引这位太空野狼注意的，是那些庞大的无畏机甲。在第二台战争机器旁，还有一台又一台。布林加抬起头，目光扫过整个房间，他的强化视力适应了黑暗。整个巨大的军械大厅中至少有一百台无畏机甲，一个个沉睡的形体固定在一排排架子上。武器系统、巨大的活塞锤、动力连枷、自动炮、重型爆矢枪、双联喷火枪和导弹舱排列在机甲旁，等候着装上无畏机甲的躯体。布林加在这场火力展示面前畏葸不前，他想象着这数百装甲巨物以洛加之名走向战场的场景。

布林加的耳朵竖了起来，他不记得自己何时丢了战斗头盔。在军械大厅的一面光秃秃的墙上，一块金属板滑开来，一束暗淡的红光从开口处照入。一个高大又瘦削的人影等候在外，待门打开，那人影走了进来。那人身着黑色长袍，布林加看到了其背后的金属物闪光，是机械神教。

那位贤者转过身，注意到了军械库中的阿斯塔特。他径直朝着太空野狼冲了过来，长袍下伸出一只机械义肢钻头。布林加砍向那只武器机械臂，斩断的金属臂洒出了油，就像是鲜血，布林加一声怒吼，暴牙斧朝着这位倒霉的贤者挥下。那人在死去时发出汩汩声，也许是在表达痛苦或是懊悔。他抽搐了片刻，仿佛他的机械躯体需要花点时间才能意识到自己已经死去，最终他安静了下来。

被那位贤者打开的门仍散发着红光。

布林加不知道那道门通向哪里，但也许他能在船上找到某个脆弱的部位，造成一些破坏，让血爪们的牺牲和自己的可怕行径有些价值。也许那位极限战士还活着，布林加能够找到他。狼卫的脑海中冒出这些想法，他迈步走向那道门，却停了下来，他听到大厅中有金属声，紧接着则是挂具分离的气压嘶嘶声。

布林加朝着那道声音转身，他的强化听觉准确定位到了源头，他踌躇了。他并不需要等候太久，那异动的源头现身了。

"我永远为军团效力。"黑暗中，一个通信广播器中发出刺耳的声音。沉重的金属脚步声如同大锤敲击金属的砰砰声，回荡在军械库中，一个巨大的无畏机甲从阴影中现身。

那东西是个怪物，安葬程序仅仅进行了一半。装甲石棺敞开着，露出了一个半透明泡舱，里面是一个包裹在羊膜液体中的赤裸形体。黏稠的材料紧贴在那具躯体上，透过泡状维生舱，埋葬于其中的阿斯塔特的强化肌肉散发着暗淡的光泽。

它行走不稳，一只手臂不见了，断开的电缆如同切断的血脉一般拍打着，它无疑仍在等候安装能够表达战争艺术的毁灭武器。然而其另一只手臂已经准备好了，上面挥舞着一个巨大的带刺铁锤。一丝微弱的能量火花在其表面散开，在无畏机甲上洒下鲜明的闪光，它下意识地激活了那个致命的武器。这个金属怪物高耸在布林加面前，散发出一阵强烈的威胁感。老狼后退一步，挥舞着暴牙斧，做好了准备。对手的盔甲看起来很厚，他希望自己的符文斧能够将其击穿。

"我的敌人。"那个无畏机甲嗡嗡作响，笨拙地向前移动，挡住了军械库的出口，它的语气和举止中有一丝熟悉感，"奥蒂斯必须死，"它补充道，停顿片刻，仿佛突然感到迷惑，随后它重新聚焦于太空野狼，继续说道，"你不会夺取这艘船。"

布林加知道这位战士，他曾在巴卡三星杀死了这个人。

"贝拉诺斯……"它说道，语气中带着机器的寒意。

那位突击连长。

"我不是已经杀过你一次了？"布林加咆哮道。

"消灭你。"那个无畏机甲回答道，泡舱上的石棺关闭了。

"第二回合。"布林加低语，无畏机甲贝拉诺斯冲了过来。

莫特普撞穿了舰桥的防爆门，滑过邻近走廊的地板。火焰包裹着他的盔甲，恶魔的呼吸在他身上留下了烧痕。那道打击力度之大，使莫特普得抓着走廊墙壁来减缓自己的滑行，但木饰面板和金属都被他撕开了，露出了赤裸的线路和粗大的电缆，闪着火花和烈焰。这位千子撞在了走廊交叉路口的一个舱壁上，倒在了地上，痛苦传遍他的后背和肩膀。

热浪缠绕在莫特普的盔甲边缘。他的头盔面甲承受住了最猛烈的打击，部分已经熔化，他将之扯下，留下了完好的头盔和灵能头罩。丢弃了头盔面甲后，莫特普站起了身。三条爪印深深刻入了他的胸甲，鲜血流了出来。莫特普起初有些踉跄，但他利用灵能坚定了信念，驱除自身的痛苦，一步步走回舰桥。

伏索里克走过破碎的防爆门，在那个恶魔的巨大形体穿过莫特普留下的破洞时，金属在尖啸。那只怪兽将会在半路上遭遇他。

伏索里克逐渐接近，莫特普看到其黑色甲壳上多处破裂，躯体上的小伤口渗出脓液，闪着微光。

至少，它会受伤。莫特普抓住这最后一丝希望，举起他的长矛。他低声念咒，朝着那个恶魔掷出一道绯红色的弧形闪电。那怪物一开始躲开了，利用其强壮的前臂挡住了灵能攻击，蔚蓝色的能量迅速消散，伏索里克毫发无损。

"就像一只虫子，"那恶魔说道，它的声音伴随着肌肉的滑动声和骨骼的破裂声，"身子孱弱，却很难杀死。"

"我是阿斯塔特，是人类帝皇的复仇天使。"莫特普发出挑战，利用这短暂间歇积聚力量。尽管莫特普很虚弱，也很痛苦，但他很小心，避免露出弱点，也不去思考成败。假若如此，那个恶魔会抓住这个机会，那么一切都将付诸东流。

"我是你的末日。"伏索里克宣称，以超自然的速度冲了过来。

"我也是你的末日。"莫特普嘶声道。

利刃般的爪子划过空中，莫特普用长矛挡开了那道打击，长矛涌现金色的火花。那力度令他不自觉地往后退，靴子摩擦着金属。他拿着长矛扑了过去，矛尖化作一团绯红色的火焰，刺穿了伏索里克的身侧。那个恶魔的皮肤就像是钢铁，这道打击的震荡传到了莫特普的前臂和肩膀。一阵肢体麻木中，他几乎丢掉了武器。伏索里克发出了强烈的痛苦惨叫，莫特普在这叫声中直往后退。

盔甲中的伺服系统在增强他的肌肉力量，他向后跃出，盔甲上破损的长袍像披风一样拍打着，在那个恶魔发起反击前，他落到了地上，手里仍拿着长矛。

"你已经失败了，幽魂，"他说道，声音中满怀绝对的确信，"过去的幽魂，我呼唤你的名字。亚空间的产物，我会将你遣回。无论你有多么饥渴，我都知道你不会取胜。你会被帝皇之光放逐。"

"你对我们的本质，"伏索里克讥笑道，"一无所知。"它身侧的可怕伤口已经开始愈合，"你们已误入歧途，并不知晓自己的命运。"

一个画面短暂地闪过莫特普的脑海，那是燃烧的普罗斯佩罗尖塔和号叫的野狼。这是伏索里克第一次试图策反他时他所看到的景象，它再次显现，如同萦绕他的梦魇。

莫特普集中精神，决不屈服，那景象如同烟雾一般缓缓消散了。

"我是莫特普，赤红马格努斯的千子。阿里曼的智慧在我体内流淌。"他的壮言坚定了自己的意志，力量贯穿全身。伏索里克肌肉发达，带有疤痕的皮肤就像是一具患病的尸体，震颤不已，莫特普只能认为伏索里克在大笑。恶魔那犬似的头颅上耷拉着血腥的嘴唇，血淋淋的眼窝中纯黑的双眼闪着湿漉漉的光。伏索里克的一只手弯向自身，随着一道邪恶的吮吸声，手上形成了一个宽大的孔洞，那怪物将手像枪一样瞄准。恶魔一声怒吼，紫色的火焰从手中喷涌而出。莫特普没能迅速躲开，冲击波击中了他的肩甲，将他猛地打飞，飞旋过走廊。这位千子在落地后便迅速站起了身，他感受到一侧盔甲因热量而被烧焦，他脸上暴露的皮肤起了疱。

伏索里克再次开火了，一串凶猛又克制的火焰从他手中喷薄而出。那怪物在放声大笑，他的喉咙中喷出鲜血，发出骇人的汩汩声。莫特普翻过交叉路口，滚入另一个走廊，一串串火焰撕开了舱壁。

燃烧金属的臭气充斥着他的鼻腔，热浪炙烤着他的皮肤，但莫特普并不打算放弃。烈火消散后，他便转回了交叉路口。他伸出手掌，朝着恶魔释放出一股翻腾的绯红火球，流过恶魔的武器臂，将之烧毁。

"怀言者不会成功的，"他说道，拿着长矛冲向前，"帝皇知道自己遭到了背叛！洛加无法逃脱正义的制裁！"

"我并不在乎洛加的走狗，"伏索里克咆哮道，"他们受赐于亚空间的意志，那是居于天界的古神。奴隶洛加仅仅是打造我等大意旨的工具。人类将会陨落，旧夜将会回归银河，并将之再次笼罩于黑暗之中。你们都将成为奴隶！"

阿斯塔特和恶魔交锋。莫特普将长矛刺向伏索里克的侧面，恶魔则一挥巨爪，将他打到了走廊墙上。在莫特普恢复起来前，伏索里克抓住了那位千子的头颅，并开始挤压。莫特普能够听到自己脑骨碎裂的声音，他视野中闪着黑点，正渐渐失去视力。

"你们的帝皇可以尽其所能地谋划如何畏缩，"伏索里克说道，"亚空间有什么好怕他的？"他奚落道，开始施加更大的压力。

"知识……"莫特普紧咬牙关,嘶声道,"就是力量。"他的双眼射出两道光,燃烧着伏索里克的脸庞和躯干。那恶魔往后退缩,松开了他,莫特普将长矛刺向恶魔的脖子。伏索里克在痛苦中尖叫着,将莫特普放倒。莫特普哐的一声落到了地上,那把长矛仍嵌入了那恶魔的脖子。

莫特普奋力起身,摆脱了那个恶魔,他的脑海中形成了一道精神护盾,并在他面前的空气中具象化。伏索里克十分愤怒,它那鲜红色的肉体已经烧焦,流着脓液。长矛造成的新伤口并未愈合。

伏索里克朝着千子再次冲来,撕开了那道灵能护盾,仿佛那是一张羊皮纸。

塞斯图斯脸朝下摔了下来,感到想要干呕。他分不清哪里是上。他很冷,相当冷,仿佛他被冰包裹住了,或是暴露在了赤裸裸的虚空中。

身体瓦解的感觉就像是荡在每根骨头和肌腱中的痛苦回音。像这样从一个尚有生气的人转变为一团杂肉,被困在这个转变的过程中,感受着脊柱断裂、胸膛破裂,这骇人无比,令人备受折磨。他感觉受到了侵犯,仿佛自己的肉体也不再属于自己。

塞斯图斯睁开了双眼。

他正身处最后一层地狱。这是一道无尽的竖井,一片漆黑,上下都伸向无穷远的地方。数百根长长的细刃刺透了黑暗的虚空,从上方垂下,刺向下方无尽的深渊。这些细刃上刺着马库拉格的叛徒。他们一点一点地滑向下方的黑暗。

塞斯图斯站在从这层地狱的墙上伸出的一小块岩石上。他看到了罪人的脸庞,永远处在尖叫之中,细刃缓缓刺穿他们。

"你的罪孽和地狱的层级等同。"教官说道,他正站在塞斯图斯身后。塞斯图斯第一次清晰地看到了教官,他就像阿斯塔特一样魁梧结实,穿着沾了污渍的钢盔甲,就像是马库拉格的古老战王们那样。他还穿着皮制围裙,上面沾染着鲜血和汗水。他的面容如同一块铁板,因在地狱永世效劳而失去了容貌。他手中的鞭子是塞斯图斯见过的最残酷最丑陋的武器。

"我不是叛徒。"塞斯图斯说道。

"这些人也不是,"教官说道,用鞭子指向那些滑向永恒的受苦灵魂,"他们的罪孽更似傲慢,而非背叛。他们以为自己真的有能力背叛自己的同胞,但事实上他们只是区区小贼和杀手，无足轻重。要成为真正的背叛者，你需要有力量背叛你的兄弟。鲜有人拥有这样的力量。取得这种力量所需的德行应当被背叛的行径所污染，这便是这个罪孽的真相。这便是它比其他任何罪孽还要深重的原因。"

塞斯图斯低头看着自己的身体。他的盔甲已经不见了，他穿着的是马库拉格候选战士的深蓝色护垫甲，胸口上是战王的饰章。这身衣服正是他第一次走到极限战士牧师面前，宣布他相信自己已准备好加入基里曼之子时所穿的。这身衣服很破旧，沾染着来自上千场战斗的鲜血。"我不是叛徒，无论是否出于想象。我从未背叛我的兄弟。"他说。

"至于你，利西马科斯，你真正属于何处？你是个阿斯塔特，如所有的阿斯塔特一样孔武有力。考虑到你所杀害的那些人类和异形，你也是个杀人犯，你真的认为你所杀的每一个人都配落得那样的命运？想想这所有的罪孽，这还没算上你拼死执行的这项任务。你率领着整支舰队走向毁灭，你让你的战斗兄弟无谓地牺牲，你保护了一个灵能者，并且很清楚他违反了尼凯亚会议的敕令。这一切都是为了与你的阿斯塔特同室操戈。我们该从哪儿开始算起呢，连长？"

塞斯图斯低头看向峭壁边缘外。地狱的心脏便在那里，有个庞然大物在下面翻腾，在黑暗中依稀可见。一张巨嘴用牙齿磨碎了叛徒们，数千只眼睛都在指责他们，每一只都闪着痛苦。

"这一切都不是真的。"塞斯图斯说道。

面对如此境地，这位极限战士露出了微笑，他已豁然开朗，一切疑虑都像蓝色的潮水一般散去了。

"我没有死，这里也不是地狱。"他断言。

"你怎能确定？"教官问道。

"因为我也许犯下了你所说的这一切罪过。我率领手下步入死亡，戮杀无数，并与阿斯塔特兄弟为敌，但我不是叛徒。"

塞斯图斯踏出壁架，落入了最后的地狱。

痛苦，真正能够感知到的痛苦，在塞斯图斯摔到地面时传来。他逃脱了。不知怎的，他的决心和信念助他摆脱了那股灵能的摆布，摆脱了自己的精神牢笼，并毫发无损地走了出来。

大炮的轰鸣通过地面传来，记忆再次显现。

他正身处狂怒深渊号上。讽刺的是，他在想自己选择待在地狱是否会更明智些。

塞斯图斯的身体感到疼痛，他检查了下伤势。他有些瘀伤，有点恼火，但仍然完好无损，并且仍穿着盔甲。他站起身，看到伊克塞利诺就在他身旁。在他发狂的梦中，他定是在拖着自己的战斗兄弟一路前行，尽管塞斯图斯连长并不知道他究竟在哪儿。

塞斯图斯感到一阵悲痛。伊克塞利诺已经死了。在那场灵能攻击中，这位阿斯塔特的假死膜已经关闭了他的身体机能，陷入了静滞状态。这几乎已经不重要了，他已经无法被唤醒了。

塞斯图斯蹲在他阵亡的战斗兄弟身旁，将其手臂交叉放到胸前，并将短剑放到他手中，做出死亡敬礼的姿势。塞斯图斯连长能做的只有这么多。他再次站起身，背靠在墙上，无视了脑袋的阵痛。他感觉自己的盔甲将止痛剂注入了身体系统，自己的改造身躯开始工作，让他能动起来继续战斗。

塞斯图斯扫视四周，发现自己已经不在军械甲板外了。他并不知道自己是怎么来到这里的，他猜测自己在灵能引发的精神失常状态下跌跌撞撞地走过了狂怒深渊号的隧道，某种内在的求生本能带着他逃离了眼前的危险。这里看起来像个兵营。他在脑海中回看着莫特普植入的地图掠影。这层甲板有几个宿舍，尽头是一个神殿，那是唯一的出口。

塞斯图斯小心翼翼地前行着，猜想这层甲板一定没什么人，否则他早已经被发现了，他朝着那个神殿前进。

这座神殿对于帝皇所教导他们相信的事物而言是个诅咒。这里与伟大远征引领人类迈入的启蒙时代相悖，与驱逐野蛮习俗并以经验主义的价值观取代迷信的做法相悖。这座神殿公然亵视着阿斯塔特所代表的一切。

这是一个崇拜之地，至于崇拜的是哪个怯懦的神，塞斯图斯并不知道。一个祭坛靠在一堵墙前，这里还排布着用于祈祷的长椅。房间中布置着绯红刺绣的深红色旗帜。塞斯图斯试图将目光聚焦于那些图案上，却发现自己做不到，那些图案在他眼前蠕动凝结。

一些沾着鲜血的小物件放在了祭坛上。塞斯图斯意识到那是断掉的手指，有好几百个。他的脑海中浮现了狂怒深渊号的舰员以洛加之名一排排自残的画面。塞斯图斯摇头摆脱那画面，强迫自己保持专注。他仍然感到心烦意乱。他去了地狱，嘴里仍然留着余味，身体仍然记得自己被拧绞的感觉。

一阵脚步声让他的注意力猛地转回到了现在。那些声音正快速接近：下令的吼声，装甲躯体穿过附近门口的咔嗒声。

然而这里难以躲藏，塞斯图斯迅速冲向远处的房间，消失在了一个壁龛阴影中。这里闻起来有股陈旧血液和腐肉的味道。狂怒深渊号服役时间尚且不长，舰员们却一直都在这艘舰船上施行供奉。书籍堆在附近的祭坛后，每本书的封面上都刻着一个八角星符文。塞斯图斯移开了目光，不愿了解那些书页中的种种诅咒。

"那儿！血迹在这里面。举起枪，行动！"这声音源自房间内。

塞斯图斯从枪套中滑出爆矢枪，小心地瞥向祭坛。一队五位怀言者进入了房间，正用爆矢枪扫过每个角落。一个人的胸甲上刻着一本打开的书，上面是金色的凹雕文字。塞斯图斯猜测那人是一位军团老兵，指挥着这支小队。

"检查兵营！"那个老兵咆哮道，声音如同搅动的砾石。这位怀言者抱着一把下挂的热熔枪，这是一种能把盔甲和肉体像羊皮纸一样烧穿的短程武器，是阿斯塔特杀手，完美的猎杀武器。

那位老兵和另外两个人留在了神殿中。在队长沉默的作战手势指示下，小队散开来，走过长椅。

塞斯图斯得趁他仍有突袭机会时行动。他从腰带上解下一对破片手榴弹，并按下了激活图标，让两颗手榴弹缓慢滚过地面。

一个怀言者对这声音做出了反应，他转过爆矢枪准备开火。在他能扣动扳机前，破片手榴弹便迎面爆炸，撕开了他的部分头盔。第二枚则在另一个阿斯塔特脚下引爆，冲击在室内更加强烈，他盔甲关节处的一条腿被炸飞了。

火焰和碎片仍然弥漫在空中，塞斯图斯站起身，利用第一个怀言者头盔破裂的机会朝着他射出了一发子弹。一团红雾从那个怀言者的脑后喷出，随后便死去了。

塞斯图斯听到了热熔枪充能的哀鸣，他扑向一侧，那个怀言者老兵释放了那把致命武器。他的瞄准线被残骸遮蔽，那发射击烧穿了那个还剩下一条腿正在摔落的怀言者，他倒在了地上，躯干上有一个冒着烟的坑一样的伤口。

塞斯图斯顷刻间站起了身，他跃过长椅，爆矢枪射出子弹。站在神殿中的最后那位怀言者老兵看到了极限战士，但他的反应太慢了。在他转过热熔枪进行第二轮射击前，爆矢子弹已经击中了他的手臂和躯干。那个老兵被打飞了出去，待到塞斯图斯来到那个老兵身旁，他已经拔出了动力剑，哼了一声，砍下了坠落老兵的脑袋。塞斯图斯继续向前冲，回到了神殿外通往兵营的走廊。一个听到了枪声而警觉起来的怀言者从一个房间中现身，十分惊讶。塞斯图斯射穿了他的头盔目镜，随着一声沉闷的呐喊，敌人倒在了地上。

第二个怀言者显然更加小心谨慎，他利用爆矢枪伸长的握把，在门口朝着走廊盲目扫射。塞斯图斯紧贴在墙上，子弹掠过，枪口闪着光。一发爆矢流弹击中了他的肩甲，一块碎片划过塞斯图斯的脸庞。他并没有戴着战斗头盔，在那块碎片切入他肉体并嵌入其中时，他努力克制住喊叫的冲动。相反，他从墙边滚过，进入蹲伏姿态，按下了爆矢枪的扳机，试图将攻击者逼回房间。

即使战斗的怒号充斥着塞斯图斯的双耳，武器声似乎也响亮无比。

塞斯图斯咒骂起来，那个怀言者一定是听到了子弹射光的声音，从隐藏处现身，放声大笑。

塞斯图斯本能地扔出了动力剑。那把剑刃飞旋而出，猛击入那个震惊的怀言者的颈甲，刺穿了他的脖子。那个阿斯塔特步伐踉跄，张开了双臂，仿佛仍在努力领会刚刚发生了什么，黑色的液体如潮水般沿着他的胸甲流下。塞斯图斯跟着那把剑冲了过去，将中招的叛徒手中的爆矢枪打飞，同时扭出动力剑，斩杀了那个怀言者。

"我的兄弟，我的敌人。"塞斯图斯低声说道，他匆匆评估现状，注视着周围惨死的怀言者。

五个阿斯塔特死在了他的手上，尽管他们都是叛徒，在一座信奉异教神的神殿里，科学与理性的启蒙和实践被抛弃，他们转而投身迷信。塞斯图斯感到整个银河都变得黑暗了，他将动力剑插入鞘，丢掉了怀言者的那些无法使用的爆矢枪弹夹。他面露苦相，从脸上拔出了一块陶钢碎片，随后继续前进。他知道，前方有军械库。

布林加跃向一边，动力锤砸在了甲板上。这位太空野狼滚起身，看到令人生畏的无畏机甲贝拉诺斯从那个布满闪烁电线和破碎金属的坑洞中抽出了他的武器。锤头扯出的电缆就像是肠子一般缠绕在武器的尖刺周围。

贝拉诺斯咕哝着，摆正身子，内心仍然很迷惑，他再次发起了冲锋。

布林加这次躲开了猛挥的铁锤，坚硬的金属面从他头顶呼啸着掠过，声音如同死亡丧钟。这位太空野狼拿着暴牙斧突入，猛地击中了贝拉诺斯的装甲侧面。那把符文斧深深砍入了强化陶钢框架，但这个怀言者无畏机甲并未减缓速度。贝拉诺斯借着其势头撞向太空野狼，其机器身体如同一把撞锤。布林加被打到了一旁，暴牙斧从手中脱落。他面朝下滑过甲板，盔甲摩擦产生的火花溅洒在了他的脸上。布林加面露苦相，他站起身，从腰带中拔出一把刀。单分子刃磨得比剃刀还要锋利，施以适当的压力便能割开动力盔甲，唯一的缺点便是其糟糕的打击范围，布林加怀疑，一把扔出的刀刃是否会激怒他的巨型敌人。

随着一声战吼，老狼冲向了贝拉诺斯，贝拉诺斯仍在转身，时而清醒时而迷糊。然而，随着太空野狼的每一次攻击，这台无畏机甲的记忆都在复苏。

布林加紧抓着那台怀言者机甲的武器臂，将刀刃捅入密封石棺的盔甲关节中，试图撬开石棺。贝拉诺斯猛转过身，装甲脚上下踩动，扭转躯干，试图甩开他的敌人。布林加紧抓着，双腿绕住无畏机甲的肩膀，双手将刀刃插入其中，直到只剩下刀柄在外面。

贝拉诺斯意识到自己无法摆脱那个太空野狼，于是决定把他撞在军械库的墙上，他朝着墙壁一头冲去。布林加看到空荡荡的无畏机甲服正飞速朝他而来，意识到自己即将撞上去。他在最后一刻纵身一跃，猛地跳开，贝拉诺斯则冲入了休眠的机甲中，发出震耳欲聋的哐当声。那个怀言者迅速脱身，转了过来，踩向匍匐的太空野狼，试图用脚碾碎他，布林加匆忙跳下，头昏眼花。

随着一声痛苦的呻吟，布林加滚到一旁，但贝拉诺斯动作更快，在太空野狼努力站起身时，动力锤擦过。布林加满腔怒火，一瞬间，他又回到了芬里斯，但现在他是一个人，站在银灰色海洋的岸边。布林加躲开了那把足以打碎他头颅并终结决斗的巨锤的第二击。他在闪光中看到了暴牙斧，却无法拿到那把武器的斧柄并将之扭出。布林加也看到石棺裂开了，碰撞让太空野狼的刀刃插入的关节松动了。羊膜维生舱已毫无防护。布林加去摸爆矢枪，却没摸到。他高声咒骂。他定是在撞击时或是做灵能的狂乱之梦的某个时刻弄丢了那把枪。

鲜血从太空野狼的口鼻中流了下来，沾染到了胡须上。他的腿仿佛灌了铅，反应迟钝。他的身体十分疼痛，仿佛被炽热的针所刺中。这便是结局了。没有武装，浑身负伤，即便是凭着布林加这样的武艺也没有希望战胜一台无畏机甲。贝拉诺斯似乎察觉到了这不可避免的结局，他缓步走来，仿佛在享受这场杀戮。

这位太空野狼意识到自己在笑，这动作令他的胸部感到疼痛。那台无畏机甲的阴影完全遮蔽了他，布林加闭上了双眼，想象着海洋。

"芬里斯。"他低语。

一道响亮无比的爆矢枪声回荡在军械库中。布林加的眼睛猛地睁开了，他看到了对方的维生舱上有一个冒着烟的洞，被穿透的孔洞向外散出裂痕。贝拉诺斯向后摇晃，通信发射器发出汩汩声。盐水一般的黏稠羊膜液从破洞中溢出。

这位太空野狼向前冲去，尽管腿中传来了一阵新的痛苦，他将暴牙斧从无畏机甲的躯体上扯了下来，并在对方的维生舱上凿开了一条线。贝拉诺斯在绝望中挣扎着，舱室破裂了，液体连同其中的阿斯塔特一齐喷涌而出。贝拉诺斯从破碎的泡舱落下，仍悬挂在将他和无畏机甲连接的电缆线路上。来自那把隐秘的爆矢枪的第二发子弹击中了贝拉诺斯的胸膛，浓厚的鲜血从伤口中渗出。这台无畏机甲向后倒去，轰然摔在了军械库的地板上，一动也不动了。布林加爬了上去，跨坐在机甲上，用符文斧砍杀贝拉诺斯的残躯，直到其什么也不剩。

"再复活试试。"他低声野蛮地说道。

回荡的脚步声让太空野狼转过了身，他看到了自己的救星。斯克拉尔从昏暗中现身，伸出的拳头中握着仍在冒烟的爆矢枪。

"还以为你死了。"老狼咕哝着，突然倒下了。

莫特普将他的一只胳膊末端扭回肩关节。痛苦毫无意义，他脸上的苦相源于他对胳膊以及胳膊挥舞的长矛遭到削弱所感到的沮丧。他深呼吸了几次，背靠着舱壁。

他与伏索里克的战斗跨过了舰桥外的走廊，来到了高级舰员营舍，这是他在被监禁于隔离室前分配给他的房间。这里离舰桥较近，以便舰桥上的战斗需要任何高级舰员在场。这在面对必然的死亡时并没有什么作用，除了留下战斗的短暂迹象。

他注视着崩塌的天花板，两层甲板的残骸间还有几根完好的支柱在闷燃，莫特普意识到他是指挥甲板上最后的幸存者了，在他撞穿甲板，落到下方的房间时，那个恶魔失去了踪影。伏索里克可能在任何地方。莫特普的嘴中尝到了鲜血的味道，他知道自己肋骨上的结合甲壳已经破了。他呼吸急促，这意味着一个肺破裂了，他的肩膀火辣辣地疼。

事实上，这场战斗并未朝着他希望的方向发展。

"你在抗拒，"那个恶魔说道，"我策反了你的兄弟，向你展示了道路，你却拒绝了我。这实属愚蠢。"

莫特普试着追寻伏索里克的声音，但那声音来自四面八方。

"你知道帝皇的家族有多脆弱吗？你知道他的儿子们有多容易相互操戈吗？让那个野狼向你发难毫不费力，让那个连长不再为你辩护也是轻而易举。"

莫特普并未理会恶魔的刺激，他试着集中注意力。舰员营舍里很黑，愤怒号已经失去了电力，他闭上了双眼，依靠自己的灵能来引导自己。生命支持系统也失效了，空气变得污浊。莫特普保持着稳定的呼吸，避免消耗太多的氧气。

"帝国将会陨落，"伏索里克断言，"银河将会沉浸在血与火之中。人类的统治已经终结。"

莫特普的目光洒向房间四周。他的灵能视野中显示出了一个灰色的阴影世界，模糊不清。死在营舍中的军官们的尸骸如同暗淡的蜡烛微微闪烁。一个鲜红又愤怒的生命火花吸引了莫特普的注意。他看到了那个恶魔的形体，其皮肤就像是炽热的火焰，熊熊燃烧，带有棱纹的角从狰狞的脑袋上伸出，背上是厚厚的黑色毛发，其上伸出了巨大又破碎的翅膀，它的爪脚摩擦着地板。

"我看见你了。"莫特普低语道，掷出了长矛。

金色的长矛刺穿了它的脖子，那个恶魔在痛苦中发出怒吼。莫特普猛地睁开双眼，伏索里克再次化作肉体怪物，被莫特普的武器钉住。莫特普一头冲向那怪物，试图利用他所取得的微小优势。

那个恶魔扭动着，痛苦不堪，矛尖撕开了它那变幻不停的肉体。它的巨嘴沿着躯干裂开来，在莫特普来到它跟前时，那恶魔吐出了一串燃烧的骨片。一块碎片轻易刺穿了莫特普的大腿盔甲，他踉跄着后退，将长矛从伏索里克的脖子中扯了出来，脓水喷涌而出，他再次刺出，切碎了恶魔肩膀的肌肉。

　　随着钢铁变形时的猛然一倾，甲板崩塌了，阿斯塔特和恶魔都落入了下方黑暗的虚空。他们落到了舰体中的一片死寂空间中，这里使舰员营舍和下层工业甲板相分离。这里阴暗又冰冷，支撑梁交错其中。莫特普从承受了坠落冲力的怪物身上滚开，踉跄着后退。

　　随着一声金属断裂的尖啸，伏索里克站起了身。它周围的支柱已经受损了，这艘船正在解体。那个恶魔发出怒吼，正要释放它的怒火，此时支柱崩塌了。他们一同坠入了寒冷的黑暗中。

　　大海的声音逐渐退去，布林加醒了过来。吞世者那布满疤痕的面容在战斗头盔中看着他。

　　"你可真显眼。"老狼咕哝着，站起了身。布林加活动时发觉身体上有些瘀伤，一条腿的疼痛一开始令他摇摇晃晃，随后他摆正了身子。他的胡子和盔甲上沾染着鲜血。

　　"我昏迷了多久？"他问道，意识到他们仍在军械大厅中。

　　"就几分钟，"斯克拉尔回答道，"但我们没时间休息了。怀言者在巡逻这艘船，找寻你我。"

　　"已经追捕你一段时间了，嗯？"太空野狼猜测到，他注意到了斯克拉尔盔甲上的裂缝和烧痕。他几乎能够想象到斯克拉尔那焦躁的目光，那是遭到长时间追捕的逃亡之人才会拥有的紧张神情。这位吞世者的情绪已经很不稳定了，他颤抖不已，随时可能爆发。

　　"好几周了……我想。"这位安格隆之子有些茫然，待在这艘船上的这段时间已经让他对真实和幻觉的感知麻木了。

　　"有其他人登上船吗？"布林加问道，他挥舞着暴牙斧，唤起自己手臂的力量。老狼注意到那个散发着红光的门仍然打开着。

　　"我是唯一的幸存者。"斯克拉尔简单地回应道，他朝着那道光走去。

　　"你知道那里通向何处？"布林加问道，注意到吞世者走向那道门时的漠然。

　　"外面的走廊通向引擎甲板。"

"我们得前往军械甲板，摧毁旋风弹头，"布林加说道，"还有你怎么知道我们能从那里抵达引擎甲板？"

"他知道，因为是我告诉他的。"一个熟悉的声音在黑暗中响起，布林加颈背上的毛发竖了起来。

"摧毁旋风弹头已不再可行。"他补充道，从暗影中现身。

"塞斯图斯。"布林加低声咆哮。

那位极限战士将一发新弹夹从军械室的仓库中拿出，插进了他的爆矢枪，并朝着太空野狼点点头。

"我们只剩下一个机会了，"塞斯图斯说道，"更容易的行动方案已经不再可行，我们必须走上更加困难的道路，这是唯一可行的道路。"

布林加的沉默中带着疑问。

"我们必须摧毁这艘船。"塞斯图斯说道。

第二十章

争执
为我复仇
玉石俱焚

"摧毁这艘船？"布林加大笑，一瘸一拐地跟着他的战斗兄弟们。塞斯图斯前去帮助他，他则低吼道："我很好。"随后继续向前走。

"这是我所见过的最大最强的舰船，几颗燃烧弹，"这位太空野狼朝着他的手榴弹带示意，"并不够毁灭它。你不仅丢了荣誉，还丢了你的脑子吗，基里曼之子？"

"都没有丢，"塞斯图斯回答道，"狂怒深渊号可以被摧毁。为此，我们必须抵达引擎及为引擎提供燃料的等离子反应堆。如果我们能用自己的燃烧弹使之过载，随之产生的爆炸将会引发连锁反应，连这艘船的故障保护和冗余系统都无法阻止它。"

布林加抓住了塞斯图斯的肩膀，这位太空野狼的目光中满是愤怒。

"你知道这一点，却没说出来？"

"之前这无关紧要，"塞斯图斯回答道，摆脱了布林加的手，"我们唯一的路就是鱼雷管，旋风弹头会成为距离我们最近且明显的目标。我们怎么会想到能如此深入这艘船，让突袭主反应堆成为可能。"

"先别提你是怎么知道这一点的，"布林加低吼道，"你打算怎么接近反应堆并将之摧毁？你见过这艘船有多大吗？轮机甲板就像个迷宫，我们也许永远也找不到。"

"我可以引路，只需要几分钟。"塞斯图斯简单地回答道。他正准备动身，布林加却再次抓住了他的胳膊。

"我不知道你和那个缩在愤怒号上的巫师达成了什么契约，也不知道你藏了什么秘密，"这位太空野狼发出危险的吼叫，"但你搞清楚：我不会容忍任何形式的巫术。一旦我们夺取了反应堆，炸掉了这艘船，我们的盟约便结束了，极限战士。"布林加放开了塞斯图斯，转身离去，他从军械库中拿了一把爆矢枪，并在门口做好了准备。

"就这样吧。"塞斯图斯阴沉地对自己说，同时跟上了他的战斗兄弟。

狂怒深渊号在与愤怒号战斗期间被迫改变了位置。福马斯卡在其右舷怒目而视，马库拉格则在下方凶险异常。这颗行星的本地防卫舰队同样出现在了视野中，正停留在马库拉格的高层大气上方。随着祈求者们的死亡，狂怒深渊号用于伏击马库拉格之拳号的探测器抑制系统已经失去了效用。那些舰船缓缓进入了防御位置。尽管并不知道怀言者的意图，以及他们已经背叛帝国的事实，马库拉格舰队仍然小心谨慎，避免交战。他们会先试着呼叫对方，给狂怒深渊号争取时间，它会调整位置，摧毁福马斯卡，然后一举让马库拉格舰队瘫痪。愤怒号已经从狂怒深渊号的图像屏幕中消失了，现在它尸骨已寒，只剩下死寂的灯光和迷失的灵魂，它在虚空中无助地挣扎，失去了能量，重力将会夺走它。

启动定向推进器并将舰船朝向福马斯卡的命令，传达到了狂怒深渊号的引擎室。军械甲板已经夺回，尽管在一些区域敌人突袭所造成的损害仍然很广泛。快速引爆的热熔集束炸弹的爆炸准头很差，但仍具有破坏性。维修舰员努力将残骸和尸体清理并送入虚空，但恢复战力需要时间。这意味着，即使旋风弹头仍完好无损，发射也将会进一步推迟。

扎德基尔感觉自己的荣光正从指间溜走，他倾听着军械甲板水兵们劳作的声音，随后关闭了通信连接，闭上了双眼，试着压制自己的愤怒。

扎德基尔再次睁开了双眼，看向指挥王座图像屏幕上显示的位置信息。狂怒深渊号并未改变其航向，也没有为鱼雷重设发射矢量。

"古雷奥德。"他朝着通信阵列吼道。

回答他的只有沉默。

"该死，贤者，为何引擎没有启动？"

没有回答。现在连贤者都在嘲弄他了。

"雷斯基尔！"扎德基尔吼道，语气已经不耐烦。

"大人。"指挥士官的声音传来，背景中夹杂着沉闷的枪声。

"前往轮机甲板，查明为何这艘船停下了。"

"大人，"雷斯基尔再次说道，"我们就在轮机甲板。敌人在这儿。他们穿行于这艘船内，仿佛知道每个隧道和入口。我的小队正前去消灭——"

雷鸣般的爆炸声令通信连接中断了片刻。噼啪作响的静电声持续了几秒，随后雷斯基尔回来了。"我们已经与敌人交战，他们正位于主反应堆通道的边缘……"他说。

爆矢枪的齐射声中夹杂着怀言者们的疯狂呐喊和尖叫，随后通信连接中断了。

扎德基尔握紧了拳，咬牙切齿地说道："伊克萨隆，带上三支小队前往轮机甲板。找出那些杂种，消灭他们！"扎德基尔的平静表象荡然无存，他正因满腔怒火而颤抖。

在祈求者们死后，伊克萨隆便回到了舰桥，到现在为止，他只是沉默顺从地观察着事件的进展。

"不，大人，"他用惯常的嘶声回答道，"我已经忍受你的无能够久了，这已经令科尔·法伦和洛加大人的荣光危如累卵。"扎德基尔听到牧师从枪套中拔出了爆矢枪。

"我以为你很鲁莽，伊克萨隆。"舰队司令平静地说道，他恢复了镇定，转向牧师。扎德基尔看到伊克萨隆的确已经将枪口对准了他。

"我没想到你还很愚蠢。"

牧师岿然不动，无动于衷。

"退下。"他简单地说道，略微抬起手枪，以示强调。

扎德基尔低下了头。透过眼角，他看到伊克萨隆开始放下他的武器。这将会是牧师所犯的最后的错误。

扎德基尔迅速移向一侧，流畅地拔出了他轻巧细长的动力剑。爆矢枪的枪声响彻舰桥，但舰队司令的突然移动迷惑了伊克萨隆，他的子弹偏了。

扎德基尔将剑刃刺入牧师的颈甲，同时将牧师手中的爆矢枪打飞。

"你觉得我会离开这个舰桥，我的舰桥，让位给你这样的毒蛇？"

伊克萨隆只能发出汩汩声作为回应。

扎德基尔扯下了牧师的战斗头盔。头盔下，伊克萨隆满脸疤痕，破损的喉咙发音粗糙。扎德基尔无比憎恨地盯着伊克萨隆的粉色眼睛。

"你想错了。"他嘶声道，将伊克萨隆推下剑刃，随着陶钢哐当一声响，伊克萨隆倒在了甲板上。这位牧师起初在奋力挣扎，无力地抓着他的喉咙，试图说话，随后他便一动也不动了，鲜血在他身下缓缓积聚。

扎德基尔转向萨尔科罗夫。

"清理干净，监控所有战位。你来执掌舰桥，待到我们再次进入准备状态，立刻告诉我。"扎德基尔下令。

面对牧师的突然死亡，舵手长面色苍白，他迅速敬了个粗劣的军礼，并朝着充当清理舰员的一群军团奴仆示意。

扎德基尔大踏步走开，擦掉了剑刃上的鲜血。他会亲自处理这群入侵者，如果他任由这帮人进一步干扰他的计划，那他将蒙受奇耻大辱。此外，要是他让自己的走卒去对付敌人，那不会给总指挥官留下好印象。不，唯一确定的方法便是亲自杀死他们。

雷斯基尔很高兴，尽管他在与忠诚派战斗的过程中失去了几个小队成员，但他已经将忠诚派围困了，并将他们逼入了一个隧道，他知道这里是个死胡同。枪声已经减弱了，但主反应堆和舰船机器的怒号声在他的战斗头盔中仍然相当响亮。

他做出阿斯塔特作战手势，示意三个战士跟着他从小队散开的上架走下，他们利用这个制高点将忠诚派逼入了死亡陷阱。在他们移动就位时，两个战士失去了踪影。

他们来到了轮机甲板的底层，朝着那个隧道聚集。此时雷斯基尔才第一次意识到情况不对劲，他的一个战士失踪了。

"沃尔坎人呢？"他朝着头盔通信器嘶声道。

"在他改变位置时我就没看到他了，士官。"另一个战士卡尔哈达克斯回答道。

雷斯基尔转向第二个怀言者埃拉丹。

"我在看着太空野狼和极限战士。"他解释道。

尽管轮机甲板很温暖，自身运动也产生了不少热量，但雷斯基尔仍感到了一阵彻骨的寒意。

"第三个人呢？那个吞世者呢？"

猎人突然变成了猎物。

埃拉丹不幸死亡。

"我在这儿。"斯克拉尔说道，声音中毫无情感，被他杀死的怀言者脸朝下倒在了甲板上。接着他杀死了卡尔哈达克斯，在冲锋的同时将之斩首。无论那个怀言者口中要喊出什么誓言或是战吼，都随着落地的首级消失在了嘴边。斯克拉尔将仍在挣扎的躯体踢开，朝着雷斯基尔冲来。

值得称赞的是，指挥士官在面对眼前的这个杀戮机器时并未退缩，甚至试图将一颗爆矢弹射入了斯克拉尔的大腿，随后那个吞世者便将链锯斧砍进了他的身体。

斯克拉尔将自己的武器从仍在颤抖的尸体中扯了出来，塞斯图斯和布林加从隧道中走了出来。杀死雷斯基尔让斯克拉尔感到了些许满足。正是雷斯基尔杀害了安蒂吉斯，并在舰船深处像追狗一样追捕他，另外四个怀言者躺在附近的隧道中，或是被爆矢弹击穿，或是被剑刃劈开。他们是雷斯基尔猎手小队的其他成员，被忠诚派的阿斯塔特们所杀。

"下一次，你来当诱饵。"布林加朝着斯克拉尔吼道，斯克拉尔正把链锯斧在甲板上拍打着。

"还会有更多敌人。"塞斯图斯说道，将一个新弹夹插入他从军械大厅中拿来的爆矢枪。

"总会有更多，"布林加吼道，不想继续逗留，"带路吧。"

四处都响起了警笛声，针对阿斯塔特破坏者的搜索力度逐渐增强，并且敌人找到了焦点。红色警示灯持续闪烁着，远方猎手们的叫声回荡在管道和机器组成的金属迷宫中。从上方的龙门架看下方的迷宫，视野有限，但塞斯图斯指示他们找掩体，同时迅速移动。

三位阿斯塔特决心在前往主反应堆途中造成尽可能多的损害，他们穿过了二号反应堆，一边前进，一边进行系统性的破坏。三号反应堆已经关闭了，几根冷却管从其侧面扯了出来，舰员被爆矢火力撂倒，倒在了安全手柄旁。冷却剂从中溢出，伴随着滚烫的蒸汽云。

塞斯图斯的爆矢枪一阵速射干掉了从控制室中出来的一个反应堆舰员。另一个人则从对面的导管走廊中现身，塞斯图斯也将其杀死。

这是一场无差别的杀戮，在管道的近距离空间中战斗就像是在打游击战。尽管敌人拥有压倒性的数量，但忠诚派的阿斯塔特在这片区域仍有一丝机会。

他们身后留下了仅仅利用破片手榴弹和绊网临时制成的许多诡雷,身后不时传出的爆炸声让塞斯图斯知道敌人正在接近。他们只将破片手榴弹和穿甲手榴弹用于制造陷阱,热熔炸弹需要用于引爆主反应堆。一旦他们抵达主反应堆,他们便需要深入其保护性护盾,并在反应堆的浪涌中安放炸药,如果反应堆产生的巨大辐射没有先杀死他们的话。这是一场塞斯图斯本计划独自实施的行动,他也并没有期望自己能从中脱身。

上方一个龙门架传来的爆矢齐射吸引了这位极限战士的注意,几段管道炸裂开来。

怀言者找到他们了。

扎德基尔看着阿斯塔特们小跑进掩体,他的小队则从主入口龙门架上开火射击。在制高点上,他能够看到整个反应堆区域,这就像是一片布满反应堆和巨大钢铁岛屿的黑色海洋,由步道、冷却管和维护梯组成的蜘蛛网交杂其中。他认出了那三个破坏者的军团盔甲,知道他们便是最后的幸存者。他们孤注一掷,希望能让局面有所不同。

"这可不是什么好事,"扎德基尔低声自语,并转向手下的士官们,"格雷泽斯,在这上面追踪他们。其他人向主反应堆进发,拦截他们。"

那位士官敬了个礼,厉声表示遵命,扎德基尔则离开了。

"实在鲁莽。"扎德基尔低语着,朝着主反应堆而去。

一切都将随着极限战士的灭亡终结于此。

莫特普在军械甲板上慢吞吞地爬着。

空气中仍然充斥着死亡的恶臭,墙上覆着干血,两边的舱壁被超热喷灯所封闭。

这位千子努力翻过身,端详着上方天花板中的裂缝,他正是从那里落下来的。伏索里克跟着他一同落了下来,莫特普伸长脖子望向尸横遍野的舷门,他看到了两侧的腐尸,虚空穿透了愤怒号的舰体,四周结满了冰霜。这里空气稀薄,呼吸也很困难,生命支持系统已不再运作,空气也无法再补充。痛苦驱使着莫特普前行,身体火辣辣的疼痛让他知道自己还活着,仍要战斗。

莫特普知道,自己正在死去,但他并不惧怕死亡。这便是命运,他的命运,他欣然接受。他努力站起身,身上的剧痛加剧了,片刻间,莫特普以为自己会昏过去。

伏索里克就在不远处,蹲坐在一堆尸体上,那是在甲板隔离时被封闭其中的水兵和工头们的遗体。他们已经陷入了疯狂,莫特普只能想象在恶魔逼近时,身处寒冷太空中的他们脑海中在想什么。也许他们欣然接受了,也许他们已经失去了自己的灵魂。

伏索里克站了起来,弓着脖子。肿胀的肉体仍在膨胀蠕动,吞食着最后一批幸存者的躯体,并借此夺取他们的灵魂。

这个恶魔转过身,仿佛是由其同类打造的这块黑暗屠宰场中的一个幽灵,看到千子可悲地企图逃离,它露出了微笑。

"我一直都很饥饿,阿斯塔特,"它告诉莫特普,"对灵魂的渴望永不止息。在这个界域中,这就像是我脑海中永恒的欲望。而你会暂时平息这种欲望。"它朝着莫特普而来。

莫特普在他逃离恶魔时倒下了。鲜血从伏索里克的爪子抓开的胸甲上渗出,他头破血流,在那个怪物发现了甲板上仍有人在因恐惧而哀鸣时,莫特普获得了片刻喘息之机。那个恶魔轻松地找到了那些水兵,被他们恐惧的气息所吸引。莫特普不得不看着那个恶魔屠戮他们。

"我会畅饮你的希望和勇气,直到你只剩下一个躯壳。"伏索里克许诺。

莫特普利用他的长矛作支撑,缓慢爬起身。他要站起来直面自己的毁灭。他伸出手掌,猩红色的光环在他指尖缭绕。

伏索里克朝他冲来,伸出爪拳,击碎了莫特普的手。

莫特普在痛苦中尖叫着,他的拳套和骨骼都已碎裂。他的长矛掉在了地上,身子也沉了下去,唯有依靠恶魔的力量支撑着他。

"你仍在战斗,虫豸,"它说道,狂野地讥笑,"你觉得像你这样的人真能杀死我?"

那恶魔发出雷鸣般的笑声,朝着莫特普的脸庞喷出腐蚀性的唾沫和死者的鲜血。

"我并未打算杀死你。"千子低语着,抬头看着那只怪兽,同时从腰带上解下了什么东西。那是一颗燃烧手榴弹。

"你打算用那个做什么,小家伙?"伏索里克问道,露出猥琐的笑容。

"你在这里待得太久了，"莫特普说道，"你随时都能游过天界回到狂怒深渊号，或是回到非物质界，但你对于收割灵魂的贪婪葬送了你自己，亚空间怪兽。看！"

伏索里克的肉体正渗出脓液，需要将其维持在物质宇宙的灵能能量正在瓦解。它的形体开始变成胶状，即将逝去。莫特普在战斗中已经察觉到这个怪物一直在变弱。每一丝灵能的运用都在消耗它，剥离保持其稳定和存在的部分物质。

"我并未打算杀死你，"莫特普说道，呼吸渐弱，"只是让你更久地待在这里。"他将自己仍能活动的那只手向前刺出，捅入伏索里克融化的皮肤，解除了手榴弹的引爆器。

那个恶魔发出怒吼，顿感恐惧。

"孱弱的人类，我会尽享你的……"

莫特普被冲击波冲飞了，伏索里克由内向外爆炸开来，肉体瓦解毁灭了。

莫特普躺在自己的血泊之中，透过军械甲板右舷墙壁上的一个瞄准口，他能够看到愤怒号装甲舰体边缘怒号的火焰，这艘船已被福马斯卡的重力井所俘获，正朝着这颗卫星猛冲而去。他想象着那荒凉表面上的岩浆河，想象着峭壁和山峦，他露出了微笑，欣然接受自己的毁灭。

即便有外壳隔离，主反应堆的噪声也很大。塞斯图斯知道外面有一条入口走廊，设计用于在没有使用反应堆时进行近距维护。在这外面便是炽热的能量核心，走入其中必死无疑。这是他愿意做出的牺牲。

塞斯图斯使用阿斯塔特作战手势，示意布林加占据通往入口走廊的装甲舱门对面的位置。那位太空野狼迅速照办，他正准备劈开第一层防护，突然一阵爆矢子弹在金属上弹开，迫使他躲入了掩体。塞斯图斯跟着躲了过去，斯克拉尔紧随其后。阿斯塔特们看到一队怀言者在高悬的龙门架上组成了射击编队，为首的是一位身着镀金绯红盔甲的指挥官。他看起来一身荣光，又傲慢无比，塞斯图斯立刻猜到他是这艘舰船的舰长。

"我们很荣幸！"他朝着斯克拉尔喊道，极尽挖苦之功。

那位吞世者点点头。他也认出了那位舰长，他知道那人叫扎德基尔。正是这位嘲弄人的雄辩家试图扭转他的忠诚，利用他的内在弱点。斯克拉尔对此十分鄙视。他蹲伏着冲了出去，离开了掩体，片刻后便消失在了一堆管道中。他冲出管道，爆矢枪闪耀着。一个以火力压制他们的怀言者跌下了龙门架，紧抓着他的脖子。那位镀金舰长起初仍坚守着他的位置，但随着第二个怀言者被打倒在地，胸甲上露出一个冒着烟的洞，他后退了一步。

"斯克拉尔，不，这是自杀！"塞斯图斯喊道，望着那个吞世者爬上楼梯，直冲向怀言者。在他们用爆矢弹将他打成筛子前，他不可能冲得上去。

"来吧，"布林加吼道，利用这突然的间歇劈开装甲舱门，"让他的牺牲变得有价值。"

随着怀言者们被分散了注意力，斯克拉尔给他的战友们争取了时间，他们将杀入反应堆，最终毁灭狂怒深渊号。

塞斯图斯站起身，用他的动力剑劈开舱门。随着哐当一声巨响，金属脱落摔到了甲板上。一阵热浪从入口走廊中涌出，令极限战士头盔显示器上的辐射警告闪到了临界点。

"弹药带。"塞斯图斯喊道，朝着布林加携带的一带热熔炸弹伸出了手。

"这趟路有去无回。"老狼说道。

塞斯图斯盯着布林加，有些迷惑。

"没错，现在快拿过来。"

"但去的不是你。"布林加说道，猛击向极限战士的战斗头盔。

塞斯图斯倒下了，这突如其来的攻击令他有些眩晕，透过自己模糊的视线，他看到布林加走进了入口走廊。

"我们两人不需要一起死在这里。为我复仇，"他听到太空野狼说道，"还有你的军团。"

斯克拉尔一步三个台阶地冲上了龙门架。在半路上他的爆矢枪便射光了子弹，他扔掉了枪，只用链锯斧。在他现身时，怀言者们开火了。一发子弹射穿了他的肩甲，又一发击中了他的大腿，第三发则打中了他的胸膛，斯克拉尔跟跟跄跄，但他怒火中烧，没有什么能阻止他让敌人洒下鲜血。过去这几周里，他像动物一样逃窜，困在这艘船的深处，就像个……就像个奴隶。这不是他的命运。

又有两发子弹击中了他的胸膛，斯克拉尔冲入了敌阵。一个怀言者拿着链锯剑朝他冲来，斯克拉尔挡开了那一击，并将敌人的躯干劈成了两半。第二个怀言者捂着被斯克拉尔劈开的脸倒下了。又一个怀言者失去了一条胳膊，发出尖叫，斯克拉尔一脚将他踢出了龙门架，摔死在下方。

随后斯克拉尔便来到了那位镀金舰长面前，那人岿然不动，仿佛处于完全放松的状态。斯克拉尔吼着安格隆的名字，扑向扎德基尔，准备用链锯斧将其肢解。

这位怀言者舰长平静地举起爆矢枪，射穿了斯克拉尔的脖子。凭借着最后一丝力气，斯克拉尔发起一记猛击。

扎德基尔发出痛苦的尖叫，他的爆矢枪被切成了两半，三根手指连同拳套被削了下来。

战斗头盔下的斯克拉尔露出了微笑，他感到自己的双腿在无力地瘫下，一阵突如其来的寒冷吞没了他，仿佛坠入了冰雪之中。

斯克拉尔的视线变得模糊，他看见扎德基尔站在他面前，鲜血从断指上滴下，他拔出了一把细长的剑。

"我不是奴隶。"斯克拉尔嘶声道，最后一丝血液涌出身体。

"你一直都是。"扎德基尔凶狠地说道，将那把剑刃精确地刺入了斯克拉尔的头盔目镜，刺入这位吞世者的眼睛。

这位死去的阿斯塔特震颤了片刻，被钉在了怀言者的剑上，随后扎德基尔夸张地拔出了那把剑，斯克拉尔倒在了甲板上。他瞥了瞥他落下残疾的手，转向手下的士官。

"现在杀掉另外两个。"

塞斯图斯不再迷失，冲向舱门，但弹幕又射了过来，将他和野狼分隔开。

"该死，布林加。"他吼道，知道这已无济于事。

很快，轮机甲板便会被火焰焚灭。在主反应堆毁灭后产生的连锁反应将是灾难性的。塞斯图斯可不想那时还待在这里。对自己战斗兄弟们的牺牲，以及怀言者的卑鄙背叛，他怒火中烧。他想要捉住扎德基尔，尽管在轮机甲板他毫无机会，但塞斯图斯知道他会在哪里找到扎德基尔。

塞斯图斯动身前往穿梭机舱。

布林加冲过入口走廊，一拨拨辐射冲刷而来，他扯开了通往反应堆堆芯室的第一排防护罩。他用拳头砸开了第二层舱壁。一种落入舰船跳动心脏的感觉包裹住了布林加，他手脚并用爬过最后的入口管道。

布林加撕开了最后一层防护罩，现在他已经在轮机甲板表层下方几米处了，他走过了反应堆堆芯内室的入口。一阵激烈的热浪立刻击中了他，他的盔甲在这般怒火前爆裂开来，他畏缩了片刻。布林加站着的狭窄平台下方是一个深深的圆锥体。液态火湖在锥体的最低点翻腾，卷起热风，拍打着他的毛发。布林加感觉自己的毛发在燃烧，皮肤也是，强烈的辐射在破坏他的肉体。

真美，他想，注视着下方灼热的反应堆。那炽烈又纯粹的能量翻腾不已，如同被俘获的雷暴。

布林加启动了腰间热熔炸弹的引信，闭上了双眼。那里与反应堆堆芯的落差有一百米，倾斜的平滑墙面沐浴在光芒之中。

布林加迈步走出狭窄的平台，跳落了下去。第一道爆炸如晴天霹雳。

风暴肆虐在铂金色的天空中，布林加正站在芬里斯的银色海洋边上。波涛汹涌，海浪拍打着冰山，激浪打碎了冰流。他只穿着缠腰布，皮带中插着一把刀，鲸骨矛插在结实的雪中。在散发着光芒的地平线外，传来一声哀号，那是巨虎鲸在呼唤他。

布林加拿起矛，一头扎入了冰冷的海水中。地平线上升起光芒，风暴消退了。他一边游动，一边感受到了一种奇怪的感觉，他仿佛正在回家。

突如其来的爆炸能量传遍主反应堆。圆锥形结构破裂了，等离子呼啸而出。大火肆虐，整个反应堆区域都陷入了巨大的烈焰火雨之中。等离子霹雳击穿了机器和走道，穿透了扎德基尔战士们的躯体。二次爆炸从小型反应堆中爆出，引发了可怕的连锁反应。一声沉闷又响亮的爆炸声响起，伴随着一股能量反流，一个引擎炸裂了。

一块反应堆外壳如同导弹一般直穿了七号反应堆的主舱室，爆炸声回荡，伴随着一股不断扩张的巨型的燃烧等离子流。应急系统迅速就位，但随着等离子脱离控制，并在舰体内不断扩张，破口已经不可能再封闭。

二号反应堆和八号反应堆破开了，等离子射入了反应堆区域深处。仍在这个迷宫中工作的不幸仆工被突如其来的潮流吞没。等离子流抵达了七号反应堆的基底，并将之炸飞，在空气中引发了第二次爆炸，激起的水流如同巨大的蔚蓝色喷泉。

受热膨胀的空气炸开了舱壁。舰体瓦解了，内壳破裂，充斥着等离子，随后外壳最终也被撕开了，狂怒深渊号受伤的侧面溢出了一些被真空冻结的黑红色燃料。

扎德基尔爬着躲过了毁灭，他的舰船开始从内部自毁。他抵达了一扇门，在他小队的少数幸存者穿过之前便将之封闭。他好奇又冷漠地注视着一道等离子霹雳像一颗彗星一般落下，炸掉了他们站着的龙门架。求生本能令扎德基尔站起身。他伸向通信器，下令弃船，并趁着为时未晚，前往穿梭机舱。

第二十一章

大战前夕
面对面
战斗到底

一面面深红色的怀言者军团战旗上印着各个战团的徽章,在悔悟回廊的人工大气中微微飘动。科尔·法伦独自跪在祭坛前,祭坛顶上摆着洛加——寇其斯先知的肖像。原体的肖像由斑岩和大理石雕刻而成,他正挥舞着他第一次写下真言的那本书。

总指挥官正在祈祷。正是这份信仰令怀言者与众不同,他们明白信仰的力量。洛加便是展现了其全部潜能的典范之人。的确,洛加已经超凡绝伦。每一位怀言者祈祷时都会与自己交心,与宇宙之力交心,发掘释放自身潜力的方法,如此便能将之用于洛加的伟业。在大战前夕,正是祈祷让怀言者们做好了准备。

脚步声回荡在回廊中。这是一个崇拜之地,大到足以容纳三个战团的战斗兄弟,或是伪帝号的所有舰员,这里的回音可以持续好几秒钟。

"我在祈祷。"科尔·法伦告诉那位闯入者,他那雄浑深厚的声音因这座神殿产生的声学效果而加强了。

"大人,我们没有收到任何信号。"一个空洞的声音传来。

是特内布伦,虚空战团长。

"什么也没有?"科尔·法伦问道,语气中的怀疑掩盖了他的愤怒,他转身看向自己的下属。

"狂怒深渊号上的祈求者已经激活,"特内布伦回答道,"一段时间后,侦测到了一阵灵能爆发,非常强大。"

"福马斯卡?"

"绝对不是,科尔·法伦大人。"

总指挥官站起身,他光着头,身着华丽的祈祷法衣,高耸在战团长面前。"你可要弄清楚了，特内布伦。"他说道，语气中暗含警告。

"福马斯卡仍在。"战团长回答道。与大多数阿斯塔特相比，他看起来有些老弱之态，不了解军团作风的人可能会觉得他是个老兵，身体微残，角色在于幕后谏言与领导。事实上，他那湿漉漉的小眼和忧伤下垂的脸庞下隐藏着战士的灵魂，此外他还背着力场杖，腰间还别着地狱火手枪。但与他能对敌人造成的可怕精神伤害相比，这些都无关紧要。

"扎德基尔失败了。"他多余地补充道。

科尔·法伦思忖片刻，转过身面对祭坛，仿佛洛加的雕像能够为他提供建议。

"跟上。"他最终说道，迈步走向回廊尽头的大门。科尔·法伦将门推开。

数百怀言者正跪身祈祷着，一千个火盆散发出光芒，照亮了毗邻悔悟回廊的大教堂。每一个人都沉浸在祈祷中，在自省中找寻更深的自我，从而以洛加之名赢得这场战斗，并获得真言的真理。被运送到伪帝号的几乎整个明睁之眼战团都会聚于此，战团长费尔斯卡雷尔则位于前排。

费尔斯卡雷尔站了起来，向接近的总指挥官致敬。"科尔·法伦大人，"他说道，"是时候了？"

"扎德基尔失败了，"科尔·法伦说道，"很快，舰队将会暴露，考斯会等着我们。是时候了。这不会是我们曾谈及的屠杀，这将会是一场终结之战，而考斯不会轻易放弃胜利果实。我们必须从敌人手中夺取胜利的果实，正如我们一直以来所做的那样。"

费尔斯卡雷尔一言未发，而是转向他麾下的怀言者们，众人一齐站起立正。

"怀言者们！"科尔·法伦喊道，"前往你们各自的空降舱和炮艇机！现在是时候战斗了，为了胜利和死亡！武装起来，道出你们最后的祈祷，极限战士在等着我们！"

塞斯图斯迅速抵达了穿梭机舱。扎德基尔一宣布弃船，在随之而来的恐慌中便鲜有敌人阻止塞斯图斯了。那些上前阻止他的大多是狂热的水兵或是渴望鲜血的仆工，他用爆矢和剑刃将之消灭。

极限战士脚下的甲板在震颤，并倾向一侧，顷刻间，塞斯图斯奋力稳住脚跟。他听到了主反应堆传来的第一轮爆炸，舰船惨遭破坏。如今，更多的内部爆炸正在甲板各处传开，布林加的牺牲所引发的连锁反应正将狂怒深渊号撕裂。

其他舰员、怀言者的追随者们，还有舰桥军官都尚未抵达穿梭机舱。舰船深处蹿出一串串火焰，如同橘白色的喷射流洞穿甲板，穿梭机舱的基础结构在他周围瓦解，塞斯图斯怀疑他们永远也到不了了。

穿过穿梭机舱的金属广场如同遭受夹击，舰船爆炸，碎片残骸倾泻而下。塞斯图斯看到一个水兵被一个倒下的拱门砸死，尸体的手仍在死亡阵痛中抽搐着。

主舱中散布了几百个小前厅，每一个都容纳着四艘穿梭机，两个一排。塞斯图斯走进了他所能找到的第一个没有被火焰笼罩或是被残骸封闭的前厅。

跨过门口，他便看到穿梭机跑道的警告闪光灯照亮了一个人。房间里很阴暗，但塞斯图斯认出了眼前的盔甲标记。

"怀言者。"他喊道。

那人转过了身，正准备迈入第一个穿梭机，他冷酷地盯着极限战士。

"所以这一切都要归功于你。"他平静地说道，看向房间四周，张开了双臂。

面对那个怀言者的轻蔑，塞斯图斯拔出了动力剑。弧形闪电传遍剑刃，照亮了塞斯图斯阴沉的面容。

"你就是扎德基尔，"塞斯图斯说道，仿佛这是一句指责，"我以为舰长应当与舰同沉。"

"那不是我的命运。"扎德基尔回答道，拔出了剑，能量也在剑刃上噼啪作响。这把剑比极限战士的那把要长，也略细，这无疑是由某位火星技工精心打造而成的，军团工匠则在上面增添了不少美饰。

"我已在此掌握了你的命运。"塞斯图斯许诺，他想起了阵亡的安蒂吉斯，想起了在愤怒号上被亚空间掠食者杀害的战斗兄弟，想起了萨夫拉克斯和他的战士撞死在舰体上，不得荣誉，想起了牺牲于胜利和希望祭坛上的斯克拉尔和布林加，"这里便是你的言语终结之地。"

"你是个蠢货，极限战士，"扎德基尔咆哮道，"对银河的力量一无所知。诸神行于凡世间，阿斯塔特。真正的神，不是幽灵，不是无名之辈，不是异形干涉者，而是拥有真正力量的存在，会回应祈祷的存在！"扎德基尔的眼睛里骤然燃起一种热忱。

塞斯图斯知道这便是帝皇所斥责的洛加军团的宗教狂热。扎德基尔是个狂热分子，所有怀言者都是，他们自始至终都是如此。他们的奸诈和欺骗怎会隐藏了如此之久？

"我们与他们交流过，他们会倾听我们！"扎德基尔继续说道，"他们和我们一样，看到了未来。亚空间不只是一片溺死无知太空旅行者的海洋，那是一个比现实空间更令人惊奇的维度。我们的现实才是亚空间的阴影，而非相反。洛加和亚空间的智慧拥有同样的愿景。让亚空间和我们的现实合二为一，人类的精神将永无极限！真正的启迪，极限战士！你能想象吗？"

"我能。"塞斯图斯简单地说道,他的眼中流露出怜悯,"那将会是一场梦魇,注定失败。"

扎德基尔嗤之以鼻。

"你低估了真言的力量。"他嘲笑道。

"言语是廉价的，狂热分子。"塞斯图斯吼道，扔掉了他的头盔，如此一来，他的敌人便能够看到其杀手的脸庞，他朝着怀言者扑了过去。

在一阵光化辐射中，一股巨大的能量爆闪照亮了房间，两把动力武器交锋——塞斯图斯的宽刃长剑对抗扎德基尔的细长轻剑。

两个阿斯塔特剑锋相交，火星四溅，随后又迅速退开。塞斯图斯让愤怒刺激着他的每一击，他朝敌人的头挥去，试图砍向怀言者的肩膀。但扎德基尔预见了那一击，他翻身避开，同时将他的剑尖刺向极限战士的大腿。塞斯图斯在剑尖刺来时面露苦相，向后一缩，同时挥动武器，迫使扎德基尔后退。

"我是一个技艺精湛的剑客，极限战士，"扎德基尔告诉他，小心刺激着他的对手，"同时也和任何基里曼之子一样武艺高强。你打不赢我的。"

"话说够了，"塞斯图斯吼道，"动手！"他双手握剑，冲向扎德基尔。怀言者避开了那道打击，并利用极限战士的势头令其失去平衡，同时化守为攻，刺穿了塞斯图斯肩甲下的肩膀。第二道刺击在极限战士的胸膛上划开了一道口子，塞斯图斯踉跄着后退。

塞斯图斯呼吸沉重，他利用自己后退时的宝贵几秒，摆出低矮的战斗姿态，并朝扎德基尔的防守发起攻击。怀言者转过身，轻松躲过了扑来的极限战士，同时朝着他的肚子猛踢一脚。

塞斯图斯弓起了身子，感到身侧传来一阵剧痛。随着一阵炽热的闪光，他裸露的皮肤感受到了热量，扎德基尔的动力剑挥了过来。怀言者将剑刃深深刺入了极限战士的腿，灼人的疼痛涌向全身。塞斯图斯单膝下跪，因痛苦而感到眩晕。敌人又一击打中了他的下巴，感觉像是被揍了一拳，他向后倒去。

塞斯图斯及时举起了剑刃，扎德基尔扑了过来，挥下轻剑，攻击极限战士。那把轻剑悬在塞斯图斯的脸前，他的动力剑是唯一能阻挡其砍掉自己脑袋的东西。与此同时，穿梭机舱和狂怒深渊号在他们周围瓦解。

"放弃吧！"扎德基尔嘶声道，将他的剑刃压向塞斯图斯的喉咙。

"决不！"塞斯图斯吼道。

"考斯已死，极限战士！"扎德基尔喊道，"你的军团已亡！基里曼的脑袋会被挂在寇其斯的王冠上，一路展示到泰拉！真言从未记述过你这样的人能改变真言！"

曾经，塞斯图斯还仅仅是个候选者，是被从马库拉格的山谷中挑选出来接受基里曼之子评判的几百个人之一。他曾爬上赫拉圣殿的台阶，承受去年失败的候选者的鞭笞，他们鞭打着试图第一个抵达顶点的年轻人。他曾在拉波尼斯山谷的森林中狩猎，在那里，他不仅学到了弱者会放弃，强者会坚持，还认识到了在早些年，他根本不可能成为一个候选者。他认识到了，坚持不仅仅造成了成功和失败之间的差别，坚持还能够改变考验，在不可能中创造胜利。仅凭意志力便能改变宇宙，这便是让区区凡人成为极限战士的品格。

正是意志力让塞斯图斯在穿梭机舱前厅中摆脱了他的攻击者，用拳头砸碎了扎德基尔的残指，让怀言者战力松懈。正是意志力让他站起了身，在扎德基尔举起剑时，将其剑和手一齐斩下。

扎德基尔紧抓着被塞斯图斯砍断的残肢，跪下身，低下头。

"这毫无意义，极限战士，"他断然说道，"这是你们终结的开始。"

"然而，我们将战斗到底。"塞斯图斯说道，他哼了一声，斩下了扎德基尔的首级。

那个怀言者毫无生气的躯体倒在了地上。塞斯图斯单膝跪在了扎德基尔身旁，发现自己的剑已经哐的一声掉在了地上，他的手按着身侧，拳套上有鲜血。扎德基尔终究还是给了他致命一击。

塞斯图斯大笑着，感到荒唐。这感觉不过就像是金属一刺，微不足道，却是如此致命。

塞斯图斯周围的世界化作了烈火,他倒在了扎德基尔身旁。金属断裂的声音告诉他,穿梭机前厅的完整性也维持不了多久了。

　　狂怒深渊号快要毁灭了,其重创军团的计划已然破产。这想法在塞斯图斯临死前给了他些许慰藉。随着自己逐渐变冷的鲜血在周围积聚,他想到了马库拉格,想到了功名荣耀。塞斯图斯终于安息了,他的职责终于完结。

　　"真言虽终于此,却并非终局,其将继续向前发展。已述的未来仅仅是我愿景所揭露奇迹的一小部分。当人类与亚空间合二为一,当我们的灵魂融入无尽的灵能海洋,彼时现实的真相将会向所有人敞开,我们将进入这样一个永恒纪元,连最为开明的人也在维系我们的真相的黑暗中上下求索。

　　"没错,我所探寻的奇迹仅仅是个开始,我们的敌人会反抗未来,并试图碾碎我们种族的希望。对于他们而言,痛苦也仅仅是个开始。我们的敌人会抗争,会失败,并终将毁灭,正如真言所述。而在这第一场大战之外,还有敌人中备受折磨的人也无法想象的灵魂炼狱。没错,对于那些拒绝在真言中有一席之地的人而言,未来诞生时他们所受的可憎剧痛仅仅是他们现在所受苦难的丝毫。"

——《洛加之书》

作者简介

本·康特尔名下拥有两部荷鲁斯之乱长篇小说——《燃烧的银河》和《深渊之战》。他是饮魂者系列和《灰骑士选集》的作者。就星际战士战斗系列而言,他撰写了《世界引擎》和《马洛德拉克斯》,并将注意力转向了太空野狼,撰写了中篇小说《阿贾克·石拳:芬里斯铁砧》,以及许多短篇小说。他是一位狂热的模型涂装手,而这个爱好也为他赢得了最为宝贵的藏品:一尊金恶魔奖。他现居英国朴次茅斯。

译者简介

丁旭巍,战锤40,000小说爱好者,荷鲁斯之乱系列忠实书迷,黑图书馆热诚读者,醉心科幻,耽于悲剧,仰慕传奇,现旅居异乡。

版权所有　侵权必究

图书在版编目（CIP）数据

深渊之战/（英）本·康特尔著；丁旭巍译. —杭州：浙江科学技术出版社，2023.6
书名原文：Battle for the Abyss
ISBN 978-7-5739-0560-4

Ⅰ.①深… Ⅱ.①本… ②丁… Ⅲ.①幻想小说—英国—现代 Ⅳ.①I561.45

中国国家版本馆 CIP 数据核字（2023）第 043997 号
著作权合同登记号　　　图字：11—2020—221 号

书　名	深渊之战
著　者	［英］本·康特尔
译　者	丁旭巍

出版发行	浙江科学技术出版社
	杭州市体育场路 347 号　邮政编码：310006
	办公室电话：0571-85176593
	销售部电话：0571-85176040
	网址：www.zkpress.com
	E-mail：zkpress@zkpress.com
排　版	浙江新华广告有限公司
印　刷	浙江海虹彩色印务有限公司

开　本	710×1000　1/16	印　张	16.25
字　数	230 000		
版　次	2023 年 6 月第 1 版	印　次	2023 年 6 月第 1 次印刷
书　号	ISBN 978-7-5739-0560-4	定　价	55.00 元

责任编辑	吕路明	责任校对	赵　艳
封面设计	孙　菁	责任印务	叶文炀